깨진 유리창

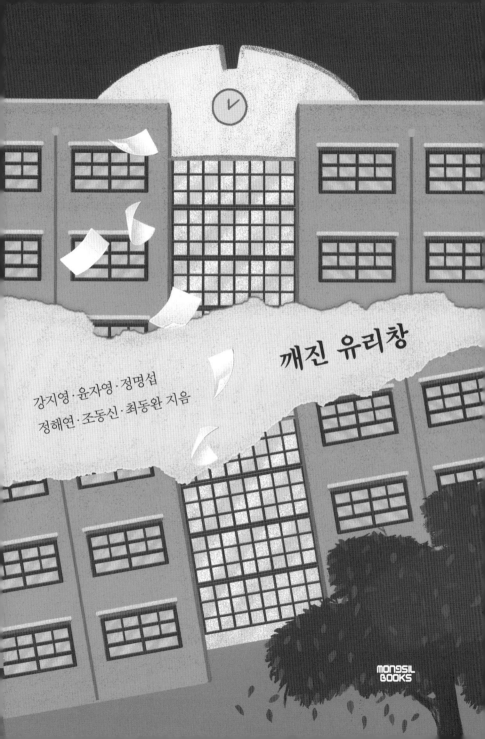

깨진 유리창

강지영·윤자영·정명섭
정해연·조동신·최동완 지음

MONGSIL
BOOKS

어느날 개들이

강지영

수요일의 급식은 잔치국수였다. 때마침 비가 내렸고, 먹성 좋은 아이들은 남의 그릇 국수까지 널름대느라 젓가락이 바빴다. 그러나 유독 조이만 손대지 않은 식판을 들고 수거함으로 향했다. 단짝인 윤서가 앞니로 국수가닥을 끊어내곤 다급히 조이를 따라 급식실을 나섰다.

"임조이, 너 왜 안 먹어? 국수 좋아하잖아. 이거라도 먹을래?"

윤서가 후식으로 챙겨 온 파인애플 주스를 조이에게 내밀었다. 주스 병에 비친 조이의 얼굴 위로 식은땀 같은 물기가 송골송골 맺혔다.

"내가 지금 목구멍으로 밥이 넘어가겠냐. 박연수하고 같은 모둠 됐잖아. 그런 꼴통 싸이코패스랑 윤사 수행평가를 어떻게 준비해. 생각할수록 킹 받네."

조이가 새큰하게 달아오른 침샘을 달래느라 파인애플 주스를 꼴딱꼴딱 삼켰다.

연수는 3학년 중 가장 위태로운 아이였다. 거의 매일 지각을 했고, 수업 시간엔 재킷을 암막 커튼 삼아 잠을 자는 게 일상이었다. 동급생들의 눈에 그는 밤새 게임을 하느라 벌겋게 충혈된 눈과 떡진 머리, 이따금 풍기는 담배 냄새까지 뭐 하나 곱게 봐줄 만한 곳이 없는 아이였다. 그러면서도 점심 시간만 되면 경쟁자들을 어깨로 밀쳐내고 급식실 가장 좋은 자리를 차지했고, 빈 식판을 그 자리에 내버려 둔 채 다시 교실로 가 잠을 잤다.

"박연수면 좀 그렇긴 해. 그래도 같은 모둠 김태현은 회장인 데다 매너도 좋잖아. 개랑 둘이 하면 되겠네."

윤서의 위로에도 조이의 울화는 좀처럼 가라앉지 않았다. 그녀는 내심 태현을 좋아했고, 그 애 앞에서 지금처럼 꼴사납게 성미를 부릴 일이 생길까 봐 두려웠다.

"야, 김태현 온다. 니가 먼저 말 걸어봐. 둘이 친해져야 되잖아."

윤서가 조이의 옆구리를 쿡 찔렀다. 아이돌처럼 멀끔한 얼굴에 깨끗한 손톱과 피부, 늘 짧고, 단정하게 정리된 머리와 교복의 태현이 무지개색 팝잇을 터트리며 복도 맞은편에서 걸어왔다.

"김태현, 시간 있음 모둠 과제 얘기 좀 할래?"

조이가 어색한 미소를 띠며 태현에게 말을 붙였다. 같은 반이지만 개학한지는 고작 석 달밖에 안 되었고, 정식으로 대화를 나눈 건 오늘이 처음이었다.

"지금?"

조이가 고개를 끄덕하자, 태현이 날렵하게 입꼬리를 들어 올리며 엄지로 도서관 앞 벤치를 가리켰다.

"난 먼저 교실 가 있을게. 이따 봐, 조이."

윤서가 눈치껏 자리를 비켜주자 조이와 태현이 자연스레 도서관 방향으로 걸음을 옮겼다. 태현은 자판기에서 음료 두 병을 뽑아 그중 하나를 조이에게 건넸다. 방금 마신 파인애플 주스였다.

"나 있는데…."

조이는 태현에게 의외로 허당 기질이 있다는 사실이 귀엽게 느껴졌다.

"아, 미안. 물어보고 뽑았어야 했는데. 그럼 과제 얘기해 봐."

조이는 곁에 붙어 앉은 태현의 교복에서 묻어나는 옅은 섬유유연제 냄새가 그와 참 잘 어울린다고 생각했다.

"박연수 말야, 걔 빼고 우리 둘이 과제 하는 건 어때? 과연 토론에 참석할지 알 수도 없고, 리포트도 우리한테 미룰 게 뻔하니까 아예 없는 셈 치고 이름만 넣어주자고."

태현은 선뜻 대답하지 못했다. 그는 정해진 규칙을 반드시 준수하도록 어머니에게 교육받았지만, 학년 중 가장 열등생인 연수 탓에 수행평가를 망치고 싶지는 않았다.

"왜, 고민돼? 솔직히 박연수한테는 개이득이지. 우리가 알아서 수행 20점 따준다는데 마다할 이유가 없잖아. 의무 없이 권리만 선물한다고 생각하자. 응?"

조이의 말에 태현이 살포시 미소를 짓고는 고개를 끄덕였다.

"지금 누굴 개돼지로 아나?"

그때 두 사람 뒤에서 심드렁한 목소리가 끼어들었다. 도서관 입구에서 팔짱을 낀 채 그 둘을 지켜보고 있던 연수였다. 공부와는 담을 쌓고 지냈지만, 점심시간 낮잠을 자기엔 도서관만 한 곳이 없었던 탓이었다.

"김태현 걱정 마. 내가 잘 설명할게."

자신이 먼저 제안한 일에 태현을 곤란하게 만들기 싫은 조이가 아랫입술을 깨물며 벤치에서 일어섰다.

"개돼지라니. 우리 그런 말 한 적 없어. 들었으니 알 거 아냐?"

조이는 긴장할 때마다 머리카락을 오른쪽으로 내려 쓰다듬는 버릇이 있었다. 그녀가 고개를 외로 틀어 어깨 위로 쏟아진 머리카락을 손가락으로 빗어 내렸다. 태현에게 잘 설명하겠다고 말은 했지만, 할 말은 궁색하고 머리는 아득했다.

"개돼지가 아니고 너랑 쟤처럼 똑같은 인간이면 인간 대접을 해야 할 거 아냐. 아예 없는 셈? 솔까 나도 그 과제하기 싫었는데 너희 둘한테 내 의무를 떠넘기면 진짜 개돼지가 될 거 같아서⋯ 참여할래."

연수가 크고 긴 눈을 내리뜨며 태현과 조이의 기색을 살폈다. 부끄러움과 낭패감으로 얼굴이 빨갛게 달아오른 조이와 달리 태현은 짐짓 태평한 낯빛이었다.

"김태현, 우리 어떡할까?"

조이가 태현을 향해 속삭였다.

"어떡하긴 뭘. 룰대로 하는 게 난 좋은데?"

태현은 찝찝하게 규칙을 위반하느니 좀 버겁더라도 연수를 받아들이는 게 옳다고 생각했다.

"박연수, 이렇게 된 거 네가 조장 하는 게 어때? 팀플 기회가 자주 있는 것도 아니니 이번에 리더십도 발휘하고 좋잖아."

태현이 벤치에서 일어서면서 연수를 향해 부드럽게 웃어 보였다. 그의 말이 어처구니없었던 조이가 팔꿈치로 태현의 팔뚝을 쿡 찔렀다.

"너 왜 이래?"

조이가 입 모양으로 태현을 질책했다.

"조이는 배구 동아리장이고, 난 학급 회장이라 바쁘잖아. 연수 넌 잠만 좀 줄이면 시간 많지 않아?"

태현의 물음에 연수가 의아한 표정을 지우고 희미하게 웃었다.

"좋아, 콜. 이제 니들은 내가 만든 규칙에 따라줘야겠어. 오늘 종례 끝나고 토론실 B로 모여. 내가 대실 신청해 놓을게."

연수는 대놓고 불만을 터트리는 조이보다 속내를 감추고 의뭉스럽게 기싸움을 시작하는 태현이 더 고까웠다. 다른 점수는 바닥을 치더라도 윤리와 사상만큼은 수행평가 만점을 받기로 결심한 연수였다.

▶

수업이 끝나면 아이들은 거미 새끼처럼 순식간에 흩어져 학원으로 향했다. 여느 날이라면 조이와 태현 역시 그 대열에 합류했겠지만, 오늘은 달랐다. 조이는 집업 재킷 지퍼를 턱밑까지 올리고 터덜터덜 토론실로 향했다. 같은 선생에게 과외를 받는 윤서도 틴트를 입술에 톡톡 두드리며 조이의 곁을 지켰다.

"나 오늘 졸라 재수 없는 날이야. 장르가 순식간에 로맨스에서 스릴러로 바뀌는 게 말이 돼?"

조이가 호주머니에 양손을 푹 찔러 넣고 고개를 절레절레 흔들었다.

"그래서 내가 따라가 주잖아. 원래 스릴과 모험 속에서 로맨스도 싹트는 거야. 넌 웹소 좋아하는 애가 그걸 모르냐? 야! 쟤들 먼저 왔다. 둘이 저렇게 세워놓고 보니까 박연수도 허우대는 멀쩡하네. 키도 크고 어깨도 딱 벌어지고, 여드름만 없으면 얼굴도 상타 아님?"

조잘거리는 윤서의 입을 엄지와 검지로 눌러 닫은 조이가 심호흡을 하며 토론실 앞으로 걸어갔다.

"오래 기다렸어? 먼저 들어가 있지."

조이가 태현을 올려다보며 부드럽게 말을 붙였다.

"착각하지 마. 우리도 지금 온 거니까. 최윤서는 왜 따라왔어?"

조이의 말에 대꾸는 연수가 대신했다.

"윤서 어머니가 우리 과외 라이딩 해주셔서 같이 기다리기로 했어. 토론 참여는 안 할 테니까 좀 봐줘."

조이는 부러 연수의 시선을 피하느라 허공을 응시하며 말했다.

"토론 참여는 안 할 테니까 쫌 봐됴오…. 조장하고 상의도 없이, 하여간."

연수가 조이의 목소리를 과장되게 흉내 내며 토론실 도어록을 열었다. 원탁 테이블과 여섯 개의 의자, 전면에 화이트보드가 놓인 단출한 공간이었다. 태현이 화이트보드를 마주 보고 앉자 그의 곁에 조이도 자리를 잡았다. 그리고 테이블에 책가방을 툭 던진 연수가 그들과 맞은편에 앉았다.

"그래서 수행평가 과제가 뭔데? 누가 설명 좀 해봐."

연수의 질문에 조이와 윤서가 동시에 헛웃음을 터트렸다. 그는 이번 학기 윤리와 사상 수행평가가 뭔지조차 모른 채 알량한 자존심과 오기로 이 자리에 버티고 있었던 터였다.

"윤서야, 네가 윤사 과제 좀 대신 말해줘. 너 윤사 샘 성대모사 잘하잖아. 분위기 좀 풀리게."

태현의 부탁에 나서길 좋아하는 윤서가 히죽거리며 화이트보드 앞에 섰다.

"우리 김태현 회장이 부탁한 걸 내가 어떻게 거절합니까? 윤리적으로다가 들어줘야겠지요, 안 그런가요, 테스 오빠!"

윤서가 윤리 선생의 성대모사를 하자 굳었던 조이와 태현의 표정이 풀어지며 웃음이 번졌다. 연수도 머쓱한 표정으로 연습장과 볼펜을 꺼내 들고 윤서를 바라보았다.

"여러분들아, 철학 하면 만날 공자, 맹자, 칸트, 플라톤 얘기만 하고, 사회사상의 정의나 달달달, 좔좔좔 외웠잖아요? 그거 너무 지루한 거 나도 알아. 그래서 이번 수행평가는 좀 재밌는 제안을 하나 해보려고 해요. 뭐하니, 연수야. 적어라 적어!"

윤서는 표정까지 윤리 선생을 흉내 내며 연수에게 뼈 있는 말을 툭 던졌다.

"자, 판타지적인 가정을 하나 해봅시다. 어느 날 갑자기 개들이 말을 할 수 있게 됐다고 치자고. 말이 그냥 목소리가 아닌 건 알죠? 개들이 인간과 대화를 할 수 있을 정도로 지능도 올라가고, 자기들 권리도 주장하게 된 거지. 그럼 여기서 어떤 문제가 생길까? 그렇지, 우리 태현 회장님이 정확히 짚었네. 그들이 인권을 주장한다면, 인간은 개를 동등한 존재로 인식하고 받아들일 수 있을지 윤리적, 사상적 관점을 갖고 토론해 봅시다. 말해두지만 평가에서 가장 중요한 점은 참신성이에요. 생각 없이 뇌피셜로 제출하면 과감하게 2점 나간다는 거 잊지 말기."

윤서가 조이를 향해 장난스레 손가락을 까딱이곤 의자에 걸터앉았다. 그때 연수가 웃음을 터트렸다. 그러고는 손으로 머리를 헝클며 볼펜을 툭 던졌다.

"고작 이게 과제였어? 답이 너무 간단하잖아."

연수의 말에 조이와 태현이 의아한 표정을 지었다.

"네가 답을 안다고? 그럼 말해봐."

조이가 팔짱을 끼고 아랫입술 각질을 앞니로 갉작이며 말했다.

"주토피아 생각하면 되잖아. 인간이 별거야? 뇌가 있고 그걸로 생각하고 협동해서 으쌰으쌰 살아가는 동물 무리잖아. 그걸 개도 할 수 있다면 당연히 인권을 줘야지. 너희처럼 맘에 안 든다고 개돼지 취급하면 인간 자격 없는 거 아닌가?"

연수의 말에 조이가 뜨끔하면서도 고개를 끄덕였다. 표현이 거칠 뿐 그녀 역시 연수와 의견이 같았다. 다원주의와 관용에 입각해 인간도 개들을 포용해야 한다고 생각했다. 물론 큰 틀 안에서 말하는 개들은 여전히 소수자에 지나지 않을 테지만, 적어도 존중받을 권리는 보장해 주어야 마땅하다고 느꼈다.

"아니, 난 그 의견에 반대야. 좀 더 정확히는 그런 대답으론 만점 못 받아."

태현이 드르륵 의자를 밀어내고 자리에서 일어나 화이트보드로 다가섰다.

"일단 개는 인권의 종말을 부른다는 게 내 생각이야."

태현이 화이트보드에 커다란 입을 벌려 짖는 셰퍼드를 그렸다.

"난 사실 연수랑 의견이 비슷한데, 넌 왜 그렇게 생각해?"

조이는 호기심과 함께 알 수 없는 흥이 솟아 마음이 들떴다. 만장일치일 때 보다 재미없는 토론은 없으니까.

"만약 개가 인간 수준의 지능과 언어 구사를 한다면 인간은 큰 약점을 잡히겠지. 인간이 그렇게 도덕적이라고 생각해? 다들 내밀하게 숨겨둔 욕망 하나씩은 있잖아. 어떤 사람은 습관적인 도벽이 있기도 하고, 어떤 사람은 법에 저촉되는 알바를 하기도하고, 그 크고 작은 비밀을 가장 안전하게 누설할 수 있는 존재가 애완견 아닌가?"

태현의 말에 조이와 연수, 그리고 윤서가 할 말을 찾지 못해 눈동자만 굴렸다.

"개도 마찬가지야. 모든 개가 착하고 정직하다고 가정할 순 없지. 만약 나한테 앙심을 품은 개가 내게 불리한 진술을 하거나 내 신용을 이용해 범죄를 저지를 수도 있지 않을까. 개들에게 인권이 부여되는 순간, 우리의 비밀은 모두 탄로 나거나 불리한 방향으로 창작되겠지."

조이가 조용히 손을 들었다.

"임조이, 의견 있구나."

셋의 시선이 조이에게 모였다.

"그럼 개들에게 인권을 주지 않는다고 했을 때, 과연 그들의 발언은 세상에 아무 영향을 끼치지 않을까? 법정에서야 효력이 없을지 몰라도 명성이나 평판에 타격을 준다고 생각하면 인간은 개들을 살려둘까?"

조이의 말을 연수가 재빨리 받아 적었다.

"좋은 의견이지만 이 토론과는 무관하지. 샘이 원한 건 참신한 산출물이었어. 만약 연수나 네 의견대로 개에게도 인권을 주자고 썼다면 너무 뻔한 결과물이라 간신히 평타나 치겠지. 난 만점을 원해. 그러니 내 의견을 수렴해 과제물 작성해 줬으면 좋겠어. 작성 완료 되면 클래스룸 올리기 전에 공유 부탁할게."

태현이 연수를 향해 말을 하곤 가방을 짊어졌다. 그의 말투는 매우 부드럽고 상냥했지만, 분명한 명령과 복종의 요구가 가시처럼 도사리고 있었다.

"너 지금 나한테 명령했냐? 어?"

연수가 발끈했다.

"설마 친구끼리 그러겠어. 밖에 엄마 와 있어서 나가야 해서 그래. 좀 봐주라."

"야, 김태현. 네 잘난 대가리에서 나온 생각이 얼마나 위험한 줄 알아? 이 새끼 이거 싸이코패스였네."

연수가 태현을 향해 삿대질하며 핏대를 세웠다. 그러자 태현의 표정이 씻어낸 듯 차갑게 변했다.

"문제가 되기 전에 도려내는 게 무슨 잘못인지 모르겠네.

넌 그럼 개랑 연애하고 결혼하고 강아지 입양해서 아빠 소리 들으며 살 수 있나 보다. 똑같이 인권 가진 동물끼리 그럴 수도 있는 거지? 난 인간 여자와 결혼해서 인간 아이를 낳고, 인간무리의 대장이 되고 싶은데, 자신 없나 봐?"

분위기가 점점 험악해져 갔다. 하지만 태현의 말에 연수는 성을 내지 않았다. 싸움이 붙어봐야 불리한 건 그였으니까. 대기업 중역인 아버지, 음대 교수인 어머니, 상위권의 성적과 매너 있는 리더십이 태현의 명함이었다.

반면 연수는 중3 때 어머니를 여의고, 아버지마저 조현병으로 폐쇄병동에 입원 중이다. 병원비와 생활비 감당은 연수 혼자의 몫이었다. 매일 야간 편의점 알바를 마치고 씻지도 못한 채 학교에 나와 엎드려 자는 이유를 그는 차마 누구에게도 말할 수 없었다. 만약 연수가 태현과 시비라도 붙어 주먹을 휘둘렀다간 말하고 싶지 않은 비밀을 털어놓아야 할지도 몰랐다.

"야, 가라 가. 됐으니까 그만 꺼져. 네 같잖은 의견 잘 반영해서 산출물 작성할 테니, 그만 아닥해라."

연수가 마른세수를 하며 가방을 한쪽 어깨에 걸머졌다.

"이렇게 된 거…, 우리도 갈게. 내일 더 얘기하자."

팽팽한 긴장감이 수그러들자 조이와 윤서도 눈짓을 주고받으며 먼저 토론실을 나서 계단을 내려갔다.

"야, 김태현 좀 깬다. 그치? 평소엔 엄청 스마트하고 스위트한 스타일이었는데 급발진하니까 섬뜩하네. 표정 봤어? 박연수를 뼈째 잡아먹을 기세더라. 너도 짜게 식었지?"

토론실에서 멀어지자 윤서가 자그마한 목소리로 말했다.

"글쎄, 나는 태현이 말도 일리는 있는 거 같아. 천편일률적인 산출물로 좋은 점수 받긴 어렵잖아. 걔 입학한다는 하버드가 그렇대. 뭐든 이런 식으로 토론해서 독창적인 에세이를 써야 접수 받는다더라. 우리랑 생각하는 차원이 다르겠지. 근데 솔직히 평소 내가 기대한 모습하고 달라서 당황스럽긴 하더라."

조이는 마치 늑대처럼 안광을 뿜으며 인간세계의 대장이 되고 싶다 소리치던 태현의 얼굴이 아른거렸다. 낯설지만 왜인지 그게 태현의 진짜 얼굴은 아닐까 마음이 쓰였다. 하지만 토론이 만장일치의 뻔한 결과물을 내어서는 발전이 없을 테니 좋은 방향으로 생각하고 싶었다. 더구나 조기 전형으로 하버드 입학 허가까지 받았다는 수재를 말로 이겨낼 자신이 없었다. 겨우 인서울이면 다행인 자신의 처지와 참 많이도 다르단 생각에 조이는 한숨을 내쉬었다.

둘은 학교 정문을 나와 두리번거렸다. 이미 학생들이 거의 빠져나간 시간이라 도로는 한산했다.

"엄마, 어디야? 조이랑 지금 나왔어. 아, 사거리? 금방 오겠네. 우리 횡단보도 앞에 있을게."

윤서가 어머니와 통화를 마치고 지친 듯 조이에게 고개를 기댔다.

"이따 과외 끝나고 핫도그랑 로제 먹을래? 아님 마라탕?"

분위기 전환을 위해 조이가 배달 앱을 열었다.

"야야, 그러지 말고 초밥이랑 돈까스…."

저녁 메뉴를 고르느라 한창 정신이 팔린 둘 사이에 넘버원 골프 연습장이라 적힌 승합차 한 대가 멈춰 섰다. 운전석에서 중년 남자가 내려 둘에게 다가왔다.

"아가씨…, 아니지. 학생들 나 뭐 하나만 물을게."

남자의 소매 밑으로 푸른색 용머리 문신이 둘의 시선을 사로잡았다. 가장자리만 새치가 솟은 스포츠머리에 좁은 이마, 옴팡한 눈과 얇은 입술의 남자는 습관적으로 목을 비틀어 우두둑 관절 꺾는 소리를 냈다.

"뭔데요?"

조이는 윤서의 어머니가 빨리 도착하길 바라며 남자에게 대꾸했다.

"이 학교 3학년에 김태현이 다니지 않나? 연예인처럼 키도 크고 얼굴도 반반한데, 알아?"

3학년 중 김태현은 둘이 아는 그 애가 유일했다.

"그건 왜 물으시는데요?"

이번엔 윤서가 물었다.

"말하는 거 보니까 여기 다니는 건 맞네. 그놈이 어제 마감 근무였는데 우리 단골한테 5백만 원을 빌려 가서 지금 전화도 안 받고 있거든. CCTV까지 꺼놓은 걸 보면 계획범죄지. 근데 이 새끼는 왜 안 나오고 지랄이야. 사람 빡 돌게."

남자는 태현의 고용주였다. 동생이 운영하는 주유소 알바생인 태현의 인물과 말주변에 반한 그는 자신의 골프장 카운터에 그를 붙들어 앉혔다. 주로 여성 고객이 많은 그의 업장에 태현이 알바를 시작하자, 반년 만에 매출이 눈에 띄게 늘던 참이었다.

"아저씨, 다른 학교랑 착각하셨나 보다. 김태현 알바 같은 거 안 하는 앤데요? 개네 아빠 두성물산 임원이고 엄마는 피아노과 교수님이거든요. 게다가 하버드 합격통지서까지 받았고요. 그런 애가 뭐가 아쉬워서 알바를 해요?"

조이는 남자의 말이 터무니없다고 생각하며 쏘아붙였다.

"하, 그 자식 그거 완전 사기꾼 양아치네. 어쩜 친구들한테까지 구라를 쳤을까. 사실 김태현네 부모님은…."

남자가 말을 이으려던 찰나 윤서의 어머니 차가 도착해 경적을 울렸다.

"조이야, 가자. 괜히 더 말 섞지 말고."

윤서가 조이를 끌고 흰색 레인지로버에 올랐다. 둘을 태운

차가 사라지자, 남자는 비슬비슬 웃음을 주워섬기며 다시 정문을 바라보기 시작했다.

"사장님, 감 떨어지셨나 봐요. 나 좀 전에 나왔는데."

주머니에 손을 꽂은 태현이 남자의 등 뒤에서 속삭였다. 느닷없는 목소리에 그가 소스라치게 놀랐다.

"너, 인마! 이 쥐새끼 같은 놈."

남자가 태현의 멱살을 움켜잡았다.

"꼴랑 돈 5백 때문에 학교까지 찾아왔어요? 근데 어쩌나. 그 돈은 사장님이 갚으셔야 하는데."

태현이 남자의 손을 거칠게 떼어냈다.

"염병하고 자빠졌네. 너 신 여사님한테 돈 빌리고 전화는 왜 안 받아?"

"번호 바꿨으니까요. 사장님, 그 아주머니가 뭘 바라고 나한테 돈을 줬겠어요? 속이 너무 시커멓잖아. 미성년자한테 무슨 의미로 돈을 줬을진 잘 아실 거고. 어쨌든 채무 관계가 성립되려면 제가 사장님 매장에서 알바했다는 것부터 증명해야 하는데…, 아마 못하실걸요."

남자는 태현이 자기 생각보다 훨씬 총명하단 사실에 적이 주눅이 들었다.

"내가 너 월급 줬는데 왜 증명을 못 해? 형편 어렵대서 내가 가불해준 돈은 아직 급여에서 까지도 않았어, 인마. 네가 내 등에 이렇게 칼을 꽂으면 안 되지!"

"무슨 거창하게 칼을 꽂는대. 진짜 칼 맞아 보고 싶으세요?"

"뭐?"

태현 덕으로 매장에 손님이 늘어난 것은 사실이었지만, 그간 고객들에게 팁으로 받아 간 돈이 월급의 배는 될 터였다. 그걸 알고도 눈감아준 남자는 태현에게 배신감마저 느꼈다.

"칼은요, 법으로 꽂는 거예요. 사장님이 저한테 SNS 관리에 판촉업무까지 시키셨잖아요. 고객들한테 전화해서 부킹 날짜 받아오라면서요. 그거 다 텔레마케팅이에요. 미성년자가 하면 안 되는 불법. 자, 이래도 제가 사장님 매장 알바예요?"

남자는 입을 떼지 못했다. 미성년자를 고용해 적합하지 않은 업무를 맡기고, 자칫하면 원조교제까지 알선한 악덕 업주로 포장되기 맞춤이었다. 요즘 말로 손절하는 게 가장 깔끔한 방법이었다.

"새끼야, 5백 먹고 떨어져! 다시는 너 같은 관상하고 일 안 한다."

남자가 태현의 새하얀 운동화 위로 가래를 돋워 뱉고 돌아섰다. 비로소 홀로 남은 태현이 긴 한숨을 내쉬었다.

"오늘 재수 옴 붙었네. 그나저나 임조이, 최윤서 니들 귀 씻고 입 닫는 게 좋을 텐데…."

태현이 레인지로버가 사라진 도로를 물끄러미 바라보며 혼잣말을 했다.

9시가 넘어서야 과외가 끝났다. 조이와 윤서는 책상에 마주 앉아 배달 온 연어 초밥과 버블티로 저녁을 해결했다. 평소라면 허기를 달래느라 말도 없이 허겁지겁 음식을 먹었겠지만, 오늘은 달랐다. 윤서가 깨작거리던 젓가락을 내려놓고 버블티를 마셨다.

"아까 그 아저씨 말…, 사실 아니겠지?"

김태현이라는 이름은 성별과 상관없이 흔한 데다, 근처엔 다른 고등학교가 셋이나 다닥다닥 붙어 있었다. 다른 학교 아이와 착각한 거라고 믿고 싶은 윤서였다.

"글쎄, 다른 학교 김태현도 키 크고 반반하게 생겼을까?"

조이는 남자가 찾는 김태현이 어쩌면 그들이 알고 있는 회장일지도 모른다고 생각했다. 그게 사실이라면 태현은 지금껏 수없이 많은 거짓말을 해왔다. 이 지역에서 전문직이나 대기업 임원을 부모로 둔 아이들은 그리 드물지 않았다. 때문에 자신의 부모나 유명세, 재산 따위를 입 아프게 떠들 필요도 없었다. 유독 태현만이 아버지가 이번에 새로 맡은 프로젝트나 어머니의 독주회 영상을 자주 화제 삼았다.

조이는 휴대폰을 꺼내 유튜브로 피아니스트 정현림의 독주회 영상을 검색했다. 인어라인의 스팽글 드레스를 입은 40대 후반의 목이 긴 연주자가 갈채를 받으며 피아노 앞에 앉았다. 드뷔시의 '달빛'을 연주하는 그녀는 울 듯 웃을 듯, 절망과 환희의 표정을 번갈아 지으며 아름다운 선율을 자아냈다.

"그 영상 태현이 어머니지? 눈이랑 얼굴형이 닮은 거 같기도 하네."

윤서가 자리를 옮겨 조이 옆으로 왔다. 조이는 댓글들을 읽어 내려갔다. 주로 제자와 동문들의 축하 글이었고, 팬과 음악 관계자들의 응원도 섞여 있었다. 수 백 개의 댓글 중에서 조이는 '넘버원골프'라는 닉네임의 이용자에게 눈길이 갔다.

"귀국하시면 매장에서 조촐한 축하 파티 마련하겠습니다. ㅌㅎ. 윤서야, 나 왜 티읕 히읗이 태현으로 읽히냐. 너도 그래?"

조이가 휴대폰을 윤서에게 건네고 팔에 오소소 돋은 소름을 문질렀다.

"야, 밑에 또 다른 댓글 있다. 사랑하는 아내의 첫 베를린 독주회를 축하합니다. 근데 계정주인 이름이 박인표인데? 김태현 아빠가 박 씨일 리는 없잖아. 이게 다 김태현의 주작이란 거네?"

윤서는 더러운 것이 묻기라도 한 듯 휴대폰을 멀찌감치 밀어 놨다. 아름다운 선율은 절정을 향해 내달렸지만 두 아이의 귀에는 들리지 않았다.

"모든 게 주작이라면 하버드 조기 전형 합격도 거짓말일지 몰라."

조이가 믿기지 않는다는 듯 고개를 가로저었다.

그 시각, 태현은 침대에 누워 휴대폰과 손거울을 양손에 나누어 들고 있었다. 그는 경멸의 표정으로 검색된 서양인의 얼굴을 흉내 내며 거울을 바라보았다.

"이거였구나, 아까 임조이가 사장을 보며 지은 표정. 경멸이었네."

이번엔 안타까움을 키워드로 표정을 검색했다. 눈썹을 누그러뜨리고 눈망울이 그렁한 얼굴에 그의 시선이 향했다.

"난이도가 좀 있는데…. 얼굴 근육이 많이 쓰일 텐데 될까 모르겠네."

몇 번이나 휴대폰과 거울로 시선을 옮겨가며 표정 연습을 하던 그가 노크 소리에 몸을 일으켰다.

"엄마, 저녁은 안 먹는댔잖아, 좀 혼자 있게 냅둬."

태현이 신경질적으로 쏘아붙였지만, 그의 어머니는 기어코 방문을 열었다.

"과일이라도 먹으라고. 집에 오면 뭐라도 먹는 거… 그게 우리 규칙이잖아."

그녀는 무른 딸기 몇 알이 담긴 접시를 방문 안으로 밀어 넣었다. 전신이 화상 흉으로 덮인 태현의 어머니가 꺼풀조차 닫히지 않는 눈으로 아들을 바라보았다.

"규칙…. 그래 규칙이니까. 먹을게. 내가 규칙은 또 잘 지키지."

모자에게 규칙은 어겨서는 안 될 생존법이었다. 태현이 방문 앞으로 걸어 나와 딸기를 한입에 욱여넣고 억지로 웃는 표정을 지어 보였다.

"그래, 잘했다. 먹어줘서 고마워."

태현의 어머니가 핏물처럼 과즙이 번진 접시를 집어 들었다. 그녀가 장애인이 되어 유일하게 얻은 이득은 학군 좋은 지역에 영구임대로 집을 얻은 일 하나였다. 아들과 먹고 잘 집이 있다는 것만으로도 그녀는 행복했다.

"오늘은 알바 안 가?"

태현의 어머니는 젊은 시절 자신을 꼭 닮은 얼굴의 아들이 더 애틋했다.

"이제 비용 다 모았어. 그쪽에서 서류만 통과하면 돼."

태현이 지난 몇 달간 골프 연습장에서 일한 건 위장입양에

드는 브로커 수수료 때문이었다. 미국의 한인 가정에 위장 입양을 가 시민권을 획득하면 대입과 병역까지 한 번에 해결될 터였다. 그럼 지금처럼 서류위조까지 해가며 동급생과 교사들을 속이지 않아도 모두가 부러워할 스펙이 갖춰지리라.

"꼭 호적까지 갈아야 하겠니? 네 성적이면 우리나라 대학에서도 장학금 나올 텐데."

태현의 어머니는 눈을 질끈 감고 목소리를 쥐어짰다.

"왜? 엄마도 필요 없어질까 봐 겁나?"

아들의 되물음에 어머니는 가슴이 먹먹해졌다.

태현은 어린 시절부터 남달랐던 아들이었다. 웃거나 울거나 슬퍼하지 않는 아이. 그저 피부의 감각으로 전해지는 통증이나 간지럼에만 표정을 바꾸는 아들이 근심스러웠다. 어린이집에 다닐 무렵엔 놀이에 끼워주지 않는단 이유로 같은 반 아이의 얼굴에 플라스틱 칼로 상처를 입히기도 했다. 유치원 선생이 간식을 공평하게 배분하지 않으면 그녀의 몸에 포크 자국을 내거나 커터칼을 겨누었다. 야단을 치고 달래도 보고, 소아청소년과와 정신건강의학과를 오가며 얻은 결론은 반사회적 성격장애였다.

태현의 부모는 아이가 초등학교에 들어갈 무렵부터 표정을 학습시켰다. 조건 반사처럼 어떤 상황이 벌어질 땐 어떤 표정을 지어야 하고, 목소리나 표정으로 상대의 의도를 짐작할 수 있도록 수천 장의 그림과 사진을 보여주며 훈련했다. 다행히 태현은 매우 영특한 소년이었고, 자신의 이득을 위해서라면 조금 성가시더라도 약속한 규칙을 지키는 게 옳다는 걸 깨달았다. 하지만 그가 중학교에 입학할 무렵, 오랫동안 봉인되었던 차가운 본성이 폭발했다. 태현의 부모는 여느 부부처럼 자주 다투고 쉽게 풀어지는 사이였지만, 사이코패스 소년은 그걸 좀처럼 이해하지 못했다.

"뭐, 홈스쿨링? 미쳤구나. 애 좀 그만 감싸고돌아. 언제까지 집에만 붙잡아둘래? 너도…, 싸이코패스 아들놈도 지긋지긋하다. 진짜."

아버지의 목소리에 태현은 가슴이 뛰었다. 그 역시 늘 불평불만이 많은 아버지가 지긋지긋했고, 쥐꼬리만 한 월급으로 사느니 계산상 퇴직금과 위로금, 그리고 약간의 사망보험금이 추가된 목돈이 더 이득일지도 모른다고 생각했다. 어머니 정도는 얼마든지 컨트롤 할 수 있으니, 아버지는 없어도 그만이었다.

그날 새벽, 태현의 집엔 화재가 발생했다. 그의 예상대로 아버지는 사망했고, 어머니는 전신에 3도 화상을 입었다. 털끝 하나 그을리지 않은 사람은 태현뿐이었다. 화재 원인은 담뱃불로 인한 실화였다. 물론 가족 중 흡연자는 없었지만, 태현의 어머니는 본인이 흡연자였고 모두가 잠든 새벽 담배를 입에 문 채 잠이 들었다고 주장했다. 태현의 어머니는 아들이 언제든 마음만 먹으면 자신을 인생에서 도려낼 수 있다는 걸 깨달았다. 그녀가 규칙에 집착하는 건 아들의 생리적 욕구를 최대한 억누르기 위해서였다.

"태현아, 우리 규칙 1번 잊은 거 아니지?"

촛농처럼 녹아내린 코로 심호흡을 하며 어머니가 물었다.

태현이 휴대폰을 물끄러미 바라보다 천천히 고개를 들었다.

"절대… 사람은 해치지 않기?"

태현이 느리게 대답했다.

"그 규칙은 네가 어디에 살든 변하지 않아. 그것만 지켜주면 돼."

타국에 입양을 가도 본인이 행복하기만 하면 그만이었다. 그녀의 바람은 오직, 태현이 일평생 자신의 어둡고 깊은 속을 드러내지 않고 사람들 사이에 섞여 사는 것뿐이었다.

"사람은 해치지 않기라…. 그럼, 사람보다 열등한 존재면 괜찮단 거네."

태현의 말에 어머니는 들고 있던 접시를 놓치고야 말았다. 침대에서 일어선 태현이 바닥에 떨어진 접시를 주워 다시 어머니 손에 들려주었다.

"너 그게 무슨 말이야?"

"개가 인격을 가질까 봐. 뭐 그런 게 있어."

태현이 후드점퍼를 걸쳐 입고 집을 나섰다. 어머니의 꺼풀 없는 눈에서 진물 같은 눈물이 흘렀다.

　　　　　　　　　▶

　태현이 규칙을 어기기로 결심한 건 방금 정현림 독주회 영상에 붙은 댓글 때문이었다. 닉네임은 'pyeonsuking'이란 아이디가 정현림의 남편 댓글에 '자녀 사칭 사기꾼 제보합니다.'라는 대댓글을 달았다. 태현은 닉네임에 섞인 'yeonsu'로 그가 박연수인 걸 알아차렸다. 그는 자신의 정보를 지우기 위해 넘버원 골프 연습장 계정으로 로그인을 시도했지만 이미 사장이 비밀번호를 바꾼 탓에 실패했다.

　입양 절차가 시작되는 10월까진 아무 말썽 없이 버텨야 하는데, 자칫 연수가 일을 그르치기라도 하면 공든 탑이 무너질 터였다. 태현은 아파트 앞을 서성이며 휴대폰을 만지작거렸다. 새로 개통한 번호를 연수는 모를 터였다. 점잖게 댓글을 지워달라고 부탁해야 할지, 찾아가 흠씬 두들겨 패야 할지 고민하던 태현은 일단 연수가 어디 있는지 알아내는 것부터 시작하기로 했다.

　'JC 택배입니다. 운송장이 훼손되었는데 정확한 주소 답장

부탁드립니다.'

태현은 초조하게 휴대폰을 바라보며 답장을 기다렸다. 늦은 시간에 낯선 번호로 온 문자를 믿어줄지 의문이었지만, 그는 어수룩한 연수가 걸려들기만을 바라며 액정을 매만졌다.

'저 착한 주유소 옆 UC 편의점인데 여기로 배달되나요? 근데 택배시킨 적 없는데.'

답장을 확인한 태현이 빙그레 미소를 지었다. 착한 주유소라면 작년까지 그가 주유원으로 알바를 하던 곳이었다. 순간, 위기를 극복할 전략을 떠올린 태현이 휴대폰을 주머니에 꽂아 넣었다. 위치를 찾아냈으니 굳이 답장을 보낼 필요가 없었다. 그는 후드를 눌러쓰고 착한주유소 옆 편의점을 향해 내달렸다.

꽤 오랜 기간 태현은 어머니마저 해치우면 좀 더 쉽게 입양을 갈 수 있을지 모른다는 생각을 했다. 그걸 실행으로 옮기지 못한 건 혈육지간의 애정이나 천륜 때문이 아니었다. 어머니 없이 진짜 고아가 되어 버리면 자신이 양부모를 직접 고를 수 없다는 걸 깨달은 탓이었다. 게다가 성인이 코앞인 다 큰 청년이 입양을 갈 수 있을지도 의문이었다. 태현은 성년이 되기 전 돈을 모아 스스로 양부모를 선택할 수 있는 밑천을 마련해야 했다. 오직 그 목표 하나만을 향해 버텨 왔건만 이대로 무너질 수는 없었다.

태현의 눈에 저 멀리, 어두운 골목에서 홀로 불을 밝힌 편의점은 등대처럼 보이기도 했다. 편의점 앞에 당도한 그는 낯익은 세 사람을 발견하고 걸음을 멈췄다. 점원 유니폼을 걸친 연수, 교복 차림의 조이와 윤서가 심각한 표정으로 테이블에 앉아 있었다. 태현은 그들 눈에 띄지 않게 몸을 낮추고 테이블이 있는 후문 쪽으로 다가가 몸을 붙였다. 그러자 셋의 대화가 두런두런 새어 났다.

"거짓말 할 수도 있지. 이해가 안 되는 건 아닌데, 자기 손님한테 사기 쳐서 돈 뜯은 건 너무 악질이잖아."

알고도 모른 척할 수 없었던 윤서가 조이를 부추겨 연수를 찾아온 터였다. 갑작스레 자신의 궁핍한 알바 생활을 공개하게 된 연수는 잠시 머쓱했지만, 이내 평정심을 되찾았다. 그리고 정현림의 남편 댓글에 대댓글을 단 뒤 다음 행보를 고민했다.

"메시지 보내고 싶은데 페북에선 검색이 안 되네. 너흰?"

윤서가 폰을 내려놓고 얼음만 남은 컵 커피를 후룩 빨았다.

"트위터도 계정 없어. 박연수 넌?"

조이가 고개를 길게 빼 연수의 휴대폰을 바라봤다.

"난 복잡한 거 딱 질색이야. 그냥 담임쌤한테 문자할까?"

연수가 문자메시지 창을 열며 둘에게 물었다.

"담임쌤이 퍽이나 그 말을 믿겠다. 차라리 신경 끊자. 골프 연습장 사장이 알아서 하겠지. 산출물은 김태현 의견 무시하고 쓰는 게 어때?"

조이는 태현에 대한 호감이 어느새 차갑게 식었다. 그도 그럴 것이 돌이켜 보면 태현은 섬뜩한 구석이 많은 아이였다. 처음엔 우연이겠지, 싶은 사건이 꽤 있었다. 학기 초 전학 온 태현은 말수도 적고 늘 무표정이었다. 그러다 부회장인 지민과 짝이 되며 많은 변화가 생겼다. 지민의 어머니는 대기업 임원이었고 아버지는 물리학 교수로 태현이 주장하는 부모님의 스펙과 비슷했다. 그러다 어느 순간 태현은 지민의 말투며 표정까지 복사해냈다.

둘은 성별과 생김새만 다를 뿐, 마치 쌍둥이 남매라 해도 믿을 정도로 비슷한 순간에 웃고, 비슷한 의견을 내놓았으며, 비슷한 성적을 유지했다. 태현이라는 캐릭터가 지민을 롤모델로 만들어졌을지 모른다는 생각에 이르자 조이는 한순간도 태현과 함께 있고 싶은 마음이 사라졌다.

"내가 내일 쌤한테 말해서 공론화할 거야. 중고세상에서 문화상품권 먹튀한 것도 아니고 자그마치 5백만 원이라잖아."

조이가 머리카락을 오른쪽 어깨로 쓸어내려 매만졌다.

문틈으로 이들의 대화를 엿듣고 있던 태현의 얼굴에 핏기가 가셨다. 연수 혼자만 알게 된 사실이라면 말로 달래든 주먹으로 협박을 하든, 덤벼 볼 만했지만 조이와 윤서는 달랐다. 둘은 태현이 평판을 만들 때 가장 신경 썼던 아이들이었다. 괜찮은 성적과 안정적인 중산층, 무난한 친화력까지. 조이와 윤서 같은 중간 계층 아이들에게 호감을 사는 게 가장 어렵지만 확실한 이미지 구축의 디딤돌이었다. 그들이 자신의 비밀을 알아버렸으니 낭패일 수밖에.

"너 왜 학교에서 애기 안 했어? 야간 알바하느라 못 자고 등교하는 거. 그럼 이해해주는 애들 많았을 텐데."

조이가 연수에게 물었다.

"졸업까지 뭐 얼마나 남았다고 징징거리고 다니냐? 니들한테 이해받는다고 시급 오르는 것도 아니고."

연수가 피식 웃으며 물티슈를 뽑아 테이블을 슥슥 닦았다. 그때 편의점 앞 의류 수거함이 우체통 위로 쓰러지며 굉음이 들렸다. 셋의 시선이 창문 너머 의류 수거함으로 향했다.

"저절로 쓰러진 건가?"

윤서가 고개를 갸웃했다.

"요즘도 편지 부치는 사람이 있긴 하구나. 우체통은 비어 있을 줄만 알았는데."

조이는 종이상자처럼 찢어진 우체통에서 비어져 나온 우편물을 신기하게 바라봤다. 그때 끼이익, 하는 마찰음이 셋의 등 뒤에서 들렸다.

"손님?"

연수가 다급히 고개를 돌렸지만 손님은 없었고 창고로 향하는 출입문만 반쯤 열려 있었다. 그러고는 일시에 실내등이 꺼졌다. 빛이라곤 냉장식품 진열대 뿐 희미한 불빛 아래서 조이와 윤서가 가늘게 비명을 질렀다.

"두꺼비집이 내려갔나? 너희 잠깐 여기 있어. 나 창고 갔다 올게."

연수가 휴대폰 플래시를 켜고 창고 안으로 한 걸음 발을 내디뎠다. 더듬거리며 재고 상자를 지나쳐 누전차단기 쪽으로 향했다. 익숙했던 사물의 그림자가 평소보다 더 괴기스럽게 그의 어깨 위에서 어룽거렸다. 겨우 넘어지지 않고 다다른 누전차단기는 그의 예상대로 내려가 있었다. 우선 전기를 켠 뒤 점장에게 보고하기로 마음먹은 연수가 차단기에 손을 뻗었다.

"임조이! 왜 여기 그림자가 셋이야? 연수는 창고 갔잖아!"

차단기를 올리려는 순간 윤서의 떨리는 목소리가 들렸다. 연수가 황급히 매장으로 돌아가려는데 철컹, 문이 닫혔다. 의류 수거함으로 모두의 시선을 돌린 뒤 잠입했던 태현이었다. 그는 재빨리 누전차단기를 내린 뒤 어둠 속을 헤치고 나와 연수를 가두는 데 성공했다.

연수는 창고 안에서 있는 힘껏 둘에게 도망치라고 소리쳤지만 두꺼운 철문을 통과하긴 어려웠다. 하지만 뭔가 잘못되어가고 있다는 걸 조이와 윤서도 알아차렸다.

"윤서야, 여기서 나가자. 곁눈질하지 말고 나 따라와."

조이는 윤서의 손을 꼭 쥐고 출입문을 향해 내달렸다. 어째서인지 윤서의 손이 평소보다 크고 축축하다 느낀 조이가 고개를 홱 돌렸다. 조이가 잡은 손은 윤서가 아닌 후드를 푹 눌러쓴 태현의 것이었다.

"너 뭐 하는 짓이야!"

조이의 시선은 잔뜩 겁을 집어먹고 바닥에 쓰러져 태현의 운동화에 목이 눌린 윤서에게 향했다.

"이래서 개들한테 인권을 주면 안 된단 거였어. 오늘은 2 플러스 1행사라…, 괜찮은데?"

태현은 인터넷에서 배운 경멸의 표정을 흉내 냈지만, 조이의 눈엔 웃는지 우는지 좀처럼 가늠하기 어려운 얼굴이었다.

윤리와 사상 수업이 시작되었다. 검정색 원피스 차림의 교사가 교실 문을 열었다. 수런거리던 아이들이 입을 다물고 책상 위에 교과서를 올렸다. 그녀의 시선이 주인 없는 책상 세 개에 잠시 머물다 떨어졌다. 조이, 윤서, 연수의 자리였다.

세 아이들이 주유소 화재 사고로 사망한 지 일주일째였다. 아이들은 수행평가 토론을 하러 편의점에 모였다 참변을 당했고, 그들 중 유일한 생존자는 태현이었다. 바로 옆 주유소에서 벌어진 화재는 누군가 의도적으로 오일탱크를 열고 방화를 저지른 게 확실했지만, CCTV마저 전소돼 범인을 찾을 실마리가 없었다.

교사는 머리카락이 녹아 삭발을 하고 나타난 태현을 안쓰럽게 바라보았다.

"자, 모둠별로 책상 붙여서 앉아봅시다. 태현이는 발표 괜찮겠어?"

졸지에 1인 모둠이 된 태현이 금방이라도 울 것 같은 표정을 지어 보였다.

"그래, 네가 제일 힘들겠지. 힘내자. 그럼 태현이부터 발표해볼까. 다들 기운 내라고 박수 한 번 쳐주자."

동급생들이 붉어진 눈시울로 태현을 향해 손바닥을 마주쳤다. 태현이 굽실굽실 인사를 하며 교탁으로 나와 자신의 민머리를 몇 번 쓰다듬다 소매로 눈가를 닦았다.

"울지 마! 울지 마!"

부회장 지민의 선창에 아이들도 입을 맞춰 태현을 위로했다.

"1 모둠 조장 김태현입니다. 사실 조장은 박연수였는데…
사정으로 인해 제가 맡았습니다. 저희 모둠은 긴 회의 끝에
다음과 같은 결과를…"

발표를 하는 내내 태현의 시선은 지민을 향해 있었다. 그
애가 웃는 순간 따라 웃었고, 진지하게 고개를 끄덕일 땐 한
박자 느리게 따라잡았다. 턱과 입술을 만지는 손동작, 이따금
으쓱거리는 어깨와 조금 기울인 고개. 부유하고 똑똑한 사람
이라면 의당 가져야 할 것 같은 모든 것을 최선을 다해 흉내
내었다.

"…때문에 개가 인간의 지능과 언어능력을 갖추었다 하더
라도 인권을 부여할 수는 없다는 게 저희 모둠 임조이, 박연
수 그리고 제가 내린 결론이었습니다. 감사합니다."

발표가 끝나자 아이들의 박수가 터져 나왔다. 수행평가 A
를 예감하자 태현의 입꼬리가 슬그머니 올라갔다. 그러나 이
럴 때 지어야 할 표정은 이미 인터넷으로 검색해 두었다. 그
는 숨을 참아 부러 시뻘겋게 만든 얼굴을 가로저으며 있는
힘껏 자신의 아랫입술을 깨물곤 꾸벅 인사를 했다. 그러고는
시든 국화가 한 다발이 놓인 세 개의 책상들을 향해 무심한
걸음을 옮겼다.

나는 종합고등학교를 졸업했다.

인문계와 상업계로 나뉘었고, 대입과 취업이라는 각기 다른 목적을 가진 아이들은 좀처럼 섞이질 못했다.

그래서 분명 동창인데도 얼굴이 기억나지 않거나 이름조차 낯선 아이들도 많다.

나는 상업계를 졸업했다.

생의 목표가 은행 취업인 것처럼 주산, 부기, 타자 자격증을 따고 취업 추천을 기다렸다.

그때 누군가 말해줬다. 은행 면접에 합격하려면 좀 더 예뻐야 한다고.

아, 그랬구나! 그럼 난 해봐야 안 되는 거였네.

나는 나를 흔쾌히 받아주는 세계를 찾아 걸음을 틀었다.

아주 오래전 백일장 대회에서 몇 번의 상장을 받은 일이 기억났다.

수능에 자신이 없어 실기시험이 있는 대학에 입학하기로 마음먹었다.

덜컥 합격통지를 받은 날, 나는 길 밖에도 세상은 있다는 사실이 낯설어 한참이나 눈을 끔벅거렸다.

대학도 별다를 바 없는 세상이긴 했다. 취업과 등단이라는 각자의 목표에 따라 아이들이 나뉘었다.

나는 이번에도 취업이 목표였다. 그래서 등단이 목표인 아이들의 얼굴이 잘 기억나지 않는다.

목적과 목표에 좇아 성장했지만, 인생은 늘 새로운 함정을 파놓곤 했다.

그게 이번 이야기의 원천이 되었다는 걸 전하고 싶다.

2

넌 몰라

정해연

1

이번에도 배도혁이 지목받았다.

자리에서 일어나 당당히 나를 스쳐 가는 배도혁도, 그런 배도혁을 흐뭇한 눈길로 바라보는 선생님도, 기대하는 듯한 다른 아이들의 표정도 모두 재수 없다. 배도혁도, 음악 선생님도, 심지어 반 아이들까지 나를 무시하고 있다는 생각을 떨쳐버릴 수 없다. 내 자격지심이라고?

아니, 당신은 모른다.

이것은 확신에 가깝다. 왜냐하면 저들 모두 나 역시 배도혁 못지않은 피아노 실력을 갖고 있음을 알기 때문이다. 나를 무시하지 않고서는 매번 음악 시간마다 배도혁을 피아노 주자로 세울 리가 없다. 다른 아이들도 내 눈치는 조금도 보지 않으니 배도혁을 저런 눈으로 쳐다 볼 수 있는 것이다.

단 한 번 미안해하지도 않고 당연한 듯 피아노 앞에 앉는 배도혁은 말할 것도 없다. 나는 내 권리를 주장하는 것이 아니다. 최소한의 배려조차 없는 이 교실이 혐오스러울 뿐이다.

예술 고등학교에 떨어진 것은 뼈아픈 실책이었다. 실기 시험 당일 컨디션만 좋았다면 이 거지 같은 학교에서 배도혁 따위에게 짓눌리지는 않았을 것이었다. 예술 고등학교에 입학하지 못했어도 나는 피아니스트의 꿈을 놓지 않았다. 일반고인 이곳 은파고등학교에 들어왔지만, 대학은 반드시 S대 음대에 진학할 거라고 믿어 의심치 않았다.

1학년 때부터 내 목표는 바뀐 적이 없다. 매번 음악부장이 되려 했던 것도 이 때문이었다. 생활기록부에 적히는 모든 한 줄 한 줄이 나를 꿈까지 이끌어줄 것이라는 계산이었다. 1학년 때와 마찬가지로 2학년에 들어서도 음악부장 자리를 꿰찼다. 내 인생은 순조로워야 했고, 당연히 그럴 예정이었다. 배도혁만 아니었다면.

배도혁의 유튜브가 내 발목을 잡을 거라고는 단 한 번도 생각해 본 적이 없다.

"도혁이 너 진짜 대박이더라. 피아노 치는 줄 몰랐어!"

같은 반의 상아가 흥분한 목소리로 그렇게 말했을 때, 나도 모르게 그쪽으로 고개를 돌렸다. '피아노'라는 단어 때문이었다. 그때까지만 해도 도혁이 피아노를 친다는 것은 전혀 알지 못했었다. 도혁은 그저 같은 반에 있는 학생 정도였다. 별로 친하지도 않았지만 그다지 싫지도 않은, 외톨이는 아니지만 튀지도 않는, 가까운 자리의 두세 명만 어울리는 평범하디 평범한 애일 뿐이었다.

도혁이 쑥스러운 듯 웃으며 대답했다.

"어, 봤어? 날 아는 사람이 볼 줄은 몰랐는데…."

"뭐래. 그 정도 떡상인데 어떻게 못 볼 수가 있어? 구독할게! 다음 영상도 빨리 올려줘, 알았지?"

나는 그쪽을 지켜보다가 상아가 자리에 앉은 뒤 조용히 물었다. 상아의 자리는 내 책상 바로 앞자리였다.

"무슨 소리야?"

"어?"

상아가 뒤를 돌아보았다.

"조금 전에 피아노 어쩌고 하는 거 같던데?"

아, 하며 상아가 몸을 틀어 앉았다.

"몰랐는데 도혁이 쟤 유튜브 하더라."

유튜브를 한다는 것 자체가 놀라운 일은 아니었다. 교내에도 유튜브를 하는 애들이 몇 명 있긴 했다. 등교하고 동아리 활동하는 것을 찍어 올리는 브이로거들이나 먹방, 문구류들을 사들여 언박싱하는 영상을 올리는 등 시답잖은 콘텐츠뿐이라 그다지 신기할 것도 관심을 가질 것도 없었다. 그러나 이번엔 좀 다르다. 나도 모르게 눈을 빛냈다.

"쟤 콘텐츠가 피아노야?"

내 물음에 상아가 완전히 몸을 돌려 나와 마주했다. 자신이 본 것을 공유할 수 있는 대상이 있어 기쁜 모양이었다. 그러잖아도 큰 입을 잔뜩 벌리면서 목소리를 높였다.

"어. 쟤 피아노 치는 줄도 몰랐어. 그런데 그렇게 잘 치다니! 유튜브를 한 지는 몇 달 됐나 보더라고. 근데 얼마 전에 올린 영상이 떡상했어. 그게 진짜 대박인데 말이야."

알아서 주절주절 떠들 태세였지만 대답은 거기까지 들을 수밖에 없었다. 담임 선생님이 조례를 위해 들어왔기 때문이었다. 이따 얘기해준다며 상아가 황급히 자세를 고쳐 앉았지만 그다지 흥미롭지는 않았다. 그냥 배도혁이 피아노를 친다는 것이 신기했을 뿐이다. 그때까지만 해도 나에게 배도혁은 그냥 교실에 깔린 38개의 책상 주인 중 한 명일 뿐이었다.

변화가 감지된 것은 그다음 날 5교시 음악 시간이었다. 별관의 음악실로 이동했고, 음악 선생님이 들어왔다. 그날 선생님의 표정이 조금 달랐던가? 그때까지만 해도 별로 관심을 두지 않아 잘 기억이 나지 않는다. 음악 선생님은 화이트보드에 '오! 내 사랑'이라고 적은 뒤 괄호를 붙여 Caro mio ben이라고 써넣었다. 이탈리아 가곡. 악보를 보지 않고도 피아노를 칠 수 있는 아주 잘 아는 곡이었다. 돌아선 음악 선생님이 입을 열었다.

"까로 미오 벤. 오! 내 사랑이라는 이탈리아 가곡이지. 오늘은 피아노 반주에 맞춰서 이탈리아 원어로 불러 볼 거야. 자…"

그 소리는 마치 신호나 다름없었다. 나는 자리에서 일어나 피아노 쪽으로 다가갔다. 내가 앉아 네 마디 정도를 피아노로 치면 아이들이 따라 부르는 것이 순서여야 했다. 그런데 선생님이 나를 향해 손을 뻗었다.

"아니, 잠깐만."

나는 피아노 쪽으로 가다 말고 엉거주춤 멈춰 섰다. 선생님이 아이들 쪽으로 고개를 돌렸다.

"배도혁?"

그 이름이 들리자 나도 모르게 미간이 찌푸려졌다. 돌아보자, 중간쯤에 앉아 있던 배도혁이 어리둥절한 얼굴로 손을 들었다. 몇몇이 호기심 가득한 눈초리로 배도혁을 쳐다보았다.

"우리의 유튜브 스타, 배도혁 선생."

아이들의 웃음이 까르르 굴렀다. 멀리 떨어진 피아노 앞쪽 내가 서 있는 곳에서도 배도혁이 얼굴을 붉히는 것이 보였다.

"선생님은 진짜 깜짝 놀랐다, 애. 너희들은 모르니?"

몇몇이 조용히 '알아요.'하고 말했다.

"모르는 애들은 한번 유튜브 검색해봐. 선생님은 내가 아는 배도혁이 맞나 한참 봤어. 그렇게 피아노를 잘 치면서 왜 여태껏 말을 안 했니?"

말을 하면? 뭔가 바뀌었다는 건가?

선생님은 배도혁을 앞으로 불렀다. 그때까지 내가 어정쩡하게 서 있다는 것을 완전히 잊은 사람 같았다. 배도혁이 앞으로 나온 뒤에야 선생님은 나에게로 시선을 돌렸다. 그 눈빛은 내가 그 자리의 불청객이라고 말하고 있었다. 뒤를 돌아 자리로 돌아오는 내내 찜찜했다. 내 자리는 여기가 아니다. 피아노 앞이 내 자리였다. 수업이 시작되기 전까지 다른 아이들과 함께 뒤섞여 앉는 이 자리는 그저 임시일 뿐이었다.

하지만 그날 이후 이 자리는 그야말로 '내 자리'가 되어버렸다. 모든 반주가 필요한 순간 음악 선생님은 배도혁을 불렀다. 음악부장인 나는 음악 선생님의 지시를 아이들에게 전하거나 프린트를 나눠주는 심부름꾼으로 전락해버렸다.

오늘도 역시 선생님은 피아노 주자로 배도혁을 지목했다.

"나는 여기 3반만 오면 마음이 편하더라."

배도혁이 특유의 멋쩍어하는 미소와 함께 건반 위에 두 손을 올렸다. 그리고 긴 손가락들이 건반 위를 유영하기 시작했다. 설레는 표정으로 아이들이 노래를 하기 시작했다. 나는 노래하지 않았다.

2

처음 배도혁이 피아노를 친다는 것을 알았던 날, 집으로 돌아오자마자 나는 유튜브를 켰었다. 피아니스트들의 유튜브 채널을 구독했기 때문에 자주 사용했었지만, 내가 아는 사람의 유튜브 채널을 찾게 되리라고는 상상도 못 했다. 유튜브 앱을 켜고 검색 버튼을 누르려던 내 손가락이 멎었다. 거짓말처럼 홈 화면에 배도혁의 유튜브 영상이 떠 있었다. 그동안 내가 시청해왔던 영상들이 주로 피아니스트들의 영상이었기 때문에 알고리즘이 요즘 인기 있는 영상 중 관심도와 맞는 영상을 불러온 것일 테다.

영상 제목에 배도혁의 이름이 적혀 있는 것은 아니었지만 썸네일만 보고도 배도혁이라는 것을 알 수 있었다. 피아노에 가까이 다가가고 있는 교복 입은 남학생. 뒷머리를 긁적이느라 들린 팔 때문에 가려 얼굴이 보이지 않았지만 보지 않아도 배도혁이라는 것을 금방 알아보았다. 채널의 구독자는 17만 명, 해당 영상 조회 수는 85만 회에 육박했다. 좋지 못한 기분을 느끼면서도 영상을 클릭했다.

영상의 시작은 누군지 모를 피아니스트의 버스킹 연주였다. 피아노가 놓인 곳은 마로니에 공원 인근 같았다. 연주자의 주변으로는 고작 대여섯 명 정도가 서 있다가 그나마도 두 명이 금세 떠났다.

연주가 끝나자 작은 박수가 들렸다. 그때 누군가 다가왔다. 배도혁이다. 뭔가를 말하는 듯하더니 연주자가 웃으며 자리를 비켜주었다. 교복을 입고 있는 청소년의 등장에 사람들은 심드렁한 모습이었다. 세 명 남짓 남아있던 사람들마저 자리를 떠난다.

배도혁이 양손을 피아노에 올렸다. 잠시 턱을 들고 깊은숨을 들이쉬었다. 이내 그 손이 들리고 첫 음을 쳤다.

이내 빠르게 쏟아지는 음들. 모차르트 피아노 소나타 제11번 3악장. 터키행진곡이라는 별칭이 붙은 곡이다. 원래의 곡 자체가 행진곡풍의 빠른 곡이지만 훨씬 더 빠르게 편곡해 엄청난 속주를 보여줬다. 테크닉이 대단했다. 옆에 서 있던 피아니스트가 휘둥그레진 눈으로 감탄하듯 입을 벌렸다. 지나가던 사람들이 흘끗 뒤를 돌아보더니 걸음을 하나둘 멈추기 시작했다. 연주자가 있을 때보다 훨씬 많은 사람들이 모여들고 그것과 비례하여 피아노를 두드리는 배도혁의 손가락이 더 터질 듯이 건반을 쳤다. 무심한 듯 다문 입술과 반대되는 날카로운 눈빛. 몰아치는 음들. 그리고 피니시. 속도를 이기지 못하고 이내 도로를 이탈하는 스포츠카처럼 배도혁의 손가락이 건반에서 튕겨져 나갔다. 그런 그를 감싸 안는 엄청난 박수.

나도 모르게 입술이 일그러졌다. 허, 하고 기막힌 웃음을 내뱉었다. 나는 자신할 수 있었다. 내 가슴에 들불처럼 일어나는 것은 질투가 아니다. 분노다. 아니 기분 나쁨이다. 이런 얄팍한 수에 음악 선생님까지 덩달아 날뛰다니, 귀가 어떻게 된 게 아닌가 싶었다. 하긴, 고작해야 일반 고등학교 음악 선생님이니 그 실력이 뻔하다고 생각했다.

배도혁의 영상은 그저 쇼일 뿐이었다. 처음 피아노를 연주했던 연주자와 이미 약속되어 있던 게 아닌가 싶었다. 제대로 된 피아니스트라면 자신의 피아노를 함부로 내줄 리가 없다. 하지만 내가 쇼라고 생각하는 것은 그런 부분 때문만은 아니었다. 사람들의 이목을 잡은 것은 속주다. 사람들은 음악에 심취한 것이 아니라 위험을 넘나들며 공중제비를 하는 서커스에 빠진 것뿐이었다.

"저기…."

누군가 어깨를 치는 것과 동시에 생각에서 빠져나왔다. 뒤를 돌아보자마자 미간이 경직되어 버렸다. 배도혁이었다. 음악 수업이 끝나 교실로 이동하는 중이었다. 다른 아이들이 옆을 스쳐 지나갔다. 오른쪽에 있는 유리창 밖에서 뜨거운 오후의 햇살이 쏟아지고 있었다.

나는 애써 미소를 지으며 무슨 일이냐는 듯 고개를 갸웃했다. 피아노 주자 자리를 빼앗겨 화를 내고 있다는 이상한 오명은 쓰고 싶지 않았다. 그까짓 재주에 질투하는 것도 물론 아니다.

배도혁은 목을 움츠리며 음악 교과서를 내밀었다.

"이거."

그것은 내 것이었다. 당연히 피아노 반주를 하게 될 거라고 생각해 내 교과서를 피아노에 올려놓았었다. 배도혁이 내 교과서를 보며 수업 시간 내내 반주를 하는 것을 듣고 있어야만 했다. 나는 억지웃음을 지으며 교과서를 받아들었다.

"네 유튜브 봤어. 잘 치더라."

"뭘."

얼굴을 붉히며 쑥스럽게 웃는 것이 꼴사나웠다. 겸손한 척. 저런 얼굴로 느닷없이 엄청난 속주를 해대니 사람들이 더 관심 갖는 것뿐이다. 겸손하고 착한 능력자. 괜찮은 이미지 메이킹 아닌가.

"구독자도 엄청 많던데 뭐."

"유튜브는 그냥 재미로 했어. 얼마 전에 올린 영상 하나

땜에 구독자가 갑자기 몰려서 그렇지 별로 잘 치지도 못해. 이번에 뜬 거야 뭐, 주변 사람들이 놀라는 장면 때문에 신기해서 그러는 거지."

나도 그렇게 생각한다.

"음대 갈 거야?"

배도혁의 눈썹 끝이 움찔하는 것이 보였다.

"아니. 그냥 취미로 하는 거야."

"담임이 음대 보내는 게 어떻겠냐고 그랬다던데, 너희 부모님한테?"

"아…."

곤란한 듯 고개를 외로 꺾으며 대답을 머뭇거렸다.

"아냐. 나는 교대 갈 거야. 선생님이 될 거야."

음대를 갈 거라고 하는 대답이 돌아오는 것도 별로였지만 배도혁의 지금 대답 역시 배알이 꼬였다. 상아한테 들기로는 음악 선생님께 이야기를 전해 들은 담임 선생님이 얼마 전 있었던 진로 상담 때 배도혁의 엄마에게 음대 진학을 강력하게 요청했다고 얘기했단다. 그 자리에 음악 선생님까지 동석했다고 했다. 그것이 마치 천재의 탄생이라도 되는 것처럼 반 아이들이 떠들어 대는 것도 싫었지만, '나는 가만히 있는데 주변에서 난리야.'라고 말하는 배도혁의 태도도 재수 없었다.

"그래? 아깝네."

나는 한쪽 입술 끝만 끌어올려 웃어주고는 등을 돌려 교실로 돌아왔다. 별로 신경 쓸 애가 아니었다. 일일이 기분 나빠하는 것이 오히려 자존심 상했다.

나는 네 살 때부터 피아노를 쳐왔다. 저런 녀석이 유튜브 따위에서 쇼를 벌이는 동안 잠도 자지 않고 곡 분석을 했고 쉬는 시간도 없이 연습실에 틀어박혀 연주했다. 예고에는 저 정도의 아이들은 넘쳐난다. 운이 나빠 예고를 들어가지 못했지만, 예고였다면 배도혁과 나, 누가 진짜로 음악성이 있는지 제대로 들어주는 귀가 있었을 것이다.

그 일만 없었다면 아마 나는 그쯤에서, 그 정도의 불쾌함에서 끝냈을 것이었다.

담임 선생님이 이번 축제 때 배도혁의 독주 프로그램을 선정하지만 않았어도 말이다.

3

엄마의 소나타는 학교 앞 도로에 비상등을 켠 채 서 있었다. 그 앞뒤로 수많은 차량들이 빽빽하게 줄지어 있었다. 학원에서 온 차량도 많았지만, 엄마처럼 아이들을 태우기 위해

대기하고 있는 학부모들의 차로 하교 시간만 되면 전쟁통이 따로 없었다. 미처 자리를 차지하지 못한 차량은 주차 줄을 거슬러 올라가 끝에 세우고 한참을 걸어 내려오거나 아예 시동을 켠 채로 다른 차 옆에 붙여 이중으로 세웠다가 학교 안 전지킴이 아저씨에게 경고를 받고 이동하기도 했다. 신기하게도 엄마는 교문을 나오면 보이는 자리를 항상 차지했다. 나는 익숙하게 걸어가 뒷자리 문을 열고 가방을 집어 던진 뒤 조수석에 올라탔다.

"아드님, 오늘도 고생 많았어."

엄마의 경쾌하고 높은 목소리가 나를 반겼다. 굵은 웨이브 머리카락이 엄마가 룸미러에서 눈을 떼고 고개를 돌리는 바람에 어깨에서 찰랑거리며 흔들렸다. 완벽하게 화장을 한 얼굴, 튀지 않으면서도 어디서도 꿀리지 않을 패션 감각 때문에 사람들은 엄마를 고등학교 2학년의 학부모로 보지 않았다. 내가 생각해도 다른 애들 엄마보다 훨씬 젊어 보였다. 엄마를 보는 다른 애들의 표정을 보면 꾸미는 것을 좋아하는 엄마를 만나 다행이라고 생각했다.

대답 대신 시트에 몸을 묻은 뒤 낮은 한숨을 흘렸다. 엄마가 나를 흘깃 보는 것이 느껴졌지만 굳이 설명하려 하지 않았다. 지금은 아무 말도 하고 싶지 않다. "무슨 일 있어?"라는 질문이 나오면 기분 좋은 척할 생각도 없으니 이리저리 설명하느라 귀찮아진다. 이럴 때는 차라리 아무 말도 걸지 못하게끔 무언의 압력을 넣는 쪽이 좋다.

차는 이내 출발했다.

아이들을 가득 실은 학원 차와는 반대 방향이었다.

"갈비찜 먹고 싶다고 해서 오늘 엄마가 솜씨 좀 부렸어. 근데 오늘 아빠는 늦으신다네? 우리끼리 먹어야 할 것 같아."

세 번쯤 교차로 신호에 걸려 정차했을 때 엄마가 처음으로 입을 열었다. 나는 몸을 더 시트에 묻으며 무심하게 대답했다.

"하루 이틀인가 뭐."

엄마의 시선이 다시 한번 핥듯이 내 얼굴 위를 스쳤다. 그게 부담스러워 몸을 창 쪽으로 틀어 버렸다.

"혹시 피곤하면 레슨 선생님 오늘은 오지 마시라고 할까?"

일주일에 한 번 레슨을 받던 것을 일주일에 세 번으로 늘린 지 두 달째였다. 곧 3학년이고 음대 입시를 위해 더욱 박차를 가해야 할 것 같다고 결정했기 때문이었다. 레슨 선생님은 엄마가 리스트에 올린 후보 중에서 내가 직접 골랐다. 그래봤자 아무리 따져 봐도 비슷비슷한 경력의 사람들이다. 음대를 졸업해 학원 강사로 일한 경력이 있거나, 개인 레슨을 업으로 하는 사람들. 이름 난 교수급이나 시향 단원인 사람들은 금액이 어마어마하기 때문에 아예 고려도 하지 못한다는 엄마의 사정이 리스트에 그대로 담겨 있었다.

짜증이 나지 않았던 것은 아니다. 지금 예고에 다니고 있는 아이들은 엄청난 실력자들에게 지도받고 있을 거라는 생각 때문에 조급했다. 경제적 문제는 어차피 피아니스트가 되겠다고 선언했을 때 부모님이 감수했어야 하는 문제였다. 음대에 들어가도 물론 큰돈이 들지만, 피아니스트만 되면 그보다 더 돌려줄 수도 있었다. 그래도 더 고집부리지 않았던 것은 3학년이 되면 매일 레슨을 받겠다고 할 심산이기 때문이었다.

"아니. 상관없어."

내가 이따위 학교에서 국영수를 공부하는 동안, 예고의 아이들은 하루 종일 피아노와 함께 하고 있는 중일 터다. 그 간극을 메우려면 더 노력하는 수밖에 없다. 역시 예고에 떨어진 찰나의 실수가 뼈아프다.

집에 도착한 것은 레슨 시간까지 30분 정도 남은 시각이었다. 간단히 샤워를 하고 옷을 갈아입으면 딱 맞을 것 같았다. 내가 곧장 욕실로 향하자 엄마는 급히 연습실의 문을 열어두고 발코니를 활짝 열었다. 방 하나에 방음 시설을 붙여 만든 연습실이었다. 피아노 소리가 시끄럽다는 이웃집들의 민원 때문에 어쩔 수 없이 방 하나를 개조했다. 소리가 나가지 않도록 창까지 방음벽을 세웠기 때문에 환기가 전혀 되지 않았다. 그러게 연습실을 따로 잡아달라니까. 몇 번의 요청에도 못 들은 척하는 것은 역시나 돈 문제일 것이다.

씻고 나오자 레슨 선생님이 도착했다. 중, 고등학생의 개인 레슨을 주로 하는 분으로 경력은 그다지 없었지만, 일반 고등학교를 나와 서울대 음대에 합격한 경력이 내 마음을 잡아당겼다. 나이는 서른둘이라고 했지만, 그것보다는 조금 더 많아 보였다. 가운데 가르마를 탄 긴 머리를 뒤로 질끈 묶은 스타일 때문인지도 모른다. 오늘은 청바지에 프릴이 달린 블라우스를 입었다. 선생님은 엄마와 간단한 인사를 나누고는 나를 향해 고개를 한번 끄덕거렸다. 내가 연습실로 들어가자 선생님이 뒤따라 들어오며 문을 닫았다.

"참, 곧 축제지? 뭐 맡았니?"

아픈 데를 찌르는 질문이었다. 나도 모르게 인상이 구겨졌다. 그걸 보고 눈치를 챘는지 선생님 역시 미간을 찌푸렸다.

"하다못해 합창단 반주라도 맡으랬잖아."

합창단의 반주는 작년과 마찬가지로 합창 지도교사인 음악 선생님이 맡을 것이었다. 합창단과 관련도 없는 내가 느닷없이 찾아가서 관례를 무시하고 반주자가 되겠다고 말하는 게 쉬운 일이 아니다. 레슨 선생님의 정색하는 얼굴을 보니 우리 반 축제 프로그램으로 배도혁이 피아노 독주를 하게 됐다고 말을 하면 기절이라도 할 것 같았다.

"음대 면접에서 생활기록부가 얼마나 중요한지 알아? 심지어 너는 예고도 못 들어갔잖아. 그럴수록 음악과 관련된 활동이 있어야 하는데…. 넌 그럼 자기소개서에 대체 뭘 쓸 거니?"

나더러 어쩌라는 거야. 그렇게 말해버리고 싶은걸 억지로 참았다.

"어쨌든 오늘 레슨이나 시작하자."

들으라는 듯 크게 내뱉는 레슨 선생님의 한숨이 어깨를 짓눌렀다. 힘없이 피아노 앞에 가 앉았다. 한 손으로 피아노 옆에 서 있는 책장에서 악보를 꺼내며 다른 한 손으로 피아노의 뚜껑을 열었다. 그런데 순간 피아노 뚜껑을 놓치고 말았다. 씻고 나온 지 얼마 안 돼 손에 아직 물기가 묻어 있었기 때문이었다.

쾅! 엄청난 소리와 함께 피아노 뚜껑이 닫혔다. 나는 뚜껑을 열던 손을 가슴께에 올리고 눈을 휘둥그렇게 떴다. 손을 빨리 뺐으니 망정이지 자칫하면 크게 다칠 뻔했다. 깜짝 놀란 레슨 선생님이 그대로 경직되었다.

"조심해야지! 정신 안 차려?"

선생님의 고함이 귓전을 때렸다. 방음벽이 설치되어 있기에 다행이었다. 엄마가 들었으면 놀라서 뛰어 들어오고도 남았을 일이었다. 심장이 쿵쾅쿵쾅 뛰었다. 뒤늦게 미안한 마음이 들었는지 레슨 선생님이 움켜쥐고 있는 내 손을 잡아당겨 확인했다.

"안 다쳤어? 피아니스트 손이 얼마나 중요한데? 피아노 뚜껑 진짜 조심해야 돼. 이것 때문에 인생 망칠 거야?"

사람에게는 그런 순간이 있다. 어디서 떨어진 지도 모르는 불씨로 불이 확 붙어 버리는 것처럼, 불현듯 찾아오는 생각이나 깨달음. 유레카를 외쳤던 아르키메데스나 떨어진 사과를 본 아이작 뉴턴처럼 말이다.

어쩌면 나에겐 그때가 그런 순간이었는지도 몰랐다.

4

[학교 축제에서 반대표로 독주를 맡게 됐어요. 이번엔 여러분께서 쉽게 보지 못했을, 정말로 깜짝 놀라실만한 속주를 준비하고 있어요.]

영상 속에서 배도혁은 특유의 어색한 웃음을 지으며 왼손을 접었다 폈다 했다.

[애가 열일 해줘야 하는데 아직은 마음에 들 정도로 안 움직여 주지만… 열심히 연습 중입니다! 보고 싶으시다고요? 못 올 것 같아 아쉬우시다고요? 걱정 마세요, 학교 측에 촬

영허락 받았습니다! 축제 끝나는 대로 바로 영상 업로드 해 드릴게요. 한 번도 제가 이렇게 주목받을 수 있는 사람이라고 생각 못했는데, 모두 여러분 덕분….]

영상이 끝나기도 전에 종료시켜버린 후 휴대폰을 침대 위에 휙 던져버렸다. 어이없는 웃음이 터져 나왔다. 이럴 줄 알았다. 그렇게나 겸손한 척하더니, 즐기고 있는 것이다. 역시나.

'취미로 하는 거야.'

그 말이 떠오르자 더욱 불같은 화가 일었다. 음대에 가겠다고, 피아니스트가 되겠다고 공공연하게 떠들어 왔던 나를 얼마나 비웃으며 한 말일까. 아랫입술을 잘근 깨물며 피아노가 설치된 연습실로 들어갔다. 새벽부터 연습을 할 생각은 아니었다. 피아노 앞에 앉은 채로 뚜껑이 닫힌 피아노를 물끄러미 내려다보았다.

유튜브 영상에서 보았던 배도혁의 연주를 떠올려 보았다. 깊이 없는 연주였다. 속주 때문에 사람들이 놀랐을 뿐이다. 연주 자체에는 감정도 제대로 깃들지 않았다. 아무리 생각해도 그것은 서커스, 그 외에는 아무것도 없다는 결론을 내렸다. 나는 지금 그 어느 때보다 객관적으로 생각하고 있다고 확신할 수 있다.

그런 것도 모르고 배도혁은 사람들이 보내는 박수에 신이

나서 날뛰고 있었다. 질투가 아니라, 볼썽사납다. 한번쯤 정
신을 차리게 해줘야 한다.

내 눈은 피아노 뚜껑 위에 홀린 듯 고정되어 있었다.

외벽에 몸을 숨긴 채로 고개만 길게 빼서 내다보니 운동장
을 가로질러 온 배도혁이 별관의 중앙 현관으로 들어가는 것
이 보였다. 배도혁은 방과 후에도 별관의 피아노실을 빌려
연습을 할 수 있도록 허락을 받았다고 했다. 곧 피아노를 차
지하고 앉아 연습을 시작하겠지. 사람들의 찬사에 홀려 자신
이 누구 것을 빼앗았는지도 생각하지 못한 채로. 그런 생각
을 하자 주머니에 꽂은 손이 주먹 쥐어졌다. 안에 들어있던
접착제 플라스틱 케이스가 가볍게 손 안으로 들어왔다. 조금
찝찝하기도 했는데 저런 뻔뻔한 얼굴을 보니 할 만한 일을
한 것 같기도 했다.

"최준경?"

갑작스레 내 이름이 불리는 바람에 나도 모르게 어깨를 흠
칫 떨었다. 가벼운 현기증이 일었다. 머릿속을 메웠던 피가
일거에 발가락 쪽으로 쏟아져 내리는 기분이었다. 천천히 고
개를 돌려 상대를 보았다. 우리 반의 신영하다. 키가 나보다
10cm도 넘게 작은 신영하가 빤히 올려다보고 있었다. 유난
히 작은 얼굴을 절반이나 가릴 만큼 커다란 안경을 쓱 밀어

올렸다.

"뭐해?"

신영하가 내 어깨너머로 고개를 쭉 뻗었다. 내가 무엇을 보고 있었는지를 확인하려는 듯했다. 이미 배도혁은 안으로 들어가 버린 뒤였다.

"오늘 야자 좀 빼려고 담임 찾으려는데 안보여서."

"담임이 교무실에 있겠지. 왜 여길 와?"

"교무실에 안 계시더라고. 혹시 음악실 갔나 했지. 요새 배도혁 축제 세우는 거에 관심 많잖아."

순간적인 거짓말이었지만 배도혁 얘기는 괜히 꺼냈다고 즉시 후회했다. 다행히 신영하는 그다지 의심스러워하는 것 같지는 않았다. 더 자세한 걸 물어보기 전에 화제를 돌려야 할 것 같았다.

"넌 웬일?"

"아."

후후, 웃으며 신영하가 한 손을 들어 보였다. 신영하의 손에 삼각대가 들려있었다.

"도혁이 연습영상 좀 찍으려고. 내가 유튜버 되고 싶어 했잖아. 그래서 도혁이 좀 꼬셨지. 도혁이 채널에 콘텐츠를 좀 더 다양하게 올리자고. 숟가락 얹는 거지만."

신영하의 꿈이 유튜버라는 것은 처음 들어봤다. 공공연히 애기한 적이 있는지는 몰라도 관심도 없는 일이다. 그렇지만 그렇게 말할 수는 없었다.

"잘되면 좋겠다. 그럼 난 가볼게. 고생해."

나는 웃어주며 손을 흔들고는 재빨리 그곳을 벗어났다. 운동장을 가로질러 본관으로 들어갔다. 교실로 올라가는 계단에 발을 디디다가 문득 걸음을 멈췄다. 나도 모르게 인상을 썼다. 역시 신영하를 만난 것이 찜찜했다. 문제가 생겼을 때를 대비해야 한다는 생각이 들어 다시 계단을 내려왔다.

교무실에는 담임 선생님이 앉아 있었다. 곧 자율 학습이 시작될 시간이다. 여기저기서 선생님들이 책을 챙겨 일어나는 것이 보였다. 자율학습 감독을 위해 맡은 교실로 이동하려는 것 같았다. 담임 선생님도 컴퓨터 옆에 있는 책꽂이에서 다이어리를 빼내며 일어났다.

"어? 준경이 왜?"

담임 선생님이 나를 발견하고는 반색하며 웃었다.

"아, 저기…."

약간 입안이 마르는 것 같은 기분을 느끼며 가까이 다가갔다.

"오늘 레슨 시간이 앞당겨져서요. 야간 자율학습 못할 것 같아요."

"그래? 준경이 음대 준비한다고 했지."

"네."

"그렇구나. 알았다. 그래도 다른 과목들도 잘….'

그렇게 말하는데 휴대폰 진동이 울렸다. 담임의 책상 위에서 스마트폰이 빛을 발하며 진동하고 있었다. 휴대폰을 집으며 담임이 나를 향해 고개를 끄덕였다. 알았으니 이만 가보라는 것이다. 원치 않았는데 야간 자율학습에서 빠지게 됐다. 오늘은 택시를 타고 집에 가야 할 것 같다. 엄마에게는 감기 기운이 있다고 둘러댈 생각이다.

"뭐?"

경악하는 담임의 목소리가 교무실의 공기를 날카롭게 찢었다. 나도 모르게 걸음을 멈추고 뒤를 돌아보았다. 담임의 얼굴이 잔뜩 굳어져 있었다. 알았다, 금방 갈게. 말하는 목소리가 심상찮았다. 휴대폰을 움켜쥔 담임이 곧장 교무실 바깥으로 달려 나갔다. 내가 투명 인간이라도 된 것처럼 내 옆을 스쳐 지나갔다. 담임이 받은 그 전화가 무엇일지 짐작은 갔다. 하지만 그 경악의 정도가 내 가슴 밑바닥의 불길함을 깨웠다. 나는 잠시 그대로 서 있다가 다른 선생님들이 하나둘 교실로 올라가는 것을 깨닫고는 교무실을 빠져나왔다. 가방을 가져오기 위해 교실 앞에 도착했을 때, 날카로운 사이렌이 귀를 찔렀다. 복도에 선 채로 창밖을 바라보았다. 운동장 안으로 구급차가 빠르게 진입하는 것이 보였다.

역시 나는 별관 앞에서 신영하를 만난 것이 내내 찜찜했다.

5

내가 한 것은 그리 대단한 일이 아니었다. 피아노 뚜껑의 경첩 부분 상단에 아주 미세하게 접착제를 바른 것뿐이다. 이후 뚜껑을 열면 접착제 때문에 완전히 젖혀지지 않는다. 그러나 접착제를 최대한 얇게 발랐을 뿐이므로 자세히 들여다보지 않고서는 불안정하게 열려 있는 것을 분간하기 힘들 것이었다. 이 상태에서 피아노를 칠 때, 혹은 악보를 넘길 때 충격이 가해지면 불안정하던 뚜껑이 확 닫혀 버릴 수 있었다. 이런 생각을 할 때까지만 해도 계획대로 뚜껑이 닫힐지는 미지수였다. 불안정하더라도 뚜껑의 무게 때문에 닫히지 않을 수도 있었다. 하지만 어찌 돼도 상관없다고 생각했다. 그냥 아무것도 하지 않고 있기에는 배도혁을 보는 마음이 영 껄끄러웠다.

결과적으로는 내 생각이 그대로 맞아떨어졌다. 연습 중이던 배도혁의 손 위로 묵직한 그랜드 피아노의 건반 뚜껑이 일순간 덮쳤다. 배도혁의 비명을 바깥에 있던 신영하가 들었다. 나와 마주친 이후 음악실로 들어가던 복도에서였다. 신영하는 벌벌 떨면서도 119에 신고한 뒤, 곧장 담임에게 전화를 걸었다. 내가 교무실에 있을 때 담임에게 걸려온 전화가 바로 그것이리라.

병원으로 이송된 배도혁은 검사를 받은 직후 곧장 수술실로 들어갔다. 오른손 골절과 시상대 파열. 손등 뼈에 금이 갔고, 인대가 파열됐다는 뜻이라고 했다. 오랜 시간 피아노를 배워왔던 나다. 그 부상이 어떤 의미인지를 잘 알고 있었다. 한동안 피아노를 칠 수 없음은 당연하고, 재활훈련이 필수였다. 속주를 무기로 하는 배도혁에게는 더더욱 치명타일 수밖에 없다. 부상의 충격은 정신적 트라우마를 불러올 지도 모른다. 손 부상 이후 트라우마를 견디지 못해 결국 그만둔 사람들에 대한 얘기는 숱하게 들어봤다.

그런 상태를 배도혁에게 직접 전해들은 것은 아니다. 배도혁의 인지도에 붙어보겠다고 숟가락을 올린 신영하에게 들은 것도 아니다. 물론 담임 선생님이 당분간 배도혁이 등교를 하지 못할 것이라고 조회시간에 공지했지만 자세한 상태를 말하지는 않았다.

내가 배도혁의 상태에 대해 들은 것은 방금 전의 일이다. 나는 지금 경찰서에 와 있다.

"정말로 네가 한 게 아니라고?"

나는 숙였던 고개를 들어 정면을 응시했다. 노트북 너머로 나를 응시하는 형사의 미간이 잔뜩 찌푸려져 있었다. 형사는 표정을 읽으려는 듯 내 얼굴을 뚫어져라 보았다. 죄책감 때문에 벌벌 떨며 눈길이라도 피할 거라고 생각하는 모양이다. 미안하지만 나는 놀랍도록 별 감정이 없다. 아주 조금, 낭패라는 생각이 들긴 했다.

피아노 뚜껑이 닫힐지 말지 알 수 없었던 것처럼, 피아노 뚜껑이 닫힌다 해도 배도혁이 축제에 피아노를 연주하지 못할 정도로 다칠지 아닐지도 알지 못했다. 그래도 했다. 다치든 아니든 상관없다, 내 분풀이라도 해야겠다는 생각은 아니었다. 아닐 수도 있지만 다칠 수도 있다, 라는 기대감을 명백히 품고 있었던 것이다. 그때의 내 믿음은 다른 게 아니었다. 고작해야 고등학교 학생, 고작해야 축제다. 배도혁이 다쳤어도 그건 부주의에 의한 사고라고 생각할 것이 분명했고, 혹시 선생님들이 접착제가 칠해진 것을 본다고 해도 누가 그랬는지 밝힐 수 없을 거라고 생각했다. 그 정도 일로 경찰에 연락할 리가 없다고 생각했다. 신영하의 존재를 잊은 게 패인일지도 모른다.

배도혁이 수술을 받은 직후 신영하는 배도혁의 유튜브 채널에서 라이브 방송을 했다. 극적으로 보이고 싶었는지 연습실의 피아노를 등지고 서서 방송했다. 기가 막힌 일이다. 숟가락을 얹으러 온 주제에 주인이 자리를 비운 사이 상석을 차지한 셈이다. 어쨌든 배도혁 대신 구독자들에게 양해의 말씀을 올린다며 고개를 숙인 신영하가 사태를 알렸다. 축제 무대에 오르지 못할 것 같다는 것이 요지였다. 그런데 라이브방송에 참여했던 한 구독자가 의혹을 품었다. 애초에 그랜드 피아노의 뚜껑이 그렇게 쉽게 닫히냐는 것이었다.

음모론은 발화물질이나 다름없다. 금세 사람들이 동조하며 상상의 나래가 펼쳐졌고, 그 끝이 우연히 진실에 닿았다. 누군가의 요청에 신영하가 피아노를 확인하다가 접착제 칠이 된 부분을 발견한 것이었다. 신영하는 선생님께 신고하겠다고 했으나, 구독자 중 누군가가 경찰에 신고를 해버렸다.

"그럼 음악실에는 왜 들어갔어?"

형사가 노트북 화면을 내 쪽으로 돌렸다. 눈을 치켜뜨고 보니 익숙한 형체가 음악실에서 나오고 있었다. 부정할 것도 없이 나다. 형사까지 관여될 줄 생각도 못 했으니 CCTV 따위가 있는지 없는지 확인할 생각도 못 했다.

"말씀드렸잖아요. 교무실에 담임 선생님이 안 계셔서 찾으러 갔다고요."

"이미 담임 선생님이랑 면담했어. 선생님은 교무실을 비운 적이 없다고 하시는데? 네가 찾아온 건 배도혁 학생이 다쳤다는 전화를 받았을 때, 그때뿐이었다고."

"몰라요. 전 분명히 갔었고, 선생님은 없었다고요. 모르죠. 화장실이라도 다녀오셨는데 기억을 못 하시는 지도요."

형사가 길게 한숨을 내쉬었다. 그러나 나는 눈 하나 깜짝하지 않았다. 모르쇠로 일관할 생각이다. 내가 음악실에 들어갔다는 CCTV는 있지만, 그것이 내가 범인이라는 증거는 되지 못한다. 선생님을 찾으러 간 것이 아니라는 것을 밝힐 증거는 어디에도 없는 것이다. 어젯밤 과학수사에 대해서 검색을 해보았다. 가장 기초가 되는 것이 지문이라고 했지만 개의치 않았다. 피아노에서 내 지문이 나온다 한들 걱정할 일이 아니다. 나는 그동안 피아노 반주를 맡아왔던 음악부장인 것이다. 그러면서도 형사들이 그렇게까지 조사할 리가 없다는 것을 확신하고 있었다. 부상은 크지만, 형사의 입장에서는 어차피 '어린애들'의 일인 것이다. 사람이 죽고 사는 문제도 아닌 이상 적당히 넘어갈 것이 분명했다. 그 증거로 찡그린 형사의 미간에서는 '귀찮음'이 역력히 묻어났다. 빨리 인정을 받은 뒤 합의를 해서 일을 정리할 생각인 것이다.

형사의 질문이 이어졌지만 나는 계속 모르쇠로 일관했다. 이윽고 형사는 고개를 절레절레 저었다. 그리고는 도움을 청하듯 내 옆자리로 시선을 던졌다. 옆에는 엄마가 앉아 있었다. 미성년이니 조사에는 보호자의 동석이 필요하다고 했다.

형사는 결국 아무 소득도 얻지 못한 채 조사를 마무리했

다. 내가 계속 피곤한 듯이 고개를 떨어뜨리거나 어깨를 주
무르곤 했기 때문일 것이다. 이것도 어제 검색을 통해 알았
다. 청소년과 관련된 수사에서 형사들이 가장 많이 신경 쓰
는 것이 민원과 인권 문제라는 것이다. 내가 일어서는 사이
형사는 엄마에게 필요하면 다시 부를 수도 있다고 고지했다.
인사를 하는 둥 마는 둥 형사계라고 적혀있는 문을 열고 나
왔다. 뒤따라 나오는 엄마를 형사가 불러 몇 마디 하는 것이
보였지만 소리는 들리지 않았다. 어차피 아들을 설득해 보라
는 말일 것이다.

경찰서 본관입구를 벗어나면서 엄마를 향해 뒤돌았다.

"아빠는?"

웬일인지 눈을 마주치지 않고서 엄마가 대답했다.

"병원에."

"병원?"

내 얼굴이 무섭도록 일그러지는 것이 느껴졌다.

"어디 아파?"

짚이는 이유는 다른 것이었지만 일부러 그 말을 피했다.
엄마가 나직한 한숨을 흘렸다.

"그 학생 병원에. 손 다친 애 말이야."

"거길 아빠가 왜 가?"

흥분해서 목소리가 갈라졌다.

"합의해야지! 그럼 계속 이렇게 경찰서나 들락거릴래?"

"내가 한 게 아니라는데 무슨 합의를 해?"

엄마가 아랫입술을 깨무는 것이 보였다. 심장께가 서늘해지는 것 같았다.

"엄마도 날 안 믿는 거야?"

엄마는 대답하지 않았다. 갑자기 뜨끈한 것이 명치를 치받고 올라왔다.

"내가 아니라잖아! 왜 날 안 믿어! 엄마는 날 믿어야지! 세상 사람이 다 그래도 날 믿어야지! 왜 그 새끼 말을 믿어? 내가 왜 그 새끼를 다치게 했을 거라고 생각…."

"형사가 바본 줄 알아?"

엄마의 나직한 목소리에 어떤 말에도 저지되지 않을 것처럼 쏟아지던 내 입이 멈추었다.

"이미 경찰이 네가 학교 근처에서 접착제 산 것까지 다 확인했어."

6

미세하게 발랐던 접착제는 폭풍 같은 결과를 몰고 왔다.

형사는 이미 내가 범인이라는 것을 알고 있었고 충분한 증거도 가지고 있었지만, 고등학생에 불과한 내 입장을 고려해 엄마에게 합의를 권했고, 배도혁의 부모도 내가 나락으로 떨어지길 원했던 것 같지는 않았다. 하지만 일을 조용히 끝내고자 했던 당사자들의 바람은 이루어지지 않았다. 모든 폭풍은 창문 밖에서 불어 닥치는 법이었다.

배도혁의 유튜브 채널 구독자들의 신고로 수사가 벌어졌음을 알게 된 기자가 해당 사건을 기사로 쓴 것이 화근이었다. '모 고등학교 모 군'이라고 표현은 되어 있었지만, 기사의 내용으로 배도혁의 유튜브를 찾기는 어렵지 않았고, 그 끝은 곧장 학교로 이어졌다. 학교로 기자들의 확인 전화가 걸려왔고, 학부모회장 역시 사실 확인을 요청해 온 모양이었다. 그 전화를 받는 교장의 심기가 어지러웠음은 분명했다.

내 손에는 지금 학교폭력 대책심의위원회에서 보내온 결정 통지서가 들려있다. 두 번에 걸쳐 접힌 종이를 봉투에서 꺼내 열었을 때 가장 먼저 눈에 들어온 단어는 '가해자'였다. 나는 그 뜻을 모르는 사람처럼 한참이나 응시했다. 머리로는 명백히 내가 가해자라고 인지는 되는데 가슴에서 거부하는 느낌이었다.

그걸 보자 4일 전 개최되었던 심의위원회 회의에서 진술을 하던 기억이 났다. 얼굴도 모르는 열다섯 명의 위원들에게 둘러싸여 언급하기도 싫은 나의 분노를 설명하는 순간 보았던 그들의 눈빛이 또렷이 기억났다.

비난하는 눈,

어이없어하는 눈.

그들이 나의 감정을 이해하지 못한다는 것만은 확실했다.

<결정 : 출석정지(정학)>

피해 학생 측에서 합의를 하겠다는 의사를 전하기는 했으나, 해당 건은 단순한 싸움의 형태가 아니라 타인의 미래를 파괴하는 악의적인 행동이며, 학교의 명예와 위상을 실추시켰기에 중한 조치를 하지 않을 수 없다, 고 적혀 있었다. 타인의 미래를 파괴하는 것보다 학교의 명예가 실추됐다는 쪽에 훨씬 무게를 실은 결정이 아니었을까 하는 생각이 들었다.

나는 우편함에서 돌아서서 엘리베이터 쪽으로 향했다. 이미 위원회가 열리던 날부터 학교는 나가지 않고 있는 채였다. 엘리베이터 앞에서 상향버튼을 눌렀다. 현재 엘리베이터가 18층에 있는 모양이다. 거기서부터 숫자가 하나씩 줄어들었다. 우리 집은 7층이다.

잠시 후 문이 열렸지만 내 발은 움직이지 않았다. 눈썹이 쓱 밀려 올라갔다. 입술이 파르르 떨려 꾹 깨물었다. 주먹을 움켜쥐었다. 목에 뭔가가 콱 막힌 것 같았다. 그것이 '콱' 찢어지는 소리를 내며 터지는 순간 나는 그대로 돌아서 아파트를 성큼 벗어났다. 도로로 나간 나는 곧장 택시를 잡고 학교로 향했다.

그따위 학교는 이쪽에서 때려치워 주겠다.

어차피 애정도 뭣도 없었고 내 인생에 도움도 되지 않았다. 이름만 음악 선생이지 제대로 된 음악이 뭔지도 모르는 자에게 그따위 취급을 받고 다닐 생각은 없다. 애초에 그따위 학교에 들어가는 게 아니었다. 차라리 전문가 레슨을 받으며 유학을 준비하는 쪽이 내 꿈에 훨씬 도움이 될 것이다. 엄마 아빠가 마음에 걸리지 않은 것은 아니지만 이것은 내 인생이다. 그동안에도 모든 것을 스스로 하도록 키워졌다. 엄마는 남들이 볼 때 살신성인 하는 것처럼 보이지만, 내 결정에 뒷받침해주는 정도지 한 번도 의견을 제시해 준 적이 없다. 아버지는 말할 것도 없다. 밤이건 주말이건 일에만 매달리는 아버지의 얼굴은 제대로 보지도 못했다. 이제 와 관심 있는 척 해봐야 소용없는 일이다.

학교에 도착했을 때 운동장이 바글거려서 놀랐는데 생각해 보니 오늘이 바로 축젯날이었다. 배도혁만 아니었다면 나 역시 축제를 즐기고 있었을 테지. 그런 생각이 드니 또다시 울컥 화가 치밀려고 해서 고개를 내젓고 본관으로 들어섰다.

"야!"

누군가 어깨를 거칠게 잡아챈 것은 교실 쪽으로 향하는 복도에서였다. 돌아보니 신영하였다. 한껏 비난의 표정을 담아 인상을 구기고 나를 노려보고 있었다.

"네가 웬일이야? 학교 나오면 안 되는 거 아냐?"

정학 처분을 받은 것이 이미 알려진 모양이다. 상관없었다. 나는 어깨에 얹혀 있는 신영하의 팔을 가볍게 밀쳐냈다.

"가져갈 게 있어서 온 거야."

"왜 그랬냐? 그 자식이 뭘 잘못했다고?"

그렇게 묻는 신영하를 빤히 응시했다. 기가 차 웃음도 나오지 않았다. 전에는 배도혁에게 관심도 없던 주제에 이제 와서 절친 흉내라도 내고 싶은 건가. 배도혁에게 [떡상하는 유튜버]라는 꿈이 없었다면 들러붙지 않았을 놈이었다. 하지만 굳이 그런 말은 하지 않았다. 괜한 말싸움은 피로만 더해질 뿐이다. 나는 아까부터 신영하가 들고 있던 것을 턱짓으로 가리키며 화제를 돌렸다.

"그건 뭐야?"

신영하의 손에는 파일이 들려 있었다. 신영하가 인상을 썼다.

"도혁이 가져다줄 거다, 왜? 너만 아니었으면 이거 오늘 연주하고 또 떡상했을 거라고. 얼마나 실망하겠냐. 너 따위 때문에 피아노 포기하지 말고 꼭 이거 다시 연주해서 영상 찍자고 할 거야."

신영하는 날선 비난을 이어갔지만 내 눈은 파일에 고정되어 있었다. 배도혁이 연주하려고 했던 곡이라고 하니 관심이 갔다. 이번에는 또 무슨 잔재주를 부리려 했을까. 손을 뻗어 악보가 들어 있는 파일을 잡았다. 순간적으로 신영하가 몸을 비틀었지만 이미 파일은 내 손에 들어와 있었다. 도로 빼앗으려는 신영하를 피해 몸을 돌리면서 파일을 열었다.

"내놔, 이 개자식아!"

귓가에 신영하의 고함이 들려왔지만 나는 아무 생각도 할 수 없었다. 모든 기능이 정지한 것처럼 아무 생각도 들지 않았다. 나는 휘둥그레진 눈을 신영하에게로 돌렸다.

"이게 배도혁이 연주할 곡이었다고?"

"그래, 내놔!"

신영하가 훨씬 더 거칠게 파일을 잡아챘다. 그 바람에 파일 속에 들어있던 악보들이 바닥으로 흩어졌다. 신영하는 투덜거리면서 허리를 숙여 악보를 챙기려 했다. 나는 홀린 듯 악보의 한 장을 주웠다. 신영하가 달라는 듯 손을 내밀었지만 내 눈은 완전히 악보에 박혀 있었다.

<왼손을 위한 피아노 협주곡>

나는 그대로 달리기 시작했다. 배도혁을 만나야 했다.

7

제1차 세계대전 당시 피아니스트 파울 비트겐슈타인은 오른손을 잃었다. 작곡가 라벨은 그의 의뢰를 받아 왼손만으로 연주할 수 있는 협주곡을 작곡했다. 왼손으로 겨우겨우 건반을 누르는 부족한 연주로 동정심을 받아서는 아무 의미가 없다. 듣는 사람으로 하여금 왼손만으로 연주하는 것을 꿈에도 알지 못하게 하는 것이 라벨의 목표였다. 완성된 라벨의 곡은 그 목표를 충분히 이뤄냈다. 한 손으로만 연주하는 것이라고는 믿을 수 없을 만큼 곡의 텍스처가 풍부했기 때문이다. 그것이 바로 <왼손을 위한 피아노 협주곡>이다.

그만큼 난이도가 높다. 누군가는 그 곡을 두고 '피아노 명인의 기예'라고 부를 정도였다. 명인의 음악적 능력과 기예라고밖에 표현할 수 없는 높은 테크닉 때문이다. 많은 피아니스트가 그 곡에 도전을 했다. 한 손으로 치는 것이라는 것을 명확히 보여주기 위해 왼손은 건반 위에 두고, 오른손은 여봐란듯이 늘어트린 채로 연주한다. 완벽히 연주하면 그만큼 충격을 주는 곡도 없다.

그 곡을 배도혁이 쳤다.

나는 곧장 엘리베이터에 올라 닫힘 버튼을 연거푸 누르며 입술을 잘근 깨물었다. 배도혁이 입원한 병실은 13층의 5호실. 이미 1층 로비의 안내센터에서 확인을 하고 온 터다.

언젠가 유튜브에서 본 배도혁의 영상을 떠올리자 입술을 깨무는 강도가 좀 더 세졌다. 영상 속에서 배도혁은 깜짝 놀랄만한 속주를 보여주겠다고 했다. 그러면서 아직은 손이 잘 안 움직여 준다며 왼손을 접었다 폈다 했다. 그때 이미 이 곡을 연주할 생각이었다.

이 곡 자체가 문제가 아니다. 모습을 가린 상태에서 피아노 연주만 들려주다가 한 손으로만 연주하는 사실을 공개하면 그만큼 감탄을 자아낼 만한 곡도 없을 것이다. 문제는 따로 있다. 배도혁은 왼손으로만 연주했을 것이다. 그러니 피아노 뚜껑이 떨어져 다친 것은 왼손이어야 했다. 하지만 배도혁이 다친 것은 오른손이었다.

엘리베이터에서 내리자마자 층별 안내도를 보고 곧장 오른쪽으로 뛰었다. 1305호실은 복도 중간쯤 위치해 있었다. 나는 곧장 안으로 달려 들어가다가 일순 멈춰 섰다.

배도혁이 입원한 곳은 1인실이었다. 환자 침대 발치에 접이식 소파겸용 침대가 있었고, 오른쪽 옆으로는 테이블이 놓여있었다.

거기에 엄마와 아빠가 있었다.

엄마와 아빠는 한눈에 보기에도 비굴해 보일 만큼 어깨를 늘어트린 채 계속해서 고개를 조아렸다. 그 앞에서 배도혁의 엄마로 보이는 여자가 몸을 반쯤 틀고 앉아 굳은 얼굴로 입을 꾹 다물고 있었다. 배도혁은 오른손에 깁스를 한 채 천정을 보며 누워있었다.

"너…."

인기척을 듣고 고개를 들던 아빠가 나를 발견하고는 눈을 휘둥그레 떴다. 일 때문에 늘 바빠 얼굴도 거의 보지 못한 아빠를 이런 곳에서 보게 될 줄은 몰랐다. 엄마는 놀라서 엉거주춤 일어섰다.

"여기서…. 뭐해요?"

나는 인상을 쓴 채로 엄마 아빠가 앉았던 테이블을 눈으로 훑었다. 거기에는 아무것도 적히지 않은 종이가 놓여 있었다. 합의서를 작성하려고 했던 것인지도 몰랐다.

배도혁이 누운 채로 머리를 들었다. 아주 잠시 배도혁의 시선이 내가 움켜쥐고 있는 한 장의 악보에 가 닿는 것이 보였다. 배도혁이 말했다.

"제가 어떤지 보러온 것 같아요. 죄송하지만 잠깐 자리 좀 비켜주실 수 있을까요?"

배도혁의 엄마는 인상을 구긴 채로 나를 노려보다가 먼저 밖으로 나갔다. 나를 질타하고 싶은 감정을 굳이 숨기려 하지 않았다. 그 뒤를 주저하던 엄마 아빠가 따라 나갔다.

문이 닫힐 때를 기다리는 동안 나는 매서운 눈으로 배도혁을 응시했고, 배도혁도 군이 피하려 하지 않았다. 문밖에서 발소리가 멀어짐과 동시에 나는 들고 있던 악보를 배도혁의 얼굴 위로 힘껏 던졌다. 구겨진 악보는 배도혁의 얼굴을 맞고 바닥에 굴렀다. 배도혁은 꼼짝도 하지 않았다.

"넌 알고 있었지?"

배도혁이 여유롭게 눈썹을 쓱 올렸다.

"무슨 소린지 모르겠는데?"

"뚜껑에 접착제가 발려져 있었던 걸 넌 알았어. 그래서 오히려 그걸 이용한 거야. 네가 다친 건 너 스스로 한 거야!"

이번에는 아무런 부정이 들려오지 않았다. 얼핏 입가에 미소를 띤 것도 같았다.

"왼손을 위한 피아노 협주곡! 만약에 너도 알지 못한 사이에 연습하다가 뚜껑이 내려와 다친 거라면 너는 왼손을 다쳤어야 해. 그런데 네가 다친 곳은 오른손이잖아!"

배도혁이 음악실로 들어간다. 뚜껑을 열다가 우연히 경첩에 뭔가 발려 있다는 것을 알아챈다. 배도혁은 그걸 역이용할 생각을 한다. 일부러 손을 넣고 피아노 뚜껑을 힘껏 닫아 버린다. 그래서 우연히 뚜껑이 닫힌 것보다 훨씬 더 깊은 상처를 입고 만다.

상상만으로도 분노가 치밀었다. 나는 달려들어 배도혁의 멱살을 잡아 올렸다. 배도혁은 버둥거리지도 않고 순순히 멱살을 잡힌 채로 나를 보았다.

"나를 궁지로 몰아넣으려고 그랬던 거야. 왜? 왜 나한테 그랬냐고! 날 제치고 싶었어? 그래서 그랬던 거야?"

뿌리치듯 배도혁의 멱살을 놓아버렸다. 그리고는 침을 뱉듯 말했다.

"내가 이대로 가만히 있을 줄 알아? 다 밝힐 거야."

나는 홱 돌아섰다. 그때까지도 입을 다물고 있던 배도혁의 목소리가 뒤늦게 내 발목을 잡았다.

"넌 몰라."

나는 얼굴을 구긴 채로 고개를 돌려 배도혁을 보았다. 천천히, 배도혁의 눈이 내 얼굴 위로 향했다. 그는 재차 확인시키듯 힘주어 말했다.

"넌 몰라."

"뭐라는 거야."

"널 제치고 싶냐고? 웃기는 소리 하네."

배도혁은 어이없다는 듯 웃음을 터뜨렸다.

"그래, 피아노 하고 싶지. 유튜브도 그래서 했던 거야."

하지만 그렇게 유명세를 탈 줄은 몰랐다. 선생님이 관심을 가졌고, 부모님이 교무실로 불려왔다. 도혁이는 재능이 있는 아이니까 반드시 피아노를 시켜야 한다고. 배도혁이 선생님이 했다는 말을 읊었을 때도 나는 그게 왜 문제가 되는 이야기인지 이해할 수 없었다.

"이렇게 재능 있는 아이를 부모님이 밀어주셔야죠. 그게 무슨 뜻인 줄 알아? 재능 있는 자식을 밀어주지도 못하는 게 무슨 부모냐는 소리나 다름없어."

지나친 생각이다, 라고 나는 말하지 못했다.

"형편이 안 된다고 말하지도, 그렇다고 밀어주겠다고 하지도 못한 채로 고개를 숙이고 있는 부모님을 보는 마음이 어떤 줄 알아? 그런데도 선생님은 계속 피아노를 시키려고 했어. 피아노를 좋아하게 된 걸 그때만큼 후회한 적이 없어."

그래서 접착제 칠을 한 경첩을 본 순간 아이디어를 떠올렸다. 더는 그 누구도 부모님의 고개를 숙이게 만들지 못할게 할, 피아노를 치지 않으려는 아이디어.

"너희 부모님이 그러더라. 합의금은 얼마라도 드리겠다고. 아이의 미래가 걸린 일이라고. 화는 나는 데 그따위 돈 필요 없다고 소리치지도 못하는 부모님을 둔 심정을 네가 알아?"

배도혁이 눈을 치떴다. 그러나 그 안의 깊은 슬픔이 일렁였다. 배도혁은 자조하듯 말했다.

"넌 몰라."

힘없는 걸음으로 병실을 나와 복도를 몇 발짝 걸었을 때, 중앙 엘리베이터 앞에서 안절부절못하며 서성이는 엄마 아빠를 발견했다. 나는 엄마 아빠를 부르지 않은 채로 그 모습을 물끄러미 보았다.

피아노를 배울 엄두조차 내지 못하는 배도혁의 가정 형편상, 일인실에 입원하기는 힘들었을 것이다. 비용은 아마도 이쪽에서 나간 것이리라. 몇 번씩이나 굽신대면서 합의서를 받기 위해 발을 굴렀을 엄마 아빠의 모습이 눈앞에 선연했다.

매일 교문 앞에 대기하고 있는 엄마. 생각해 보면 인산인해의 행렬 속에서 늘 교문 바로 앞에 차를 댈 수 있었던 것은 하루 종일 수업을 하느라 피곤했을 내가 엄마를 찾기 위해 서성이게 하지 않으려 누구보다 일찌감치 도착해 자리를 선점했기 때문이다.

일 때문에 늘 집에 없는 아빠. 모자란 실력을 채우려고 수많은 레슨을 하는 돈을 벌기 위해서 아빠는 수많은 일을 해왔던 것이다. 방을 개조해 연습실을 만들어주고, 꿈을 지지해줬다. 내가 아무런 걱정 없이 피아노를 칠 수 있었던 것은 부모님 덕분이었다. 아들이 누군가를 다치게 했다는 소식에 때리기는커녕 미래부터 걱정하는 부모님을 둔 내가 배도혁을 질투하기만 했다. 배도혁의 목소리가 귀에 생생하게 울렸다.

'넌 몰라.'

초조한 듯 손을 접었다 폈다 하며 복도를 서성이던 아빠와 엄마가 이내 나를 발견했다. 두 사람은 누가 먼저랄 것도 없이 다급히 이쪽으로 달려왔다. 배도혁에게 안 좋은 소리라도 들었을까 눈치를 살피는 부모님을 본다.

나는 아무것도 몰랐다.

인간은 본능적으로 '네'가 아닌 '나'가 중심이라고 생각해요. 그래서 항상 '나'의 부족함과 거기에 따른 열등감으로 괴로워하죠. 그런데 참 재밌는 게 있어요. 부족함을 본능적으로 느끼는 것은 '나'를 위주로 생각하면서, 탓은 '남'의 탓을 해요. 부모님이 제대로 뒷받침해주지 못해서, 선생님이, 친구가, 다른 사람들이 나를 제대로 알아주지 못해서 등등.

극중 의 '나' 준경이는 많은 걸 가졌죠. 늘 준경이만을 위해 살아가시는 부모님, 어릴 때부터 피아노를 배울 수 있었던 경제적, 문화적 환경. 그런데도 '나'에 집중하지 않고, '내가 가지지 못한 것'에만 집중하다 원망으로 똘똘 뭉친 사람이 되어 버려요. 그리고 그 칼날을 자신이 가지지 못한 것을

가진 사람에게로 돌려요. 도리어 칼날이 자신에게 돌아올 것
은 생각지 못하고 말이에요.

하지만 이건 준경이만의 문제가 아니에요. 내가 가진 것을
알지 못하고 거기에 대한 고마움을 느끼지 못한다면 우리는
평생, 혹은 아주 오랜 시간 부족함에만 시달리고 살지도 몰
라요.

저는 '나'에 대해 좀 더 많이 알아야 한다고 생각해요. 그
래야 다른 사람도 이해할 수 있고 포용할 수 있습니다.

여러분은 스스로에 대해 잘 알고 있나요? 무얼 가졌고, 무
얼 가지지 못했나요?

3

참수

조동신

"으익?"

그날 아침, 학교에 온 사람들은 학생과 교사를 막론하고 모두 하나같이 놀라지 않을 수 없었다. 물론 나도 마찬가지였다. 가끔 학교에서 이런 일이 일어난다고는 하지만 그게 남의 일이 아니었다니, 황당함이 먼저 느껴졌다.

"아니, 어떤 미친 인간이 이런 짓을 한 거야?"

"그러게 말이야. 기독교인들이 한 짓이 분명하지! 석가탄신일에 절 앞에서 찬송가 부르는 사람들도 그렇지만, 아직도 이런 사람이 있어? 이거, 이러다가 경비 아저씨도 같이 목 잘리는 거 아니야?"

벌써 학생들이 몇 명씩 그 앞에 모여서 사진을 찍고 있었다. 아니, SNS에도 별별 이야기가 다 올라오고 있었다.

"그만! 경찰 불렀으니까 현장 훼손하지들 말고 물러나!"

교사들이 주변에서 학생들을 쫓아내며 말했다. 하긴 이는 경찰을 부를 만한 일이었다.

대부분의 학교에는 누군가의 동상이 있고 그 중 단군상이 가장 보편적이다. 우리 학교에도 청동으로 만든 단군상이 개교 이후 20년째 자리를 지키고 있었는데, 그날 밤에 그것의 목이 완전히 잘린 채 발견되고 말았다. 등에는 스프레이 페인트로 십자가까지 그려 놓은 다음이었다.

"이거 누가 변상해?"

"그러게 말이야!"

"세상에, 요즘 미친 인간들이 많아서 걱정이라니까. 개독교인들 같으니라고!"

십자가가 그려져 있으니, 광적인 기독교인들이 우상 숭배를 거부한다며 한 짓 같았다. 그 때문에 기독교를 비하하는 단어인 '개독교' 소리까지 듣지 않는가.

어떤 종교든 진정 마음으로 믿어야만 의미가 있는 법인데, 요즘 세상에 단군상을 훼손한다고 기독교 신자가 늘어나겠는가. 자신들이 믿지 않으면 그만이지, 우상 숭배라고 그런 것들을 다 없애면 되겠는가.

"야, 노진태, 네가 한 거지?"

"뭐?"

우리 반에서, 몇몇 짓궂은 아이들이 노진태에게 한마디씩 했다. 그가 기독교 신자였으니 그런 모양이다. 물론 기독교인이 그 하나만은 아니겠지만, 만만한 사람에게는 늘 그렇게 말하는 법이다.

"단군상 머리 어디 숨겼어?"

"무슨 소리야?"

"큰소리치는 거로 봐서 맞나 보네!"

"학교 망신이지, 학교 망신!"

"벌금 내!"

"아, 그리고 보니까 아까 애들 몇 명이 담배 피우다 걸린 것 같던데, 너 그 자리에 없었냐? 얼른 얼마 찔러주고 나왔지?"

언제부터 다들 애교(愛校)심이 많아졌는지, 학교 망신에 그렇게 신경을 쓰게 된 걸까. 무슨 일이 났다 하면 비난의 대상이 되는 진태. 물론 어느 반에든 그런 학생은 한 명쯤 있게 마련이고, 그는 얌전하고 몸집도 작아 그런 일을 당하기 쉽다. 특히 고태민은 무슨 일만 생기면 진태에게 뭐라고 했다.

수업 시간이 되자 교실로 돌아가는데, 갑자기 누군가가 내 등을 탁 쳤다.

"어? 안녕하세요?"

"윤경식이지, 네가?"

그녀는 이번에 새로 부임한 역사 선생님, 이은채였다. 이곳은 남학교고, 그녀는 대학을 갓 졸업한 젊은 교사인데다 미모까지 상당한 만큼 학생들 사이에서는 인기가 최고였지만, 말이 좋아 인기지 여교사일 경우에는 몇몇 짓궂은 학생들이 놀리거나 심할 경우 성추행까지 하는 일이 간혹 있기 때문에 조심해야 할 부분이었다. 아직 그런 일이 우리 학교에서 있었다는 말은 듣지 못했지만.

"수업 종 울린 지가 언젠데 이제 들어가니?"

"네, 금방 가겠습니다."

"잠깐, 너 이번 수업 끝나고 교무실에 잠깐 오지 않을래?"

"네?"

이런, 무슨 일일까 하는 생각이 들었다. 학생이 교무실에 불려가는 이유가 좋을 수는 없기 때문이다.

"여러분은 단군이 역사라고 생각해요, 신화라고 생각해요?"

수업 도중, 갑자기 이 선생님이 우리 반 학생들에게 물었다.

"신화죠!"

한 명이 대답했다.

"마늘만 먹으면 곰이 사람이 된다고 하니까 신화죠!"

물론, 그 말이 맞다. 하지만 사실 신화는 역사의 연장선이라고 보는 편이 더 맞다고 할 수 있다. 예를 들어 동남아 어디에서는 숲에 갈 때 뒤통수에 가면을 쓰고 다녔다고 한다. 맹수들은 등 뒤에서 덮치기 때문에 이를 막기 위해서다. 그것을 다른 사람들이 멀리서 보고 얼굴이 두 개 있는 부족이 숲에서 산다고 소문이 나고, 그 뒤 그 숲에서 사람이 어떻게 되었다는 이야기까지 생기게 되니까. 그처럼 위대한 왕이나 장군이 사람들 사이에서는 신으로 승격되어 입에 오르내려서 신화가 되기도 한다.

"단군 이야기는 신화이기도 하지만, 우리나라의 근본이기도 해요. 역사와 신화는 사실 떼려야 뗄 수가 없어요. 켈트 신화를 보면, 나중에는 선교사 이야기들까지 나오죠."

이 선생님은 잠시 있다가 우리를 보았다.

"특히 각 나라의 건국 신화는 그 나라가 성립된 이야기를 다루고 있는 거죠. 우리나라 단군 신화만 봐도, 곰 토템 족과 호랑이 토템 족의 대결에서 곰 쪽이 이겼고, 다른 곳에서 이주해 온 단군계 부족과의 결합으로 세워졌다고 할 수 있으니까요."

"그러면 그리스 신화도 그런 건가요?"

한 학생이 질문했다.

"그렇다고 봐야죠. 반인반마 켄타우로스는 사실 도리아게

기마 민족을 말한다고 하니까요. 그리스 신화에서 나오는 괴물들은 원래 동물을 섬기는 토템 부족을 다른 부족이 물리치는 과정을 그려냈다, 이렇게 보는 일도 많아요."

이 선생님은 간단히 말했다.

"그러니, 단군 신화는 그 자체로 우리나라의 뿌리가 무엇인지 알려주는 이야기죠. 우리나라 신화가 다른 나라의 그것에 비해 너무 복잡하지는 않지만, 나라가 성립되는 이야기라는 것 자체만으로도, 우리나라에는 둘도 없이 소중한 거죠."

"그런데 어떤 사람이 단군상을 잘랐대요?"

다른 학생이 물었다.

"나도 모르죠."

순간, 나는 이 선생님이 약간 눈물을 흘린 것 같은 느낌이 들었다.

"특히 우리나라의 '홍익인간' 사상은 단군 때 생긴 게 맞다고 하면, 아주 자랑스러워해야 하는 일이에요. 세계의 어느 나라 건국 신화에 '세상을 널리 이롭게 하라'는 말이 있나요? 모든 나라, 민족은 자기 민족만 알고 자기가 제일 우월하다고 하는데, 우리나라 신화에는 세상을 이롭게 하라는 말이 있잖아요. 이 사실만으로도 충분히 단군을 자랑스럽게 여겨도 좋아요."

"그런데 단군 관련 유적은 없지 않나요?"

다른 아이가 물었다.

"그게 참 아쉬운 일이죠. 그리고 자세한 기록도 몇 개 없고요. 우리나라는 유독, 고대사 관련 기록이 없다는 게 정말 안타깝죠. 668년 당나라가 평양을 점령했을 때 기록 보관소를 몽땅 다 불태웠다고 하니까요. 거기에 고구려는 물론 단군조선 이야기가 많았을 텐데, 그것도 점령지의 역사를 없애기 위해서였죠."

그녀는 잠시 있다가 말을 이었다.

"당나라가 고구려의 기록을 모두 없앴듯이 그 민족을 없애기 위해서는, 그 역사가 아예 잊히도록 만드는 게 가장 좋은 일이죠. 공통으로 가진 역사와 언어, 문화가 있는 한 그 민족은 무너지지 않아요. 그러니 우리도 우리 역사, 언어를 누구보다 소중히 여겨야 해요."

"그러면 영어 공부는 하지 않아도 되나요?"

한 명이 손을 번쩍 들고 물었다. 곧 교실은 웃음소리로 가득 찼다. 이 선생님은 당황하지 않고, 웃는 얼굴로 대답했다.

"그렇게 말하면, 너는 국어 공부는 열심히 할 거니?"

"국어는 늘 쓰고 있잖아요! 말할 수만 있으면 되잖아요!"

"우리 언어를 소중히 여기라는 건 말만 잘하라는 게 아니라, 우리말의 뜻을 알고 올바른 단어를 써라, 이런 뜻이거든. 사실 외국에는 글을 몰라도 말은 할 줄 아는 사람들이 많잖아? 그런데 요즘 우리나라 학생들은 기본적인 문해력도 갖추지 못한 애들이 많거든."

이 선생님은 꽤 재치 있게 받아쳤다.

"아니다. 한자 공부는 열심히 할 거니?"

"하, 한자는 제일 싫어요!"

"우리말의 대부분이 한자어인데, 한자를 잘 모르면 우리말도 잘 모르거든? 그러니 정확한 언어를 쓰려면 한자도 알아야지!"

그건 그렇고, 학생으로서 교무실에 불려가는 일은 절대로 기분이 좋을 수 없다. 잘못한 게 없다고 해도 그랬다.

"무슨 말씀이세요?"

이 선생님은 젊어서 그런지, 그녀의 자리도 제일 구석에 있었다. 그녀는 나를 보더니, 슬쩍 주변 눈치를 보았다.

"넌 단군상 목 자른 사건 말인데, 어떻게 생각하니?"

"어떻게 생각하냐니요?"

"의견을 좀 내 달라고. 아무 생각도 없진 않을 거 아니야. 뭐, 기독교인들이 한 짓이라고 생각하니?"

"글쎄요. 꼭 그렇다는 증거는 없으니까요."

"역시, 그렇구나? 혹시 뭐, 이상한 점은 없니?"

"저는 잘 모르겠어요. 굳이 머리를 잘라서 가져간 이유가 뭐랄까, 그 점이 이상하다고 할까요."

"이상하다니?"

"전에도 단군상을 훼손한 일이 몇 번 있긴 했지만, 그때마다 토치로 얼굴을 녹이거나, 아니면 깨뜨리거나 했지, 잘린 머리를 아예 가져간 일은 별로 없었으니까요. 단지 부수는 게 목적이었다면, 머리를 가져갈 필요는 없죠."

"역시, 내 생각대로구나?"

이 선생님은 가볍게 손뼉을 쳤다.

"사실, 네가 그 사건을 좀 맡아 줬으면 해서 그래."

"네?"

"단군상 목 자른 사건 말이야."

"네?"

"쉿!"

이 선생님은 나보고 앉으라는 눈짓을 했다.

"경찰서 청소년계 사건 담당 형사님에게서 들었어. 네가 전에 살인사건을 해결해 냈다면서? 만화에서나 보던 소년 탐정이 따로 없었다고 하더라."

"그, 그래요?"

나는 얼굴이 빨개졌다. 하긴 그 말이 맞긴 했다. 나는 그전 해의 겨울방학에 친구가 관련된 살인사건을 해결한 적이 있다. 그 일이 소문나지 않았으면 좋겠다고 생각했는데, 그래도 이런 일이 쉽게 감춰지지는 않는 모양이다.

"그래서, 네가 이 사건도 해결할 수 있지 않을까 하는 생각이 들어서 그래."

"구, 굳이, 범인을 잡아야 할 필요가 있을까요?"

나는 조금 황당하다는 생각이 들었다. 선생님이 내게, 그것도 개인적으로 이런 의뢰(?)를 다 하다니. 그것도 다른 선생님들도 모르게.

"중간고사도 끝났으니 여유가 좀 있지 않니? 공짜로 해달라는 거 아니야."

나는 이상하다는 생각이 들었다. 단군상 목을 잘랐다고 그 범인을 나보고 잡아 달라니. 머리를 다시 찾고 싶어서 그랬을까, 아니, 찾는다고 해도 그 동상을 고치거나 할 수도 없을 텐데.

"그게, 기독교인들이 했다고만은 보기 어려워서 그래. 하지만 그렇다고 다른 선생님들이랑 그 일로 상의하기도 그래서."

"용의자도 없는데…!"

"간단하게 조사만 좀 해주면 돼. 경찰에서 수사에 나서긴 했지만, 거기도 바쁜 분들 아니니? 그러니 추가로 좀 조사해 줬으면 좋겠어."

"그게 그렇게 쉬울까요?"

학교는 누구나 쉽게 들어갈 수 있다. 동네 주민 중에도 밤에 운동하러 오는 사람들이 있을 정도다. 용의자를 특정 지을 수 있을까.

"어려우니까 부탁하는 거야. 대신 나는 뭐 해 줄까?"

"아, 뭐, 바라는 건 없는데…."

나는 특별히 바라는 건 없었다. 선생님에게 수고비를 달라고 하기도 그렇고, 그렇다고 여자 친구 사귀게 해 달라고 할 수도 없고 어떻게 할까.

"이건 어때?"

이 선생님은 내게 핸드폰 화면을 보여줬다. 그녀와 닮았지만, 훨씬 앳되어 보이는 여자 한 명이 찍혀 있었다.

"이거라니요?"

"내 사촌 동생인데, 너랑 동갑이거든? 데이트 한 번 시켜 줄게!"

"네?"

교실로 돌아오는 길이었다. 선생님 한 분이 화장실 앞을 지나가더니 갑자기 멈췄다.

"이 새끼들, 담배 피우는 거 아냐!"

화장실에서 담배 냄새가 난 모양이다. 선생님은 곧장 화장실로 돌진하듯 들어갔지만, 벌써 쉬는 시간도 다 지났으니 누가 걸릴 확률은 낮다. 벌써 다 피우고 냄새만 남았을 것이다. 그리고 흡연할 때 아이들은 반드시 망을 보는 담당을 두고 한다.

"어, 윤경식! 너도 피웠구나?"

한 명이 내게 왔다.

"뭘 말이야?"

"네 몸에서 담배 냄새가 난다고!"

"오는 길에 화장실 들렀다. 후!"

나는 한숨을 강하게 쉬었다.

"윽! 무슨 짓이야?"

"입에서는 나지 않잖아?"

"그거야 물 좀 마시면 되는데?"

"너야말로 피는구나?"

"뭐?"

"아니면, 물 좀 마시면 된다는 걸 어떻게 아냐?"

"친구한테서 들었다. 뭐!"

그의 말을 뒤로 한 채, 나는 이래저래 머릿속이 복잡해졌다. 물론, 나도 단군상 훼손 사건에 신경이 쓰였다. 그런데 그보다는 이 선생님이 왜 내게 그 사건을 조사해 달라고 부탁했을까 그 점이 그랬다.

점심시간에, 나는 목이 잘린 단군상으로 가 보았다. 경찰

저지선이 있기는 했지만, 나 말고도 많은 학생들이 그 자리에 가서 사진까지 찍고 있었다. 단군상이 이토록 학생들에게 관심을 받은 건 개교 이후 처음일지도 모른다는 생각이 들어, 나는 왠지 쓴웃음이 나왔다. 우리 학교가 세워진 해는 20년 전이고 이 단군상도 그때 만들어졌다고 들었는데.

학교 괴담 중 빠지지 않는 게 그 학교에 있는 누군가의 동상이다. 원래는 그 동상이 오른팔을 들고 있는데 다음 날 보면 왼팔을 들고 있다는 말, 그 안에 사람의 잘린 머리가 매달려 있다는 말까지 한둘이 아니다.

문제는, 과연 누가 단군상 목을 통째로 베어 갔을까? 그 자체였다. 안에 뭔가 보물이라도 있어서 그랬을까. 그건 사실 거의 불가능에 가까운 일이다.

"야, 윤경식!"

갑자기 누군가가 나를 보며 말했다. 박영준이었다. 그는 1학년 때 같은 반이었기 때문에 안면이 있었다.

"응?"

"무슨 단군상을, 헤어진 옛 애인 보듯 보고 있냐?"

"헤어진 옛 애인?"

별 이상한 비유도 다 있다.

"대체, 잘린 머리를 왜 가져갔을까? 어디에 버릴 거면 차라리 두고 가는 게 나을 텐데."

"고칠 수도 있으니까 그런 거 아니겠어?"

영준은 새삼스레 왜 그걸 묻느냐는 듯 대답했다.

"기독교인들이 한 짓이 맞을까?"

"당연하지. 십자가를 보고도 모르겠냐? 그 잘린 머리, 녹여서 십자가를 만들었을지도 몰라!"

"아니면 어디 전리품으로 전시라도 해 놓으려고 한 걸까?"

내가 말했다.

"전리품이라니?"

"터키 이스탄불에 있는 예레바탄 사라이라고 있잖아."

"사라이? 거기가 뭐 하는 덴데?"

"6세기 동로마 제국 시절에 도시에 물을 공급하기 위해 세운 거대 저수조인데, 지하에 기둥이 여러 개 있어. 그런데 그 기둥 받침으로 거꾸로 뒤집힌 채 세워진 '메두사의 머리'가 가장 유명해."

"뒤집어진 머리?"

"메두사의 머리는 우상이므로 그것을 억누르기 위해 일부러 뒤집어 놓았다는 설도 있어."

"그런데 그 이야길 왜 하는데?"

영준이 무슨 말을 하느냐며 물었다.

"단군상 머리를 잘라서 교회에다 그렇게 놓았을 것 같아서 그래!"

"그런가? 하긴, 그럴지도 모르겠네!"

"그런데, 제일 이상한 건 왜 잘라서 가져갔나 그 자체 아닐까?"

"잘라서 가져가다니?"

"과연 이게 가능할까?"

"뭐가?"

"이걸 간단히 자를 수 있겠느냐고."

"요즘 톱은 콘크리트 벽도 자르는데, 그게 뭐가 어렵냐."

"톱은 소리가 크잖아. 녹이는 게 더 좋기는 한데, 그랬다면 녹은 흔적이 있어야 하거든?"

나는 스마트폰으로 단군상 훼손 사건의 예를 검색해 보았다. 앞서 언급했듯 자르기보다는 녹이거나, 아니면 아예 깨뜨리는 일이 대부분이었다. 그런데 이번 사건은 특이하게도 머리를 완전히 잘라 갔다.

동상의 단면을 보아도 녹아내린 자국은 없었다. 대신 부스러기가 남았을 텐데, 생각보다는 남은 잔해가 많지 않았다. 범인이 치워 버렸을까, 바람에 날리기라도 했을까, 아니면 경찰이 벌써 다 수집해 갔을까.

나는 슬쩍 조각상을 보았다. 단군상 크기는 보통 사람의 몸집과 비슷하며 의자에 앉은 자세였다. 따라서 목을 자르려면 좌대 위에 올라가거나 발판을 놓고 서서 톱질을 해야 할 것이다. 물론 요즘은 간편하게 접었다 폈다 할 수 있는 발판 정도는 쉽게 구할 수 있다.

"뭐 하냐, 갑자기? 왜 갑자기 바이올린 켜는 것처럼 손은 흔들고 있냐?"

그는 시늉까지 하면서 내게 물었다.

"아! 범인이 단군상을 톱으로 자른 것 같아서 그래! 이렇게 뒤에서!"

"뭐, 네가 형사라도 되냐? 이걸 그렇게 자꾸 보는 이유가 있어?"

영준이 다시 물었다.

"그냥."

과연, 누군가가 종교적인 이유로 이 동상을 파괴한 걸까. 아니면 그 머리를 뭔가에 쓰기 위해서 가져갔을까.

전자일 경우, 동상 파괴가 목적이니 머리를 가져갈 필요까지는 없다. 아니, 그렇다고 해도 범죄학에서 '트로피'라고 하는 일종의 전리품으로 가져갔을 가능성은 있다. 하지만 머리를 굳이 잘라야 할 필요가 있을까.

첫 번째, 학교 괴담처럼 동상 안에 뭔가가 있다.

나는 청동 동상 만드는 법을 일단 검색해 보았다. 먼저 찰흙, 아니, 유토(油土.)라고 기름이 섞인 흙이 있는데 이것으로 조각을 한다. 일반 찰흙은 갈라지거나 부서지기 쉽기 때문이다. 다 만들면 석고로 그것을 싼 다음에 굳을 때까지 기다려야 한다. 굳은 후 흙을 긁어내면 석고에 그 조각 모양이 그대로 찍히고, 거기에 쇳물을 붓는다. 쇳물이 굳어진 다음에 석고를 부수면 청동상이 된다.

따라서 앞서 언급했던 대로 뭔가가 동상 안에 있기 때문에 그것을 꺼내기 위해 참수를 했다는 건 말이 되지 않는다. 뭔가를 감추려면 동상에 구멍을 내야 한다. 쇳물이 굳어지기도 전에 넣을 수는 없으니까. 하지만 아무리 찾아봐도 동상에 그런 흔적은 없었다.

두 번째, 피치 못할 일이 생겨서 동상 머리를 잘라야만 했다.

그렇다면 무슨 일이 있었을까? 어느 추리소설에는 이런 에피소드가 있다. 총을 쏘았는데 총알이 피해자의 머릿속에 박혔다. 그렇게 되면 시신에 남은 총알의 강선을 분석해 어느 총으로 쏘았는지 알 수 있어서 들킬 염려가 있었다. 그렇다고 그것을 빼낼 수도 없으니, 머리를 통째로 잘라 갈 수밖에 없었다.

간단히 말하면, 누군가가 총을 쏴서 총알이 동상의 얼굴 부분에 박혔다. 박힌 총알을 회수할 수 없으니 할 수 없이 단군상의 머리를 잘라 간다는 것이다.

물론, 이 또한 그리 쉬운 일은 아니다. 그렇다면 학교에서 총격전이 벌어졌다는 말이 되는데 굳이 여기서 총을 들고 싸운다? 이곳은 유흥가나 뒷골목도 아니고 엄연한 주택가이며 학교다. 또한 한국은 개인의 총기 소지가 금지되어 있다는 사실은 다 알 것이다.

더욱이, 단군상의 높이는 약 2m 정도이므로 총알의 각도를 생각하면 이 또한 어렵게 된다. 단군상에 총알이 박혔다는 사실을 알아차리려면 아주 가까이서 쏴야 했을 것이며, 피해자가 있다면 동상에 피가 튀었을 것이다. 핏자국이 있다면 경찰이 금방 발견했을 게 뻔하다.

나는 간단히 생각해 보았다. 엘러리 퀸의 소거법이다.

범인의 유형을 우선 분리한다.

1. 학교 내부 인물, 즉 교직원이나 학생들

2. 외부 인물이다. 하지만 이 분류는 크게 의미가 없다.

앞서 밝혔듯 학교의 경비가 그렇게까지 엄중하지는 않으며 밖에 있는 단군상에 접근하기는 아주 쉽기 때문이다.

모든 일을 마치는 데 시간이 얼마나 걸릴지 알 수 없지만, 그래도 수위 아저씨가 돌아다니는 모습을 피하면서 일을 저지르기가 쉽지는 않을 것이다.

"그나저나 기독교인들이 한다면, 저기 학교에서 멀지 않은 곳에 '열섬 교회'라고 있는데 알아? 거기서 전에 그런 식으로 설교를 했어. 반드시 우상은 없어져야 한다고!"

영준이 말했다.

"그래도, 꼭 기독교인들이 한 짓일까?"

"아니면 누구겠냐? 십자가까지 그려 놓았는데. 정말 이해가 안 된다니까. 이게 무슨 우상이라고 난리냐고. 우상숭배를 기독교에서 그렇게 금했으면, 조각가들은 다 굶어 죽었게?"

"조각가라니?"

"유럽 같은 데 보면 기독교 국가가 된 다음에도 그리스 신화에 나오는 이런저런 신들을 조각한 게 한둘이냐고."

"하하하."

나는 웃고 말았다. 하긴 단군상을 만들어 기념한다고 해서 우리 학교에서 그것에 대고 절하라고 한 적도 없는데, 굳이 그것을 훼손할 필요가 있는지 모르겠다.

"거기다 언젠지는 몰라도 이순신 장군 무덤에 어떤 사람이 칼이랑 말뚝을 수십 개나 꽂은 적이 있잖아?"

"그래?"

"이순신 장군이 자기 꿈에 나타난 다음부터 머리가 엄청나게 아파져서 그랬다고 하지 뭐야?"

나였다면, 이순신 장군이 꿈에 나타났다면 영광으로 여겼을 텐데 참 세상에는 이상한 사람들도 많다.

"그런데 그런 게 뭐가 그리 중요하냐? 내년이면 고3인데."

영준은 화제를 바꿨다. 공부에 압박감을 느끼고 있는 것 같았다. 그 이유는 나도 잘 알고 있었다. 그 어머니가 극성으로 유명하기 때문이다. 부모의 이혼으로 모자 가정이 된 후, 어머니가 그에게 굉장히 집착하고 있다고 들었다. 거기다 이제 누구나 거치지만 절대로 거치기는 싫은, 대입 수험생 생활이 기다리고 있었다.

"이번 중간고사 때 엄마한테 얼마나 맞았는지 아냐."

"너, 이번에 전교 3등인가 하지 않았어?"

학교나 집에서의 체벌은 역사적으로 늘 있어왔던 일이지만, 뭐든 너무 심하면 좋을 수 없다. '사랑의 매'라고 해도.

"에휴."

영준은 한숨을 크게 쉬었다. 한 학기에 두 번씩 있는 시험, 거기다 분기별로 모의고사까지. 이것을 좋아할 학생이 과연 있을까. 거기다 그다음에는 대학 입시라는 고비가 있다.

"좋은 대학만 가면 됐지, 굳이 전교 몇 등씩 해야 하냐? 물론 성적이 상위권이어야 좋은 대학에 가는 건 맞지만."

"그래서 난 요즘 아무것도 못 해."

나쁘진 않지만 영준이에 비하면 내 성적이 좋은 편은 아닌데 그래서 더 뭐라 할 수가 없었다.

나는 단군상을 다시 한번 보았다. 그 유명한 탈옥수 신창원의 경우, 교도소 작업장에 있던 실톱을 몰래 숨겨서 감방에 들고 가서 쇠창살을 잘라 탈옥에 성공했다고 한다. 잘리는 소리를 들키지 않도록 교도소 안에서 방송이 있는 시간에만 그 작업을 했기 때문에 시간이 오래 걸리긴 했다.

단군상은 속이 비어 있는 데다 철이 아니라 청동으로 만들어졌으니, 교도소 쇠창살만큼 절단하는 데 오래 걸리지는 않을 것이다. 하지만 이를 들키지 않고 하기란 결코 쉬운 일은 아닐 것이다.

방과 후, 나는 영준이 언급했던 '열섬 교회'로 갔다. 찾기 어렵지는 않았다. 학교와 그리 멀지도 않은 데다 카페가 딸려 있었는데, 교회 안의 카페는 가격이 싼 편이라 우리 학교 학생들도 가끔 볼 수 있었다.

"이게 뭔지 모르겠네."

혼자 중얼거리던 그때, 내 눈에는 뜻밖의 인물이 들어왔다.

"이은채 선생님?"

이 선생님이 카페에서 누군가와 이야기를 하고 있다니 뜻밖이었다. 나는 카페 유리창으로 보았는데, 그녀의 눈에는 내가 아직 보이지 않는 것 같았고, 그녀의 맞은편에 앉아 있는 사람의 얼굴은 보이지 않았다. 그런데 선생님의 표정을 보니까 데이트는 아닌 것 같았다.

설마, 그렇다고 단군상의 머리를 교회 어디에 숨겨 놓기라도 했을 리는 없다. 이 선생님이 굳이 여기까지 와야 했을까,

나는 근처를 둘러보았다.

　나는 안에 들어가서 살펴볼까 했으나, 주머니 사정이 넉넉지 않아서 그럴 수도 없었다. 밖이 아니라 카페 문 앞에서 그녀가 누구와 이야기하고 있는지 살펴보는 게 나을 것 같아서 슬쩍 교회 안으로 들어갔다.

　"아니, 너 윤경식 아니니?"

　"어?"

　나는 놀라고 말았다. 한기환 선생님, 내가 전에 다녔던 학원의 수학 강사였다.

　"여기서 다 보는구나. 잘 지내니?"

　"아, 네."

　그 무렵 나는 집안 형편이 어려워지면서, 학원을 좀 줄여야 했다. 그래서 한 군데를 끊었었다.

　"어머, 경식이 네가 여기 웬일이니?"

　카페에서 나오던 이 선생님이 나를 보며 말했다. 그러자 한 선생님이 먼저 말했다.

　"아, 은채 너, 그 학교 교사라고 했지? 하하하, 세상 참 좁네."

　"전, 그냥 여기 지나가다가 선생님이 보여서…, 여기 무슨 일이세요?"

　"그냥, 커피나 좀…."

이 선생님은 별 이야기를 하지 않았다. 열섬교회 사람들이 우리 학교 단군상 목을 잘랐을까, 그런데 한 선생님도 그렇고 이 선생님도 거기에서 무슨 일을 한 걸까? 모르겠다. 한 선생님이랑 데이트라도 하고 있었던 걸까, 아니면 혹시 선생님도 단군상 사건 때문에 이 교회를 의심하는 걸까.

"너도 여기 교회 다니니?"

"아, 아니오. 이 카페 커피값이 싸서 마실까 했는데, 보니까 돈이 없어서 그냥 가려고요."

"커피 정도는 내가 사 줄 수 있어! 바쁘지 않으면 앉았다가 가자!"

한 선생님이 말했다.

"어, 지금 이 선생님 만나는 중 아니셨어요?"

"아, 아니야. 난 지금 가봐야 해!"

이 선생님은 곧장 교회 문을 열고 나갔다. 나는 졸지에 공짜 커피를 마시게 된, 아니 약간의 조사를 할 수 있게 되었다.

"네, 그래서 집안 사정 때문에 학원은 그만둬야 했어요."

"저런, 안 됐구나. 네 성적이면 충분히 상위권으로 갈 수 있을 것 같은데."

"저는 아직 2학년이니까 지금은 3학년인 우리 형에게 우선 더 지원해야 된다고 했거든요."

나는 일단 푸념을 늘어놓듯 한 선생님에게 이야기하고는, 학교에 오늘 뒤숭숭한 일이 났다고 말했다.

"아, 은채…, 이 선생님이 말하더라. 여선생이 남고에서 고생할 것 같던데, 자기 아버지 때문에 그 학교로 지원했으니 어쩔 수 없지만 말이야."

"아버지 때문이라니요?"

"응? 이 선생님의 아버지가 그 학교 단군상을 만들었거든. 그런데 아버지가 일찍 돌아가셔서 그 단군상이 일종의 유품처럼 느껴진댔어."

"그, 그랬군요!"

그제야, 나는 이 선생님이 왜 내게 그 사건을 의뢰했는지 알 수 있었다. 아버지 유품을 망친 것이나 마찬가지였으니 이에 분노했을 것이다.

"이 선생님이랑 어떻게 아세요?"

"같은 대학 나왔으니까, 이 선생은 학교로, 나는 학원으로 가게 되긴 했지만 말이야. 하하하."

한 선생님은 씩 웃었다.

"선생님은 이 교회 다니세요?"

"아, 그래."

"단군상 목을 언제 누가 잘랐을까요?"

"그걸 내가 알 리가 없지."

그는 웃는 얼굴로 답했다. 그 얼굴을 보고 나는 뭐라 할 수가 없었다.

"그러고 보니 박영준이도 너랑 같은 학교 다니지? 노진태도."

"네."

"걔네들도 이 교회 다니거든."

"정말요?"

"그래, 그래서 가끔 이 카페에서 공부하기도 하더라. 어린이 예배실 뒤에는 영준이가 어렸을 때 그린 그림도 걸려 있어. 영준이는 화가 해도 되겠던데, 정말 그림 좋아하던데 말이야. 그런데 그 어머니가 그리 극성이라 반드시 법대 가라고 떠밀고 있으니까. 내가 뭐, 애들 입시로 먹고사는 사람이긴 하지만 가끔 그런 애들 보면 안 됐어."

나는 조금 이상하다는 생각이 들었다. 영준이도 열심 교회 교인이면서 그는 왜 기독교인을 의심했을까. 물론 기독교인 중에도 거의 광신도에 가까운, 극단적인 사람들이 있어서 같은 교인들에게도 비판을 받는 사람들이 있다. 그러니 그 때문일까.

무엇보다도, 이 선생님은 내게 문제를 해결하라고 하면서 왜 자신의 아버지 이야기는 하지 않았을까 하는 점이 의문으로 떠올랐다. 만약 내가 범인을 찾아내면, 그에게 뭔가 해코

지를 하기 위해서일까. 약간 걱정이 되기까지 했다.

문제는 바로 다음 날 일어나고 말았다. 경찰관들이 그날 학생 한 명을 상담실로 불러 조사를 했다는 말을 들었다. 그런데 그가 바로 노진태였다.

"뭐래?"

나는 애들에게 가 보았다.

"노진태가 그제, 단군 참수 사건 있던 날 밤에 학교 근처에서 왔다 갔다 하는 게 CCTV에 찍혔어! 그것도 사복 차림에 가방을 들고!"

친구 한 명이 말했다.

"학원에 가는 길이었을 수도 있잖아."

"그 시간에? 요즘은 학원이 12시가 넘도록 하지는 않잖아."

중간고사 기간도 아닌데 시험지를 훔치러 갔을 리도 없다.

"걔 지금 어디 갔어?"

"상담실에서 경찰한테 조사받고 있어."

미성년자가 경찰 조사를 받을 때는 반드시 보호자가 동반해야 한다. 동반한 교사가 누구일까, 이 선생님이라면 좋을 텐데, 하지만 아니었다.

"그 친구가 기독교인인 건 맞지만, 그럴 애는 아니지 않아?

거기다 잘린 머리는 어디에 숨겼을까? 그리고 그 큰 걸 가방에 넣고 다니기는 좀 그렇지 않아?"

단군상의 머리는 사람의 그것과 거의 비슷하다. 하지만 가방을 들고 다녔다는 이유만으로 진태를 의심할 수는 없다.

나는 단군상을 다시 한번 보았다. 자른 자국을 보니 생각보다 많이 삐뚤어져 보였다. 반듯한 직선 같지 않았다.

"뭘 그렇게 유심히 보고 있어?"

귀에 익은 목소리가 들렸다. 누군가 했더니 진태였다.

"아, 너! 경찰 조사는 다 받았어?"

"응."

앞서 언급했듯 진태는 체구도 작고 소심한 성격이라 그런지, 짓궂은 학생들에게 쉽게 놀림감이 되곤 했다.

"경찰에서 뭐래?"

"별별 이상한 걸 다 캐묻더라. 그제 밤에 거기서 뭐 했냐고."

우리 학교 야간 자율학습 시간은 오후 10시까지니까 12시 이후에도 학교에 있다면 그건 좀 이상한 일이기도 하다.

"그렇구나. 난 그냥 단군상은 어떤가 봤지."

"너도, 내가 그랬다고 생각해? 내가 기독교인이라서?"

진태는 어이없다는 얼굴로 물었다.

"아니, 그렇게 생각하지 않아."

진심이었다. 진태는 키가 매우 작으니 단군상 목을 자르려면 보통 발판보다는 더 긴 사다리 비슷한 게 필요할 것이다.

"우리 반에만 봐도 교회 다니는 애들 한둘이 아닌데, 그 사람들이 다 용의자란 말이야?"

"아니라니까."

그날 밤에 무슨 일로 늦게 갔을까 하는 생각이 들었다. 어쩌면 우리 반의 그 못된 녀석들 때문일지도 몰랐다.

"너 혹시, 고태민 때문에 거기 불려간 거 아니야?"

나는 슬쩍 그에게 물었다. 앞서 언급했듯 고태민은 우리 반에서 알아주는 불량아였다. 나도 그에게 돈을 빌려줬다가 떼인 적이 한두 번이 아니다.

"그랬으면, 내가 학교로 왔겠니?"

진태는 한숨을 푹 쉬며 말했다.

"그런데, 너는 대체 왜 여기서 단군상을 그렇게 뚫어지게 쳐다보고 있냐?"

진태는 쓱 나를 보았다. 그가 독실한 기독교 신자라는 사실은 다 안다. 하지만 그렇다고 단군상의 목을 자를 인물은 아니다. 그리고 잘랐다고 해도 잘린 머리를 과연 어떻게 처분했을까.

"이거 말인데."

나는 단군상의 목을 가리키며 말했다.

"응?"

"이건 큰 톱이 아니라, 실톱 같은 거 있잖아. 한 뼘 정도 크기의 작은 거 말이야. 그런 걸로 썰어낸 것 같아."

"그게 뭐?"

"자국을 봐. 큰 톱이라면 이렇게 했겠지!"

나는 팔까지 써 가며 내 목을 톱으로 써는 시늉을 했다.

"하지만 이건 실톱이니까, 이렇게 돌려가면서 잘라낸 게 분명해. 거기다 이걸 보니, 하다 말고 다음에 하고, 또 그런 거 아닐까?"

나는 손으로 내 목을 따라 자르는 척하면서 말했다. 잘린 부분이 들쭉날쭉한 걸 보니 어두운 중에 잘랐기 때문에 그런 게 분명했다. 어쩌면 범인은 프로가 아닐지도 몰랐다.

"그게 왜?"

"이렇게 자르려면 며칠은 걸릴 거야."

"네가 형사냐? 아니면, 명탐정 코난이냐?"

진태는 약간 빈정거리며 물었다.

"며칠에 걸쳐서 이걸 자르는데, 아무도 보지 못했다는 거야?"

"그러니까 이상하지!"

"그리고 이 머리 담아서 가져가려면 뭐, 책가방이면 충분하겠어? 책을 모두 꺼내놓고 가지 않는 다음에야 넣을 수도 없을 텐데!"

"쇼핑백이나 에코백에 넣으면 되지 뭐."

"그런데 너, 단군상 사건에 왜 그리 관심이 많아?"

진태가 미심쩍다는 듯 나를 보았다.

"아무것도 아니야. 그냥 조금 흥미가 생겨서."

나는 그냥 먼저 교실로 돌아갔다.

학교 뒤에는 산으로 통하는 뜰이 하나 있었다. 전에 체육 시간에 그리로 올라갔던 적이 있는데 선생님들은 우리끼리 여기 온다면 무조건 담배 피우러 가는 것으로 간주하므로 가지 말라고 단단히 일러두었다.

만약에 범인이 단군상 머리를 숨겨 둔다면 그곳이 적격일 것 같았다. 하지만 문제는, 그곳에도 감시 카메라는 있을 것이다. 그러니 경찰이 그곳을 살펴보지 않았을 리가 없다.

그곳에 가볼까 말까 망설이고 있는데, 뒤에서 인기척이 느껴졌다.

"경식아?"

"어, 선생님?"

이 선생님이었다.

"여기는 학생 출입금진 거 모르니?"

"그게 말이죠…."

나는 범인이 단군상 머리를 이 뒷길에 숨겼을지 모른다고 말했지만, 이 선생님은 고개를 흔들었다.

"여기라면 경찰이 벌써 다 수색했는데? 사실 나도 그게 이상해."

"CCTV 사각지대는 있지 않나요?"

나는 범인이 잘린 머리를 굳이 왜 가져갔는지, 또 어떻게 가져갔는지가 마음에 계속 걸렸다. 담을 뛰어넘는 방법이 있기는 하지만, 그 방법은 오히려 남의 눈에 띄기가 쉽다. 그렇다고 그 어두울 때 뒷산에 가기도 그렇다.

"굳이 생각해 본다면, 농구공 전용 케이스 같은 데 넣은 거 아닐까 하는 생각이 들어."

이 선생님이 갑자기 말했다.

"농구공이요?"

"그래, 농구공은 사람 머리보다도 더 크잖아. 단군상 머리도 좀 울퉁불퉁하긴 해도 공 케이스 안에는 들어갈 수 있을걸? 거기다, 경비 아저씨한테서 들었는데 요 며칠 동안 밤에 농구 하러 온 사람이 있었대. 마스크랑 모자를 쓰고 있어서 얼굴은 못 봤는데 까만 트레이닝복 차림이었고, 거기다 범행이 있었던 날은 평소보다 오래 했대!"

"아, 그 방법이 있네요. 모자에 마스크 쓰고 농구 하는 사람은 드물 테니까요. 학교에는 농구 골대도 있으니까 농구하러 온 척하면서 눈을 피해 범행을 저지르고, 공 케이스에 머리를 넣어서 가져간다고요? 그렇다면 농구를 하는 척이라도 해야 하지 않을까요? 아, 농구공만 학교 담장 밖으로 던지고 케이스에는 머리를 넣어서 가져간다면 되겠네요?"

"그래."

이 선생님도 여러모로 추론을 한 모양이었다. 실톱은 주머니에 넣어 오기만 해도 되니까 무리는 아니다. 문제는 며칠 동안이나 그랬다고 하니 범인은 작정한 게 분명했다.

"그 트레이닝복 입은 사람이 키가 얼마나 되는지 기억하신 대요?"

"평범했다는데?"

뚱뚱하거나, 키가 작았다면 눈에 띄었을 것이다. 그렇다면 진태는 범인이 아닐지도 모른다. 그는 단신이라서 금방 눈에 띈다.

"저, 선생님."

"왜?"

"노진태 말인데요. 걔는 그날 왜 밤에 학교에 왔대요?"

"휴, 이거 어떻게 해야 하나, 지금 선생님들끼리 의논 중이야."

"네?"

"사실, 진태 부모님이 편의점 하잖니? 고태민이가 걔를 시켜서 자기 가게에서 담배를 가져오게 했대. 그래서 그걸 몰래 학교에 가져다 두려고 왔었대."

"정말요?"

"그렇다고 당장 고태민이를 잡으면 그 애가 진태한테 또 무슨 보복을 할지 모르잖니? 그래서 선생님들끼리 대책을 논의하는 중이야. 처벌할 증거를 확실히 잡아서 걔한테 어떻게 하려고. 진태는 보호해야 하잖니."

하긴, 태민은 진태를 시켜 망을 보게 하고 담배를 피우기도 했을 것이다.

"선생님 아버지가 그 단군상을 만드셨다는 이야기는 왜 하지 않으셨어요?"

"어머? 너, 그거 어디서 들었니?"

"조사를 좀 하다 보니까 알게 됐어요."

"한 선생님한테서 들었구나? 그 학원 선생님 말이야. 입도 싸지, 원!"

이 선생님은 잠시 망설인 뒤 이야기를 시작했다.

"우리 아버지가 이 단군상을 만드셨어. 20년 전의 일이야. 학교가 세워질 때 그것도 같이 주문을 받았는데."

나는 이 선생님이 일찍 아버지를 여의고 어머니랑 둘이서 살았다는 사실도 들었다.

"내가 굳이, 여기가 남학교인데도 오고 싶다고 한 이유도, 이 단군상을 보고 싶었기 때문이야. 그런데 그걸 누가 머리를 잘랐으니, 어떻게 감당하니?"

나는 뭐라 할 수 없었다. 예술 작품을 망가뜨리는 일은 재물 손괴라는 죄 그 자체보다, 예술 파괴라는 점에서 분노하지 않을 수 없었다.

"그래서, 너라면 알아낼 수 있지 않을까 해서 그런 거야. 왜 너한테 의뢰했는지는 그때 설명한 그대로고."

나는 몇 가지 생각해 보았다.

"선생님, 그런데 선생님은 매일 그 동상을 보시면서도 뭔가 이상한 점을 느끼지 못하셨어요?"

"이상한 점? 아무리 그래도 매일같이 그 동상을 보긴 그렇잖아? 거기다 중간고사 때는 출제하느라 바쁘기도 했고. 그런데 왜?"

그녀는 씩 웃었다.

"생각해 봤는데, 저걸 하루 만에 목을 자른다는 건 어려울 것 같아서요. 전기톱이야 소리 때문에 쓸 수도 없으니, 한다면 실톱 같은 걸 써야 하잖아요."

이 선생님은 잠시 생각하더니, 갑자기 화들짝 놀랐다.

"아! 잠깐, 그러고 보니 조금 이상한 일이 있긴 했어!"

"네?"

"그게 이상한 일인지 아닌지는 모르지만."

"말씀하세요. 사소한 거 하나라도 단서가 될 수 있어요!"

"정말 탐정이 따로 없구나. 그래, 한 달쯤 전에 단군상을 보는데, 뭔가 종잇조각 같은 게 만져져서 보니까 그 동상이랑 같은 색의 종이를 누가 붙여 놓았어. 이상하다고 생각했는데, 그때는 별생각을 하지 않았어."

"동상이랑, 같은 색의 종이요?"

나는 조금 이상하다는 생각이 들었다.

"경찰한테 그 말씀은 하셨어요?"

"아니, 잊고 못 했어. 이제 기억이 나네! 경찰에 이야기 할까?"

"하세요!"

그 주의 일요일, 사건은 뜻밖의 방향으로 흘러가고 말았다. 나는 일요일에 열섬 교회로 가 보았다. 물론 예배에 참석하지는 않고 근처에서 조금 둘러보기만 했는데, 그 교회에서 무슨 일이 날 줄은 몰랐다.

갑자기, 먼 곳에서 사이렌 소리가 울렸다. 뭔가 했더니 경찰차 소리였다. 뜻밖에도 차는 교회 앞에서 섰다.

"아니, 이게 뭐야?"

나는 슬쩍 그리로 가 보았다. 교회에서 나온 사람은 바로,

노진태였다.

"경찰 아저씨, 여기요!"

"아니, 진태야!"

교회 사람들도 어리둥절한지 그를 보았다. 진태는 그들을 신경 쓰지 않고 경찰관들을 데리고 안으로 들어갔다. 나는 혹시나 해서 슬쩍 그 안으로 따라서 들어가려고 했다.

"야, 너 여기서 뭐해?"

누군가가 나를 붙잡았다. 보니까 영준이었다.

"아니, 경찰차가 와서! 교회에서 뭐, 사건 났어?"

"말도 마, 우리 학교에서 없어진 단군상이 바로 여기서 발견됐어!"

"저, 정말?"

나는 놀라지 않을 수 없었다. 그럼 역시 이 교회에 범인이 있다는 말인가?

"어디에?"

"예배실 뒤 비품 창고에 있었어! 진태가 어린이용 교재 찾으러 갔다가 발견했대. 아, 우리 교회 정말 실망이다. 어디지? 네가 말한 예레바탄처럼, 뒤집어서 놓았대!"

"그래?"

진태는 그것을 보고 놀란 나머지 그 자리에서 경찰에 연락했다. 나는 핸드폰을 들고 이 선생님에게 이를 알렸다.

"담임 목사님이 누구시죠?"

형사가 물었다.

"접니다!"

머리가 희끗희끗한 중년 남자가 나섰다.

"이 근처 고등학교에서 단군상 머리가 절단된 사건이 났다는 거 아시죠?"

"그, 그렇습니다! 하지만, 우리 교회 사람들이 그랬을 리는 없습니다!"

"그런데 왜, 이게, 여기에 있습니까?"

경찰관은 그 잘린 머리를 목사 앞에 들이대며 물었다. 목사는 당황하여 교회 사람들을 둘러보았지만, 그들도 어리둥절한 채 뭐라 하지 못했다.

"말도 안 되는 소리 마세요!"

갑자기 강한 목소리와 함께, 안경을 쓰고 체구도 당당한 중년 부인이 앞으로 나섰다. 표정만 보아도 그녀가 드센 성격임을 알 수 있었다.

"엄마!"

그 뒤에 있던 사람은, 영준이었다.

"요즘 기독교인들이 사회의 빛과 소금 역할을 잘못하고 있다는 건 인정해요. 하지만, 우리 목사님이 그럴 분은 아니에요!"

"그럼, 이게 왜 이 교회에서 나왔지요?"

형사는 날카로운 눈매를 한 채 물었다.

"이 교회 분들 중, 혹시 단군상 파괴와 관련이 있는 분이 계실지도 모르겠습니다. 교인 명단을 모두 주시기 바랍니다."

"경식아, 네가 여긴 웬일이냐?"

전에 이 교회에서 만났던, 한 선생님이 나를 발견하고 말을 걸었다. 그 역시 이 교회 신자이다. 잠시 후, 이 선생님이 총알처럼 교회로 달려왔다.

"목사님, 죄송하지만 경찰서까지 같이 가 주셔야겠습니다!"

"우리 목사님, 그러실 분 아닙니다!"

몇몇 장로들까지 나서며 말했다.

"죄송한데, 제가 한마디 해도 될까요?"

나는 그 자리에 나섰다.

"뭐야?"

"저 애, 우리 교회 다니기라도 하나?"

"아니, 너!"

형사 한 명이 나를 보았다. 다행히 그는 전에 내가 그 살인사건을 해결했을 때 경찰서에서 만난 적이 있는 사람이었다.

"죄송하지만 이 선생님, 그리고 다른 분들 몇 분만 저랑 같이 저쪽에서 이야기 해 주시겠어요?"

잠시 후, 나와 이 선생님, 한 선생님, 담임 목사와 장로 몇명, 그리고 진태와 영준이까지 모두 교회 사무실에 모였다. 아, 물론 형사들도 빼면 안 된다.

"저는 '어떻게'보다는 '왜'가 중요하다고 생각했어요."

"왜라니?"

나는 설명을 이어 나갔다.

"단지 신앙이 충만하여 단군상을 훼손하는 거라면, 말씀드렸듯 깨부수거나 녹이는 편이 훨씬 쉽죠. 그런데 통째로 머리를 자르고 그걸 가져가기까지 했어요. 그건 다시 말해, 그 머리를 가져가는 일 자체에 뭔가 목적이 있단 말이죠! 그건 바로, 이 교회에 누명을 씌우기 위해서입니다!"

"그게, 무슨 소린가?"

담임 목사가 눈을 크게 뜨며 물었다.

"진태 너, 교회에서 이 단군상 머리를 보고 무슨 생각을 했어?"

"사실, 나도 교인이긴 하지만 여기서 그게 발견되니까, 그 자리에서 경찰을 부를 수밖에 없었어."

"그래도, 교회 선생님에게 이야기라도 하고 부르지 그랬니."

목사가 말했다.

"전에 제가 단군상 훼손 때문에 경찰 조사까지 받았단 말이에요! 그런데 교회에서 그런 게 나왔으니, 정말 우리 교회에서 그런 줄 알았다고요!"

"그게 아니야."

나는 머리를 저었다.

"간단한 방법이 있어요."

"응?"

"아시는 분은 아시겠지만, 탈옥수 신창원은 감옥의 쇠창살을 실톱으로 자르는 데 두 달이 걸렸다고 해요. 자르는 소리가 들리지 않도록 교도소 내 방송을 할 때 잘랐기 때문에 하루 20분만 그 작업을 할 수 있었으니 그 정도 시간이 걸렸죠! 쇠창살 하나의 지름이 1.5cm였고 두 달 동안 하루 20분이면 1,200분, 20시간 정도의 시간이 걸렸습니다. 쇠창살 한 개에 윗부분과 아랫부분을 모두 자르니 총 네 군데를 절단해야 하고, 한 군데 자르는 데 5시간이라고 볼 수 있습니다. 그런데 이 단군상은 청동인 데다 두께는 쇠창살보다 얇으니까 그보다는 적게 걸렸겠죠? 그래도 며칠 걸리는 건 마찬가지지만요."

청동상에도 같은 계산을 한다고 할 때, 하룻밤에 이를 잘라 내기란 절대 쉬운 일이 아니다. 며칠은 걸렸을 것이다.

"그런데 범인은 이걸 하룻밤 만에 해냈어요. 하지만 그건 하룻밤에 해낸 게 아니었어요. 이 톱으로 자른 자국이 들쭉

날쭉한 모습을 보니, 분명히 며칠에 걸쳐서 한 거예요."

"어떻게, 그게 가능해? 들키지 않고 자르는 게?"

이 선생님이 물었다.

"반창고라도 붙여야 하는 거 아니야?"

진태가 말했다. 그러자 그녀는 그에게 핀잔을 주었다.

"농담하니? 반창고라니?"

"맞습니다. 반창고를 쓴 겁니다."

나는 손가락을 튕기며 말했다. 사람들은 다들 놀라서 나를 보았다.

"종이로 띠를 만들어서 단군상 목 주변에 둘러 붙이고, 동상이랑 같은 색으로 칠한 종이로 그것을 감춘 거예요. 동상을 크게 신경 쓰는 사람은 없으니까 그렇게 해도 눈에 띄지 않겠죠. 그리고 자른 뒤, 단면이 드러나지 않도록 그걸 붙여서 감춘 거죠. 매우 대담한 방법이었지만요! 하지만 수염 부분은 그렇게 하면 쉽게 눈에 띄니까 그건 그날을 넘기기 전에 잘라야 했을 겁니다. 그러니 범행이 있던 날은, 그 농구하는 사람이 좀 길게 있다 갔던 거죠."

"어, 어머나, 그걸 어떻게 알아낸 거니?"

이 선생님이 물었다.

"선생님이 전에 말씀하신 덕이에요. 선생님은 전에 단군상 등에 누군가가 동상이랑 같은 색깔의 종이를 붙여 놓은 것 같아서 직접 떼어내신 적도 있다고 하셨죠? 그건 범인이 그 방법을 시험하기 위해 거기 붙여 둔 걸 거예요. 누가 그걸 알아차리는지 보기 위해서요."

"그렇구나!"

"선생님, 그 종잇조각 아직 가지고 계신다고 했죠? 학교에 있다고 했죠?"

"아, 그래!"

이 선생님은 고개를 끄덕였다.

"거기서 지문을 채취하면 범인이 누구인지 알 수 있을 거예요! 그런 건 맨손으로 붙여야 했을 테니까요!"

"조, 종이에서, 지문이 나와?"

진태가 눈을 크게 뜨며 물었다.

"응, 종이에도 지문이 남아. 지문 채취 가루를 쓰면 더 선명하게 나오더라!"

"그, 그만!"

한 명이 외쳤다. 나는 그쪽을 보았다.

"역시, 너였구나?"

영준이었다.

"그래요, 제가, 제가 단군상 목을 잘랐어요!"

"네, 네가? 어째서?"

이 선생님은 어이가 없다는 듯 그를 보았다.

136

"넌 아까, 예레바탄의 그 메두사 머리처럼 그 단군상 머리도 뒤집어서 교회 기둥에 세워 놓았다고 했는데, 네가 찾은 것도 아니면서 그게 뒤집어져 있었다는 걸 어떻게 알았지?"

"뭐? 그건 진태가 얘기해줘서…."

"아냐. 난 그런 적 없어. 머리를 보고 바로 경찰에 전화했고 그다음부터는 다른 어른들이랑 같이 있었어."

영준은 눈을 크게 떴다.

"아까 대답을 듣고 보니 네가 좀 의심스럽더라고. 너는 그림을 잘 그리니까 동상이랑 비슷한 색의 종이로 칠할 수 있었을 거야! 별수 없이 선생님이 전에 찾아내셨다는 종잇조각 이야기를 했지!"

"아니, 영준이 네가, 어떻게…!"

영준의 어머니도, 담임 목사도 어안이 벙벙한 채 그를 보았다.

"그렇게 해서 네가 얻는 게 뭐야? 우리 학교에서 학생들한테 강제로 단군상에 절이라도 시켰니?"

이 선생님은 나보다도 더 크게 분노했다.

"죄송해요, 선생님. 하지만 저는 교회 때문에, 아니 엄마 때문에 그랬어요!"

영준은 주저앉은 채 말했다.

"뭐라고?"

"전 정말 신앙을 버렸는데, 우리 엄마는 이 교회 다닌 다음부터 자식 교육에 엄해야 된다면서 목사님 말만 듣고 하나님 뜻으로 훈육한다며 매일 때리고. 정말 미칠 지경이었어요! 그렇다고 교회에 불을 지를 수도 없고!"

"그, 그래서?"

"그래서, 교회에 누명을 씌우기 위해 일부러 단군상 목을 잘라 거기에 가져다 놓았어요! 교회를 불태울 수는 없으니까요!"

다음 날, 영준은 학교에 나오지 않았다. 그가 무슨 처벌을 받게 될지는 나도 몰랐다. 하지만 여러모로 우울해지는 사건이었다. 스트레스가 엄청나게 많다고는 해도 그것을 교회 탓으로 돌리고, 교회에 원한이 있다고 한들 학교 자산, 그것도 예술품에 손을 대다니 이는 도저히 이해할 수가 없을 정도였다.

우리 반에서는 벌써 그 일이 큰 화제가 되었다. 물론 나는 내가 사건을 해결했다는 사실을 다른 사람에게 말하지 말아 달라고 형사와 선생님들에게도 부탁했다.

"친일파 중 누구는 '후진국일수록 자신들의 역사를 신화시대까지 부풀리기를 좋아한다. 그 때문에 우리가 현대 사회에 맞게 발전하려면, 신화적인 성격이 있는 홍익인간 정신을 버려야 한다.'고 했어요. 이 말에 동의하나요?"

역사 시간이 되자, 이 선생님이 물었다.

"전혀요!"

몇몇 애들이 말했다. 나도 마찬가지였다. '홍익인간'은 다른 어느 나라 신화에도 없는 정신이다. 반드시 우리나라 사람들 모두 잘 계승해 나가야 할 정신이다.

"역사는 왜 배우나요?"

"글쎄요?"

한 학생의 말에 다들 웃었다. 물론 나는 아니었지만.

"시험을 보기 위해서요!"

이 선생님은 그저 웃기만 했다.

"배우는 이유는, 과거를 보고 교훈을 알라는 거죠."

그녀는 교실을 한 번 둘러보았다.

"어느 나라든 장단점이 있으니까 과거를 보고, 물론 우리 과거만 보지 말고 남의 나라 것도 보면서 배울 생각을 해야겠죠. 그게 역사를 배우는 이유 같아요. 그리고 우리의 뿌리가 되는 사상은 소중히 간직해야죠. 잘못된 거라면 고쳐 나가야겠지만요. 신화 역시 역사의 일부라고 할 수 있어요. 단군상 훼손은 잘못된 신앙의 문제일 뿐 아니라, 우리 역사나 예술에 대해 존중도 하지 않는 일이라 할 수 있죠."

수업이 끝나자, 나는 다시 이 선생님에게 불려갔다. 이번에는 진태도 함께였다.

"진태 너, 그런 일이 있었으면 진작 이야기를 하지 그랬니? 선생님들이 조만간 고태민이한테 제대로 조치를 취할 테니까 너무 염려 마렴."

"그런데 선생님, 진짜 그 종잇조각 가지고 계셨나요?"

진태가 슬쩍 물었다.

"아니야. 버렸어!"

이 선생님은 씩 웃으며 말했다. 내 말에 그녀는 즉석에서 그렇게 둘러댄 것이다. 선생님과 제자가 이런 상황에서 편먹고 거짓말을 하다니 웃기기는 하지만.

"경식이 너한테는 정말 고맙구나. 솔직히 반신반의했는데…, 네가 정말로 범인을 잡다니, 대단해."

이 선생님이 말씀하셨다. 나는 뭐라 할 말이 없었다. 시험 보기 싫다고 학교에 불을 질렀다는 말은 들어봤지만, 교회에 원한이 있어서 학교 기물을 파손하다니. 그것도 예술품을.

"영준이는 어떻게 됐나요?"

"어떻게 조치가 취해지겠지. 그런데 안 되긴 했더라. 걔네 엄마가 그 교회 다니고부터 자기에게 너무 엄해졌다고 생각해서 교회에다 타격을 주려고 그런 일을 했다니, 참 애가 엉뚱한 것도 아니고…."

"그 단군상은 어떻게 하나요? 다시 세우나요?"

"머리는 나한테 돌려준다고 했어. 이제 붙일 수도 없잖아."

"다행이네요. 단군 두상을 갖게 되셨으니까."

"그래도 학교에 있는 편이 더 좋았을 텐데, 아, 경식아, 약속대로 선생님 사촌동생 소개시켜 줄게."

"네?"

"너, 여자 친구 있다고 했잖아?"

갑자기 진태가 끼어들었다.

"응?"

"그런데 지금 미국에 갔다며?"

이 선생님이 놀라며 말했다.

"어머, 그러면 안 되지. 여자 친구가 외국에 갔다고 바람 피우면. 정식으로 헤어졌다면 모를까, 사촌 동생 소개시켜 주는 건 취소야!"

"아니, 선생님, 전 그때 사촌동생 소개시켜 달라고도 하지 않았잖아요!"

"그러지 말라고도 하지 않았잖아! 그리고, 그때 여자 친구 있다고 말했어야지!"

나는 선생님이 사촌 동생을 소개시켜 준다고 했을 때, 솔직히 사양하려고 했다. 공부 때문에 많이 바빠졌고 집안 사정도 좋지 않아서였다. 그런데 나중에 그 이야기는 하지 못했으니 원, 나는 졸지에 바람 미수범(?)이 되고 말았다.

작가의 말

고등학교를 졸업한 지가 언제인지도 기억나지 않을 정도인데 학교를 배경으로 글을 쓸 기회가 생기다니 처음에는 좀 막막했습니다. 제가 학교 다닐 때와 지금의 학생들은 사고나 생활 방식이 달라도 한참 다르겠지만 입시나 진로 등에 대한 압박감과 스트레스는 비슷하리라 생각합니다. 그 때문에 때로는 학교에서 차마 상상도 할 수 없는 일이 일어나기도 하죠.

저는 몇 해 전에 우리나라의 여러 학교에서 일어났던, 단군상 훼손 사건을 모티브로 하여 써 보았습니다. 또한 속칭 '치맛바람'이라 불리는, 학부모의 지나친 간섭 및 기대와 이로 인한 학생들의 엉뚱하기까지 한 행동, 이 사건을 해결하려는 소년 탐정의 활약 등을 보여주고 싶었습니다.

선생님은 술래

최동완

구장윤 선생은 방금 전 운동장 구석에서 적발한 동네 아저씨처럼 생긴 날라리 세 명에게 반성문을 받고 돌아오는 길이다. 교칙 위반 사항은 흡연. 그는 학교폭력만큼이나 죄질이 나쁜 경우라고 생각한다. 운이 좋았다고 해야 할까? 구 선생이 점심시간에 운동장을 주시하면서 양치질을 하고 있었는데 딱 보였다. 운동장 한 귀퉁이에 있는 커다란 소나무 밑에 모여 있는 골초 3인방이. 어떻게 보면 그 3인방에게는 재수 없었던 것이기도 하다.

　적발은 쉬웠어도 문제는 그다음이다. 경찰이 범인을 검거하면 법정이 기다리고 있듯이 교칙 위반 학생에게는 반성문 제출이 기다리고 있다. 이 과정이 힘겨운 점은 자주 벌어지는 무의미한 공방전 때문이다. 대부분 순순히 쓰질 않고 계속 미루면서 시간만 질질 끈다. 혹시나 선생님이 잊어버리거나 반성문을 받았다고 착각하기를 바라며 말이다. 하지만 제아무리 버티기를 잘하는 녀석이라도 부모님에게 연락이 가는 것은 죽어도 싫을 테니 결국은 받아내게 되어 있다. 다만 이과정 자체를 놓고 보면 굉장히 쓸데없는 신경전이나 다름없다. 어차피 써야 할 거 순순히 하면 금방 끝날 걸 뭐 하려 힘 빼기를 하는 건지 도통 이해할 수 없는 부분이다.

반성문을 받은 다음에도 일은 끝나지 않는다. 제대로 썼는지 확인하는 일이 남았기 때문이다. 대체로 일기를 처음 쓰는 초등학생이 끼적거린 것처럼 보이는 반성문을 내놓아서 역시 쉽지 않은 일이다. 괴발개발로 써진 글귀는 글자라기보다는 거의 그림에 가까워 보일 정도다. 게다가 내용도 영양가 전혀 없는 형식적인 내용이다. 그걸 알면서도 제대로 썼는지 확인하기 위해 읽어야 했다. 차라리 국어 시간에 걷은 작문과제를 검사하는 게 더 나을 정도다.

어쨌든 이번 적발로 벌점과 경고 1회 세트.

아니지, 그 세 명은 이번에 두 번째 적발이니까 합산하면 벌점과 경고 2회 세트다.

이제 전학 마일리지를 한 칸 남겨두고 있다. 일명 3진 아웃제라고 흡연 단속에 세 번 걸리면 전학을 보내는 교칙이다. 가혹하다 할 수도 있지만, 이 학교의 내력을 알게 되면 그런 말이 나올까.

언덕배기에 위치한 이 고등학교는 구 선생이 오기 오래전부터 흡연과 관련해서 유명했다. 학교 구석진 곳에는 항상 담배꽁초가 굴러다녔고, 화장실마다 담배 연기로 꽉 차 있었을 정도다. 골초 고등학교라고 불렸을 정도니 한 말 다 했다. 그러다 2000년대 초반부터 학교 이미지를 바꾸겠다고 선언하고 많은 것이 달라졌다.

처음 시작은 3진 아웃제. 그리고 점차 기술력이 발전하는 시대의 흐름에 따라 흡연 단속도 발전했다. 구장윤 선생이 이 학교에 왔을 때쯤에는 니코틴 측정기와 소변 검사기까지 도입된 것이다. 덕분에 소지품 검사로도 적발하기 어려운 상습범들을 대거 적발할 수 있었다. 이런 노력 덕분에 학교 이미지가 많이 개선되고, 교내 학생 흡연율이 상당히 줄었다. 그러나 어떤 문제든 완전히 근절하기는 어려운 법인지 아직도 흡연 적발이 계속되고 있는 게 현실이다. 갈수록 치밀하고 잔머리가 발전하는 것도 그렇고.

이 학교 규칙이 싫으면 나가면 그만이다.

이게 구 선생의 철칙이다.

"구 선생! 이번에 또 한 건 했다며! 오늘은 누구야?"

물리과학을 맡고 있는 원상동 선생이 교무실로 들어온 구

선생을 반겼다. 살집 있는 덩치에 바가지 머리스타일이 학생
들에게 깊은 인상을 남긴 것으로 유명하다. 거기에 굵직하면
서도 헬륨가스를 마신 것 같은 목소리에, 백화점에서 할인가
로 파는 싸구려 티셔츠 패션까지. 이만한 개성 만점인 선생
님은 없다는 평가를 받는다.

그에 비하면 구장윤 선생은 그렇게 개성적인 편은 아니다.
여름철에는 반팔 와이셔츠, 겨울철에는 은갈치 색보다는 살
짝 진한 양복. 이제 막 쌀쌀해지는 현재로서는 그 중간쯤에
해당한다고 봐야겠다. 여기에 단정한 헤어스타일과 원상동
선생과 같은 안경. 학생들 말처럼 전형적이면서 지루한 스타
일이다.

하지만 누구도 따라오지 못할 구 선생만의 독보적인 개성
이 존재한다.

바로 흡연 단속이다.

다른 선생님들도 다 같이 하는 일이지만, 구 선생의 실력
을 따라오는 선생님은 없다. 상습 흡연 적발 학생들마저 다
른 선생님은 몰라도 구 선생이 뜨면 바로 피할 정도니 말 다
했다.

"김현구, 신경수, 박영기."

"이야, 그 자식들 이번에 제대로 걸렸네. 내가 매번 조심하
라고 얘기했는데, 말귀를 못 알아먹네."

원 선생이 말하는 것만 봐서는 방관자처럼 보여도 나름의 기준이 있다. 담배를 가지고 있는 건 보여도 피우는 모습만은 걸리지 마라. 빡빡한 구 선생에 비하면 관대한 편이지 결코 봐준다는 말은 아니다. 라이터까지 보이거나 등하교시간 교문 앞이라면 그 역시 절대 넘어가지 않는다. 사실 관대하기보다는 나름의 기회를 많이 주는 편이라고 봐야 한다. 어떤 선생님이 학생을 전학 보내고 싶겠는가. 그것도 이제 1, 2년 만 있으면 대학에 가거나 적어도 사회에 나갈 텐데.

이렇게 봐줘도 학생들은 잘 모른다.

그냥 넘어가면 좋은 거고, 잡히면 그냥 빡치는 일이다.

이래서 누구 하나 전학 보내게 되면 안타깝다가도 한심하다는 생각이 더 들게 된다. 그 잠깐만 참으면 뭘 하든 본인 마음대로인데 그걸 못 참고.

구 선생이 일 처리를 끝냈을 때는 다음 수업까지 15분 남았다. 수업 준비는 벌써 끝내놓은 참이라 남은 시간을 이용해 화장실에 들러야겠다고 생각했다. 그는 적당히 비어있는 화장실 칸에 들어가서 주머니에 넣어둔 담배를 꺼냈다.

흡연 관련해서 학교에서 전문가라 그런 건가 구 선생은 어느새 자신도 모르게 담배를 손에 들기 시작했다. 담당 선생님답게 흡연을 하지 않아야 한다는 말도 많았다. 그렇지만 흡연 단속 때마다 붉어지는 애송이들의 시답지 않은 말을 매일 들으며 생긴 과도한 스트레스를 어찌할 수가 없었다. 술 생각이 나기도 했으나 적어도 다음날 출근에 지장이 생기는 일만은 피해야 했다. 어차피 술이나 담배나 그게 그거지만. 그래도 그는 되도록 학교에서는 흡연을 자제하려고 했다. 이런 모습을 보고 또 무슨 헛소리를 할지 모르기 때문이다. 아무 생각 없이 떠드는 것들이랑 말싸움 하는 것만큼 쓸데없고 머리 아픈 일은 없다.

아무 생각 없는 것들….

이 니코틴이라는 녀석이 너네들 속을 다 태워버리는지도 모르고….

완전 난로 코앞에서 잠들고도 화를 내는 버릇없는 피노키오들이야.

구장윤 선생의 모습은 어떻게 보면 학교가 아니라 밤거리의 음주 단속하는 경찰들 사이에 끼어있어야 어울릴 것 같다. 음주측정기가 아닌 흡연측정기를 들고, 향수로 떡칠을 해도 가려낼 수 있는 고약한 냄새를 잡아낼 코를 소지하고 있었으니. 나중에 직종을 음주 단속 경찰로 바꾼다 해도 문제될 것이 없다는 생각이 든다.

다른 선생님들도 유쾌할 리가 없지만, 구장윤 선생만큼 유쾌하지 않은 선생님은 없을 것이다. 과목 선생님이나 담임 선생님은 교실에서만 언쟁을 벌이고 안 보면 그만이다.

구 선생 같은 경우,

교문 앞에서,

교실에서,

교무실에서,

화장실에서,

복도에서,

학교 뒤쪽에서,

심지어 길거리에서까지.

학생과의 언쟁이 끊이질 않는다. 이제는 학생들을 가르치러 학교에 가는 건지, 싸우러 가는 건지 헷갈릴 정도다.

담배.

그놈의 담배 때문이다.

본인도 피우고 있으면서 담배를 경멸하는 구 선생은 실소가 나올 뿐이었다.

도대체 어디서부터 잘못된 것인지 모르겠다.

담배가 만들어진 자체가 문제일까.

시도 때도 없이 흡연하는 어른들 때문일까.

아니면 어릴 때부터 피우고 나중에 가서 폐암으로 고생하다가 죽든 말든 내버려 두지 않고, 스트레스받아가며 미친 듯이 단속하는 본인이 문제일까.

슬슬 수업 시간이 다 됐다. 손목시계로 확인하고서 구 선생은 아직 필터가 남아 있는 담배를 변기에 넣고 물을 내렸다. 냄새나지 않게 탈취제 쓰는 것도 잊지 않았다.

3반 5교시 수업을 어찌어찌 끝내고 나오는 길이었다. 오늘도 자는 학생과 떠드는 학생 때문에 구 선생은 진땀을 뺐다. 정숙한 상태에서 선생님이 수업 하다가 누구 한 명 지목해서 질문하는 모습은 영화나 드라마 속에서나 있는 일이 된 지 오래다.

개성적으로 변모한 세상만큼 교실도 많이 바뀌었다.

물론 좋은 뜻으로 말하자면 그렇다는 것이다.

선생님들 눈에는 난장판 자체다.

곳곳에서 자는 학생들이 널려 있고, 깨어있는 학생이라도 몰래 핸드폰을 보고 있거나 하는 등 다른 걸 하는데 바쁘다. 진짜 수업에 집중하고 있는 학생은 아마 4, 5명 정도밖에 안 될 것이다.

몇몇 선생님들은 이 모습에 도저히 참지 못하고 전면전을 치르기도 한다. 자는 학생 앞에 가서 쥐어박는 건 기본, 딴짓하는 학생의 물건을 압수하고 수업 시간 내내 과도한 관심을 준다. 이런다고 뭐가 바뀌는 게 있느냐면 별 효과가 없다.

이 과정에서 학생들과 신경전이 자주 발생한다.

대개 벌점 같은 불리한 조건을 가진 학생 쪽이 먼저 항복

선언하며 끝나면 다행이다. 간혹 불같은 녀석들이 참지 못하고 교사 폭행까지 이어진 경우도 있었다. 작년에 그런 일이 발생했었다. 수업 시간에 핸드폰을 보고 있다가 압수당하자 교사에게 주먹이 날아든 사건이었다. 지역 뉴스까지 보도된 꽤 큰 사건이라 아직도 그 사건과 관련된 말이 주변에서 종종 들려오고는 한다.

대혼란의 시기다.

이런 힘든 시기에서 살아남기 위해 나름의 요령이 필요했다. 특히 흡연단속으로 매일매일 전쟁이나 다름없는 구 선생이 그랬다. 수업시간까지 신경전을 벌였다가는 무슨 병이 생기고도 남을 것이다. 사서 스트레스받는 것도, 나름 젊은 편인데 어울리지 않게 꽉 막혔다는 소리를 듣는 것도 싫다. 그렇다고 아예 손을 놓는 건 선생이라는 직업으로서 직무위반이다.

고심 끝에 구 선생은 타협점을 정했다.

수업 들어가는 반 학생들에게 나름의 좋은 조건을 제시했다.

수업 들을 사람만 들어라.

공부하기 싫다 하는 학생은 다른 거 해도 좋다.

다만, 몇 가지는 허락 못 한다.

첫째, 자는 것.

둘째, 교실 밖으로 나가는 것.

셋째, 떠드는 것.

넷째, 핸드폰을 쓰는 건 좋지만 소리가 나지 않게 이어폰 같은 걸 쓸 것.

이 네 가지를 어길 만한 사정이 있다면 미리 말할 것.

만약 거짓말로 밝혀질 경우 벌점.

학생들은 환영했고, 적극적으로 구 선생의 기준에 잘 맞춰 줬다. 이런 파격적인 조건마저 어기는 경우가 아예 없던 건 아니다. 그럼에도 구 선생은 흡연 단속 할 때와는 다르게 거칠게 지적하지 않았다. 한두 번 정도는 그럴 수도 있다고 생각하고 있다. 누구나 실수는 하는 법이니까. 물론 그 이상을 넘어 상습이 되는 순간부터는 봐주지 않지만 말이다.

어차피 안 할 학생은 끝까지 안 하니까 열의가 있는 학생들만 데리고 가자.

그게 선생이나 학생에게 전부 편할 수도 있고.

폭력 사건 같은 불미스러운 일과 흡연만 아니면 아무렴 어떠냐는 게 구 선생의 생각이다.

복도를 따라 왼쪽 끝의 계단으로 가던 구 선생은 2학년 4반의 장민영 선생과 멀대 같이 키가 큰 학생이 마주 보고 서 있는 것이 보였다. 웬만한 문제 학생이나, 모범생, 그리고 통칭 나대는 학생들은 전부 꿰뚫고 있는 구 선생이었지만 그 학생은 웬일인지 갑자기 생각이 나지 않았다. 확고한 이미지가 아니라 몇 가지가 섞인 복합적인 인상이었다. 그의 직감으로 분명 하건데 저 학생은 고약한 날라리가 분명했다.

그것도 흡연까지 하는.

실제 나이보다 더 들어 보이는 아저씨 같은 얼굴을 자주 보았기 때문에 어느 정도는 분별할 수가 있었다.

태생적으로 원래 그리 생긴 건지,

후천적으로 그렇게 생겨 먹은 건지.

다만 무엇 때문에 장 선생이 불러냈는지는 속단하기 일렀다. 수업 시간에 태도가 불량해서 그랬을 수도 있고. 중간고사가 끝난 지 얼마 안 됐을 때쯤이라 성적문제일 가능성도 있었다. 고등학교 3학년을 앞둔 시점이기에 성적 관련된 부분은 더욱 예민할 수밖에 없다.

구 선생이 가까이 갔을 때는 상황이 끝났는지 멀대는 나는 삐딱한 놈이라 자랑하는 걸음걸이로 교실로 들어갔다. 장민영 선생은 근심이 가득한 얼굴이었다.

"장 선생님, 저 학생이 무슨 문제 일으켰나요?"

"아유, 말도 말아요! 이번에 전학 온 녀석인데 성적 잘 나온다면서 온갖 버릇없는 짓을 해서 미치겠다니까요."

장민영 선생이 손을 내저으며 말했다. 저 학생이 보통내기가 아니라는 것 정도는 파악이 됐다. 지금 골머리 썩는 문제가 성적 때문이 아니라는 것까지. 미처 냄새 맡을 겨를은 없었지만 구 선생은 자신의 직감대로 말했다.

"혹시, 흡연 문제 때문에 그런가요?"

"네, 맞아요. 그런데 문제가 있어요. 분명 냄새도 나고 그럴만한 정황이 보이는데 잡을 수가 없어요. 자꾸 증거 타령해서 담배를 압수해 보려고도 했어요. 하지만 압수할 담배가 없어요. 소지품 검사를 몇 번이나 했는데도 못 잡았어요. 어디 숨겨 놓고 피우기라도 하는 걸까요?"

학생들이 공부는 안 해도 머리가 나쁜 편은 아니라는 걸 실감하는 게 이런 순간이다. 흡연 관련해서 수많은 경험을 한 구 선생은 과거 적발 사례를 떠올려 본다. 냄새와 담배 소지 여부가 일치하지 않는 경우는 대체로 숨겨두는 방식이다. 한꺼번에 들고 다니다가 전부 뺏길 우려를 방지하기 위한 수법이다. 그렇지만 학교 안은 물론이고 근처 주변에도 숨겨봤자 전부 구 선생의 손바닥 안이다.

구 선생은 학교 곳곳을 수색한 일을 기억해 보았다.

오늘을 기준으로 보면 이렇다.

학교 뒤쪽 담벼락의 벽돌 구멍 사이.

대표적으로 숨기는 장소라 요 근래는 물론이고 그 이전에도 여러 번 발견했다. 발견된 이후에는 한동안 전부 자리를 옮겼다가 또 걸릴 걸 알고도 다시 돌아오고는 한다. 그저께

한두 갑을 발견했었으니 지금은 비어있을 시기다. 혹시나 하는 마음에 매일 둘러보고 있지만 오늘은 분명히 없었다.

그 밖에는 운동장 구석에 파묻기, 깨끗한 화장실 휴지통을 골라 다른 쓰레기 속에 섞어 넣기, 교실 벽과 사물함 사이의 틈에 필터가 망가지지 않게 구겨 넣기, 교문 밖의 으슥한 골목의 담벼락 틈 사이에 넣기가 있다.

웬만한 곳은 점심시간에 세 명을 적발한 이후에 둘러봤고, 선도부 선생님들까지 나서서 세세한 부분도 남김없이 살폈다.

그때 전부 수거했는데도 또 남아 있을까?

이 사실을 들은 장 선생은 한숨을 쉬었다.

"그럼 이 녀석은 어디에 숨겨둔 거지…."

"저 혹시 흡연측정기는 안 써봤나요?"

요 근래에 구 선생이 도입한 최신장비다. 보건소에서 사용하는 것과 같은 거라 성능도 믿을 만 했다. 소지품 검사로 담배를 적발하는 건 이제 한계에 도달했다. 소변 검사도 조작 시도까지 나오고 있어서 더 강한 조치가 필요했다.

장민영 선생의 반에는 흡연하는 학생이 꽤 있던 거로 알고 있다. 참고로 오늘 점심에 적발한 셋 중 하나가 이 반 학생이었다. 그렇다 보니 다른 반보다 흡연측정기를 자주 빌려갔다. 오늘도 빌려 갔던 걸 구 선생은 기억하고 있다.

"그것도 소용없어요. 손가락으로 원을 만들어서 흡연측정기를 잡고는 거기에 부는 척하면서 손가락에 대고 불어서 측정이 안돼요. 보통 학생들 같으면 속임수 쓰지 말라면서 자백을 받아 낼 수도 있지만, 그 녀석은 바락바락 우기면서 따지고 들잖아요. 자기가 그러는 거 봤냐고. 증거 있냐고. 압수한 담배도 없고 냄새난다는 것만으로 적발 처리하는 건 부당하다고. 무서운 것 없이 아주 기세등등한 게… 꼴 보기도 싫어요."

구 선생의 눈에 봐도 장민영 선생은 스트레스가 북받쳐서 금방 눈물이라도 쏟아질 것처럼 보였다. 학생 인권인가 뭐시기인가 하는 것 때문에 장민영 선생 같은 사례가 눈에 띄게 많이 늘었다. 아무 이유 없이 몽둥이로 때린다던가, 아니면 거친 체벌을 가한다면 모를까. 어느 정도 사람으로서 기본을 지키라고 하는 것인데, 그것마저 학생을 탄압하는 재수 없는 짓이라며 한탄하고 있다.

누가 재수 없는 것들인데.

지들이 무슨 왕자라도 되는 줄 아나.

하여간 요즘은 너무 곱게 자라서 탈이다. 좋은 것, 나쁜 것 구분 못 하고 다 자기 마음대로. 진짜 힘든 걸 겪어보지 못해서 조금만 불편해도 참지 못하고. 게다가 상식적인 것은 쥐뿔도 모르면서 근본 없는 논리로 늘어놓는 궤변만 줄줄 꿰고 다닌다.

흡연 문제도 문제지만,

정신 상태가 썩어빠진 건 더 용납이 안 된다.

"장민영 선생님, 제가 그 자식 한 번 잡아보겠습니다. 그 멀대같은 녀석이 찍소리 못하게 만들 겁니다. 물론 꼬투리 잡히지 않게 정당한 근거를 잡아서요."

나름 구 선생만의 도전의식도 한몫했다. 그 멀대의 엉터리 콧대가 꺾이는 걸 보고 싶은 마음도 있었고.

"저야 뭐, 이미 포기해서 구 선생님이 알아서 하세요. 전 모르겠어요."

"저만 믿으세요. 그나저나 그 자식 이름이 뭐죠?"

"노민혁."

최근에 전학 옴.

시 외곽의 항구마을에서 버스 타고 다니며 등교.

아버지는 낚시용품점을 경영하시는 분.

과목별로 점수 차가 하늘과 땅 차이만큼 심각했지만, 이 정도면 어느 학교에 가든 우등생 소리 들을 정도의 훌륭한 성적이었다.

이렇게만 보면 제법 노력하는 학생으로 보이겠지만 맨 위에 적힌 이름이 노민혁이라는 걸 확인하는 순간 평가가 완전히 뒤집어진다. 구 선생은 당혹스러웠다. 그야말로 괴리감이 쏟아진다고밖에 할 말이 없다.

공부 잘하는 학생이 모범생이라는 공식은 이미 깨졌다고 알려진지 오래다. 구 선생도 예전에 있던 학교에서 한 번 경험해봐서 잘 안다. 공부 못해도 성격 좋은 학생이 더 낫다고 생각하는 바다. 공부 잘하면서 성격 나쁜 녀석들은 독버섯이나 마찬가지다. 겉만 화려하고 속은 좋지 않은 걸로 가득 찬 것들을 비유하기에는 그만한 것이 없었다. 그럼에도 노민혁을 보고 당혹스럽다는 반응이 나온 것은 뭔가 이도 저도 아닌 것 같다는 인상 때문이다.

구 선생이 학생을 나누는 기준은 이렇다.

공부, 인성.

둘 다 좋거나 나쁘거나. 또는 둘 중 하나만 나쁘거나.

대체로 한 학생의 성향을 구분할 때 전체를 100%로 잡고 공부 50%, 인성 50%로 보고 있다.

그런데 노민혁의 경우는 공부 50%에서 절반, 인성 50%에서 절반이다. 공부 부분은 성적이 나름 좋은 편이긴 하지만 수업태도는 상당히 좋지 않다는 기록을 토대로 반영했다. 웃기는 건 그렇게 해서 나온 25% 2개를 합치면 결국에는 다시 50%가 된다. 구 선생의 기준에서 처음으로 100%가 되지 않는 학생이 나온 것이다.

이 와중에 구 선생이 찾던 기록이 점점 나오기 시작했다.

이전 학교의 기록에는 흡연 관련 문제가 제법 많이 적혀 있었다. 이 학교 교칙을 그대로 적용하면 벌써 전학 처리 되고도 남을 정도였다. 마지막에 추가로 쓰여 있는 폭력 사건 하나는 구 선생을 크게 신경 쓰게 만들었다.

'이걸로 전학 처리 된 건가…'

노민혁에 대해 찾아보고 나서야 구 선생은 기억해냈다.

얼마 전이었다.

4교시, 2학년 4반의 수업 시간.

한 학년 동안 들을까 말까 한 질문하는 학생이 있었다.

공부에 열의가 있다고 생각한 것도 잠시, 질문이 정상적인 경우가 아닌 데다 정도가 과하다고 여기기까지 오래 걸리지 않았다. 시도 때도 없이 하는 질문은 거의 수업 방해나 다름 없었다. 게다가 그 질문은 하나 같이 수업 내용에 시답지 않은 걸 끼워 넣은 질 떨어진 것뿐이었다.

말 그대로 헛소리나 다름없다.

가장 어이없던 건 자신의 논리대로 되지 않아서 어떻게든 정당화하려고 바락바락 우기는 막무가내 행동이다.

그러고 보니 역사 과목의 박 선생도 구 선생이 겪은 것과 비슷한 일이 있었다고 했다.

'그 녀석은 연도를 잘못 알고 있는 건 기본이고, 역사적 사건의 의미를 멋대로 곡해하고 있더라고요. 본인이 잘못 알고 있는 것 가지고 역사가 왜곡됐다나 뭐라나… 아무리 설명을 해줘도 듣지를 않고. 정말 골 때린다니까요.'

어떤 것이든 잘못 알고 있을 수도 있다.

사람은 누구나 실수를 할 수 있는 법이니까.

그런데도 무조건 자신이 알고 있는 것이 틀릴 리 없다며 정당화시키는 건 왜곡이다. 어떻게 이런 비뚤어진 사고방식으로 그렇게 성적이 좋게 나올 수가 있는지 구 선생은 이해할 수가 없었다.

그 밖에도 전학 온 이후로 선도부에 이런저런 이유로 적발된 기록도 여러 건 발견했다.

예전 같으면 벌써 때리고도 남았을 테지만, 이제는 오히려 선생이 학생의 눈치를 봐야 한다. 잘못 때리면 폭행죄로 학생에게 신고당할 수도 있다. 일이 커지면 교사 생활까지 보장하지 못하게 될지도 모른다. 심하면 아무렇지 않게 튀어나오는 주먹에 맞을 수도 있다. 그렇다 보니 정당한 훈육이라는 것도 없이 천연기념물 처럼 학생에게 손도 대지 못하는 게 현실이다.

물론 학교에서 학생을 제지 못 하는 것에 대해 선생도 책임은 있다. 하지만 부모가 학교를 상대로 책임을 물어올 정도로 드세거나, 학생이 심각하게 폭력적이라면 말이 달라진

다. 남에게 아무 이유 없이 욕먹거나, 맞을 바에는 방치하는 것이 최선이다. 아무리 이기려 해도 결국에는 모든 책임이 교사에게 넘어오기 때문이다. 여기에 구 선생이 구분하는 학생을 나누는 세 번째 기준이 추가될 것 같다.

논리적으로 따져 드는 경우.

더 정확히 말하자면 논리를 가장한 헛소리다.

얄팍한 잔 지식으로 유식한 척하면서 선생님 속 뒤집어 놓기.

그럴듯하게 말하면서 자신의 무죄를 밝히는 것이다.

전부 개소리가 확실하지만, 대부분의 선생님은 말려들고 만다.

왜냐고?

잘못해서 멀쩡한 애를 잡았다가 문제가 커지면 감당하기 어렵기 때문이다.

이 세상에서 가장 어려운 것이 증명이다.

그 개소리들을 일일이 다 증명하기에는 선생들의 생각에도 한계가 있다.

현재 상황은 노민혁을 상대하기에 여러모로 불리한 현실이지만, 흡연 문제에 대해서는 말이 다르다. 학생 흡연에 관해서는 판매한 상점에 책임을 물을 수 있어도 교사에게는 어떤 해당 사항도 없다. 무조건 학생 잘못이다. 그렇기 때문에 구 선생은 나름 자신만만해하고 있다.

'옳지. 이 녀석 잘 걸렸다. 이번 기회에 찍소리도 못하게 만들어주지.'

한창 수업이 진행될 시간인데도 구 선생은 교실 밖을 돌아다니기 바빴다. 어제 노민혁에 대해 알아보고서 특별단속을 계획한 것이다. 안 그래도 슬슬 흡연하는 녀석들이 많이 보이기 시작해서 단속기간을 정했어야 했다. 여차했으면 조금 늦어질 수 있었는데, 노민혁의 등장으로 상당히 빠르게 진전됐다.

주요 적발지역을 훑어본 구 선생은 바로 꼭대기 2학년 4반 교실이 위치한 4층으로 갔다. 소학언해와 중세 한글에 관한 내용이 들려오는 걸 보니 국어 시간인 모양이다.

장민영 선생이 알려준 바에 따르면 노민혁은 수업 시간 중간에 화장실을 자주 간다고 한다. 급한 경우라면 모를까 태연한 얼굴로 화장실 타령하기 때문에 어떤 선생님이든 의심하지 않을 수 없다. 그럴 때마다 민혁은 '여기서 쌀까요?' 하면서 금방이라도 바지를 벗으려고 시늉하면서 빠져나갔다고 한다. 이런 돌발행동이 반복된 탓에 단호한 몇몇 선생님을 제외하고는 민혁이가 수업 도중 화장실을 자유롭게 오간 지 오래다.

구 선생이 노린 게 바로 이때다.

진짜 화장실이 급할 수도 있겠지. 그렇지만 진짜 급한 게 담배 피우는 것일 수도 있지. 담배 역시 거기에 숨겨뒀을 테고.

이 학교는 건물 좌•우측 끝에 계단이 있고, 화장실 역시 계단을 따라 각 층 좌우에 배치되어 있다. 그렇기에 오른쪽 맨 끝에 위치한 2학년 4반에서 가까운 화장실은 계단 쪽으로 나가면 바로 코앞에 있다. 여기가 바로 구 선생이 예상한 범행이 일어날 장소다.

구 선생은 반대편 왼쪽 계단에서 용의자들이 밖으로 나오는 소리가 들리는지 예의주시하고, 틈틈이 모퉁이도 돌아보며 대기했다. 얼마 지나지 않아 교실 문이 열리는 소리가 들렸다. 구 선생은 조심스럽게 모퉁이에서 고개를 내밀어 보았다.

반대편 오른쪽 계단에 있는 화장실로 가는 학생 한 명의 뒷모습이 보였다.

멀대가 아니다.

어제 운동장에서 적발한 녀석이다.

살집 있는 덩치를 보아하니 박영기가 분명했다.

이어서 4반에서도 나오는 녀석이 보였다.

뿔테 안경에 짤막한 체구가 특징인 김현구다.

뭔가 심상치 않은 기운을 느낀 구﹒선생은 잠자코 계속 지켜보았다. 영기가 왼쪽 끝의 화장실까지 유유히 가서 현구와 같이 들어가는 동안 더 나오는 학생은 없었다.

설마 민혁이는 벌써 화장실에 간 건가?

박영기에 김현구까지 있다면 구 선생이 더 생각할 것도 없이 2반의 신경수도 분명 있을 것이다. 그 세 명은 항상 붙어 다녔으니까.

한발 늦었군….

그래도 공범자들이 있다는 점은 아직 담배에 불도 붙이지 못했을 수도 있다. 시간이 살짝 걸린다 해도 한 번에 일 처리를 해야 실수도 없고 번거롭지도 않다. 또, 자기들끼리의 죽고 못 사는 의리 같은 것도 있다면 분명 다 같이 모였을 때 피우고도 남는다.

구 선생은 수업 시간 도중에 한 명도 아니고 여러 명, 그것도 다른 반 학생까지 불러내서 같이 담배를 피운다는 점에서 놀랐다. 게다가 같은 반 학생 둘이 동시에 화장실에 간다면 해당 시간 교과목 교사가 의심할 수도 있었는데 잘도 넘겼다.

시간차를 두고 가는 방법도 있지만 그것도 눈치 빠른 교사라면 금방 눈치 챈다. 아마도 생활기록부에서 본 행적으로 볼 때 노민혁이라면 교활하게 명분을 만들었을 것이다. 예를 들면 갑자기 배가 아파서 급하다는 둥.

구 선생은 현장을 어떻게 덮칠지 생각했다.

지금 바로 뛰어 들어가면 소지품 검사를 해서 압수처리 할 수 있다.

다른 때였다면 이랬을 테지만 지금 상대하는 학생 중에는 노민혁이 있다. 분명 발소리 같은 걸 듣고 금방 숨겨놓고 자기 것이 아니라고 발뺌하겠지. 아니면 가지고 있는 것만으로 증거가 될 수 없다면서 따질 것이 뻔하다. 어쩔 수 없이 친하지도 않은 다른 반 친구 걸 맡아주고 있었든지 하면서 말이다. 공범자들은 우연히 화장실에서 만난 것이라고 시치미떼면 그만이고.

제대로 상대하기 위해서는 아무래도 흡연 현장 적발로 방향을 잡아야 했다.

이미 민혁이 화장실에 들어가 있고 새로 적발한 용의자들이 들어갔으니 지금이 한창 피우고 있을 때일 것이다.

손목시계로 시간을 확인하고 구 선생은 순식간에 복도를 지나 화장실 문 앞에 다다랐다. 반투명 유리로 된 화장실 문 너머로 네 명의 형체가 보였다.

'요놈들, 잡았다.'

구 선생은 문을 확 열고 들어갔다. 운동장 3인조는 놀란 쥐새끼 같은 모습이었지만, 까만 점퍼를 입은 민혁이는 놀란 기색이 전혀 없었다. 그 어떤 상황에도 흔들림이 없는 당당한 모습이었다.

"니들 여기서 뭐 하는 거야! 지금 수업 시간 아니냐?"

"갑자기 배탈 났는데요. 존나, 교실에 쌀 수도 없잖아요."

민혁이는 증거품이라는 듯이 주머니에 구겨 넣어져 있던 휴지를 내밀어 보였다. 역시 예상대로 발뺌 작전이 나왔다. 이걸 대비해서 구 선생은 이미 논리적인 돌파구를 마련해 놨다.

배가 아프다는 녀석이 왜 소변기 옆에 죽치고 서 있냐? 금방 다 싸고 나와서 잠시 떠들고 있었다는 말이 나오겠지. 그렇다면 변기 물이 내려가고 다시 차오르는 소리가 들려야 되는데 왜 들리지 않느냐고 따져 물을 수 있다. 게다가 한두 명도 아니고 넷이 동시에 그것도 각각 다른 반에서 같은 시각에 배탈이 날 확률이 얼마쯤 될까? 벼락 맞을 확률쯤 되려나.

이렇게 파고들었지만, 민혁이는 능청스럽게 빠져나갔다. 변기 소리는 선생님이 못 들은 거다, 동시에 배가 아픈 우연히 있을 수도 있다, 이게 뭐 그렇게 존나 이상한 일이냐….

이 와중에 구 선생은 민혁이가 반대쪽 손을 점퍼 주머니에서 빼지 않는 걸 주목했다.

"주머니에 있는 거 다 꺼내 봐."

"왜요? 존나 담배라도 피웠을까 봐요?"

그의 당당함은 하늘을 찌르고도 남을 정도로 매섭다. 직접 마주하고 보니 구 선생은 생각 이상의 당당함에 조금은 놀랐다.

민혁이는 순순히 반대쪽 주머니에 있는 걸 꺼냈다. 핸드폰과 동전 몇 개가 있었다. 구 선생이 직접 주머니에 손을 넣어보기도 했다. 담뱃갑이랑 비슷한 직사각형 모양의 상자나 라이터 같은 건 잡히지 않았다. 다른 세 명 역시 핸드폰 말고는 별다른 걸 발견하지 못했다. 그러나 미처 숨기지 못한 이 매캐하고 속이 텁텁해지는 냄새까지 속일 수는 없다.

"그럼, 이 냄새는 어떻게 설명할 거야?"

"참나, 아빠가 어제 담배 사러 나갈 때 입고 나가서 냄새 밴 건데요. 못 믿겠으면, 지금 전화해서 물어볼까요? 맞으면 책임질래요? 만 원 걸까요?"

민혁이의 입꼬리가 올라갔다.

썩소. 니코틴으로 썩어가는 폐 같은 미소였다.

구 선생이 가도 된다고 말하기도 전에 노민혁과 운동장 3인방은 유유히 화장실을 나갔다. 발로 문을 열면서. 어딜 나가냐고 붙잡을 수도 있었지만, 오히려 저런 녀석은 귀찮게 할수록 성깔 있게 나가는 스타일이다. 소란을 피워서 문제의 본질을 흐리려는 속셈인데 이렇게 되면 구 선생에게 차질이 생긴다. 좀 분하긴 해도 그냥 보내주고 화장실을 수색해서 증거물을 찾는 게 더 현명하다.

냄새로 흡연했다는 정황은 분명하다.

그리고 담배가 있으면 라이터도 같이 있기 마련이다.

'자, 그러면 어디에 숨겼을까?'

화장실은 문을 열고 들어가면 좌측으로 순서대로 세면대와 소변기, 우측으로 좌변기와 청소도구함이 놓여 있다. 총 4개나 되는 좌변기 칸막이에 달린 문은 몇몇 학생들이 얼마나 발로 차댔는지 종잇장처럼 너덜너덜해져 있다. 마치 시체들이 관 뚜껑을 열고 나온 후, 방치해 놓은 것 같은 모양새다. 수리해놓아도 며칠 지나지 않아 금방 망가지기 때문에 밑 빠진 독이나 다름없다. 그래서 학교 측에서 문짝이 완전히 떨어져 나가지 않는 이상, 수리하지 않기로 한 지 꽤 됐다.

마지막에 자리 잡은 소변기 위에는 환풍기가 있다. 환풍기는 전기코드로 작동하는 요즘 모델이 아닌, 끈으로 된 스위치로 작동하는 옛날 구닥다리다. 디자인도 안전을 생각해서 날개 부분을 촘촘히 막아둔 최신식이랑 멀었다. 십자 형태로 고정된 얇은 쇠막대가 전부라 작동 중인 상태에도 날개가 있는 곳에 손이 들어갈 수 있을 정도다. 고등학교 정도 되는 곳이라 이런 것 때문에 다치는 학생은 없긴 하겠지만, 그래도 구 선생이 보기에는 꽤 위험해 보이긴 했다.

구 선생이 갑자기 환풍기에 주목하는 건 안전 문제 때문만
은 아니다.

다름이 아니라 환풍기가 켜져 있는 부분 때문이다.

대체로 환풍기는 화장실 청소를 할 때 빼고는 잘 틀어놓지
않는다. 가끔 틀어놓고 깜빡하는 학생이 있기도 하다. 그렇지
만 지금 이 화장실이 사건 현장인 만큼 다른 시선으로 봐야
한다.

분명 노민혁 패거리들이 켰을 것이다. 화장실 안에 담배
냄새가 남지 않게 하려는 의도인데, 구 선생이 몇 번 현장을
목격한 바에 따르면 그냥 켜놓은 환풍기에 대놓고 연기를 내
뿜는 정도에 지나지 않는다.

뭐, 그래봤자 헛수고라는 걸 구 선생은 너무나 잘 알고 있
다.

옷과 입에서 나는 냄새, 심지어 몸속 깊숙이 들어간 니코
틴까지 지울 수는 없으니까.

어쨌든, 이걸로 정황증거는 확실했다.

남은 건 물증이다.

노민혁이 그렇게 강조하는.

구 선생은 바깥쪽에 있는 좌변기 칸을 시작으로 하나하나
열면서 살폈다. 고전적인 수법인 휴지통에 숨기기는 아닐 것
이 뻔했다고 생각했다. 상대는 머리 좋은 날라리. 뻔히 들킬

만한 짓을 할 리가 없었다고 여긴 것이다. 청소도구함 같은 경우는 혹시나 하는 부분도 생각할 필요 없이 제외다. 언제 누가 꺼낼지 모르고 하수구 냄새가 심한 대걸레가 들어 있는 곳이라 숨기기에 적당한 곳이 전혀 아니기 때문이다.

두 번째 칸의 변기 주변에서 약간의 담뱃재와 소량의 냄새가 남아 있는 게 확인됐다. 아마도 담배꽁초를 변기를 통해서 처리한 흔적 같았다. 침착하지 못한 흔적을 보아하니 구 선생이 들이닥치기 직전에 처리한 것일지도 모른다. 하지만 물증으로서의 역할은 약하다고 생각한다.

사실 이것만으로 흡연 적발 처리를 못 하는 건 아니다.

웬만한 학생들은 이 정도만 걸려도 실랑이 끝에 금방 술술 불고 마니까.

반면, 물증 타령을 하는 노민혁이라면 자기는 절대 아니라며 빠져나가고도 남았다. 분명 이렇게 따질 것이다.

'제가 화장실에 오기 전부터 있었을 수도 있잖아요. 화장실에서 담배 피우는 애가 존나 많은데.'

변기 주변을 살피던 구 선생은 변기 수조 뚜껑을 열어서 뒤집었다. 뚜껑 뒤에 붙여 놓지 않았을까 하는 생각이 들어서였다. 영화나 만화에서 종종 나오는 방법이다 보니 실제로 써먹는 학생도 종종 있었고. 그러나 구 선생이 화장실에 난입했을 때를 다시 떠올려보면 이것도 아니다. 변기 수조 뚜껑은 생각보다 무겁고 소리가 잘난다. 게다가 뚜껑 뒤에 붙여놓으려면 테이프가 필요하다. 미리 붙여놓으면 그만이겠지만 수시로 때었다가 붙였다가 하다 보면 접착력이 떨어져서 결국에는 새로 붙여야 한다. 여분의 테이프도 필수다. 이렇게 늘어놓고 보면 간편해 보여도 여러모로 상당히 번기롭다. 여유롭게 소변기 옆에 서 있던 노민혁의 모습과 테이프가 전혀 발견되지 않은 부분을 생각하면 불가능한 방법이다.

역시나 예상대로 없었다.

다른 칸의 변기 수조 뚜껑 역시 마찬가지였다.

네 번째 칸에는 이 화장실의 유일한 창문(어째서 거기만 창문이 있는지는 선생님들도 잘 모른다.)이 있다. 역시 숨기기에 적당한 장소였다. 미닫이 형태로 된 작은 창문인데 여닫는 쪽의 반대쪽 뒤편에 숨길만 한 공간이 있기 때문이다. 그러나 구 선생의 바람과 달리 아무것도 없었다.

구 선생의 시선은 창가 밖으로 돌아갔다. 창문 밖으로 던졌다가 나중에 찾아가려는 정도는 이미 꿰뚫어 보고 있었다. 교도소 서치라이트처럼 구석구석 학교 뒤쪽 공터를 둘러보던 구 선생의 눈에 무언가 들어왔다. 하얀 작은 물체 2, 3개다.

찾았다!

구 선생이 화장실에서 나와 학교 뒤쪽까지 가는 데 얼마 걸리지 않았다.

하얀 물체가 있던 자리는 체육 도구 창고 바로 옆.

드디어 덜미를 잡을 기대를 하는 구 선생이었지만, 물체를 확인하고서는 허탈할 수밖에 없었다.

그냥 빈 담뱃갑이었다.

하나하나 주워서 털어보기까지 했지만, 담배나 라이터는 나오지 않았다.

이대로 끝낼 수 없다.

놓친 건 없는지 더 넓은 범위로 샅샅이.

구 선생은 수업이 끝나는 종소리를 듣고서야 시간이 얼마나 지났는지 파악했다. 다음 시간부터는 수업이 있다. 더 이상의 단속은 불가능하다. 다른 선생님에게 맡기기도 좀 그렇다. 못 믿는다기보다는 끝까지 잡아내려 하지 않기 때문이다.

요 녀석 대단한 잔머리인데?

다음번에는 놓치지 않는다.

대체로 이런 식이다.

다른 학생이라면 구 선생도 별말 안 하겠지만 노민혁은 도저히 그냥 넘어갈 수가 없었다.

"제기랄…"

이쯤 돼서 상황을 다시 한번 돌아볼 필요가 있다.

이건 제법 잘 숨긴 것을 넘어서는 수준이었다. 아니면 원래 이 화장실에는 담배 같은 것은 존재하지도 않았던가. 그렇지만 구 선생은 그 얼굴을 도저히 잊지 못한다.

당당해하면서 짓던 민혁이의 그 재수 없는 얼굴.

'졸라 한 번 찾아보세요, 백날을 존나 찾아도 담배꽁초 하나도 안 나올걸요?'

지금 구 선생이 생각해볼 수 있는 마지막 가정이 있다. 아까운 담배들을 전부 변기에 흘려버리고 빈 갑만 창밖으로 버리는 것. 흡연 학생들이 할 수 있는 가장 극단적인 방법이다. 그러나 이 가정에는 한 가지 허점이 있다.

바로 라이터의 존재다.

담뱃갑과 세트인 만큼 늘 같이 가지고 다녀야 하는 필수품이다. 담배와 같이 변기에 버렸을 수도 있지만, 이 학교 화장실 수도는 그렇게 좋은 편이 아니다. 분명 변기가 막히는 등의 문제가 발생해 오늘 안에 들키고도 남는다. 무엇보다 구 선생이 들이닥쳤을 그 짧은 순간에 변기 물을 내렸다면 소리를 들었을 테지만 그런 낌새는 전혀 없었다. 그가 화장실에 막 들어갔을 때 들은 거라고는 환풍기 소리밖에 없었다.

반대로도 생각해 보았다.

담뱃갑과 담배는 변기에 버리고 라이터를 창밖으로 버렸다.

하지만 지금 구 선생이 이 장소에는 빈 담뱃갑만 있지 다 쓰고 버린 라이터처럼 보이는 건 코빼기도 보이지 않는다.

그리 넓은 화장실도 아니다.

변기에 버린 게 아니고, 창밖도 아니라면.

너무 작지도, 크지도 않은 그 두 가지 물건은 어디로 증발해 버린 것일까.

구 선생은 분하긴 했지만, 다음 수업에 늦지 않기 위해 서둘러 학교 안으로 들어갔다.

흡연 단속 사상 처음 겪는 실패다.

"표정이 안 좋은데, 무슨 일 있는 거 맞지?"

원상동 선생은 학교 뒷문에서 평소보다 담배를 많이 피우는 구 선생의 모습을 보며 말했다. 6교시 수업이 끝나고 교무실에 왔을 때부터 심기가 많이 불편해 보였다. 또, 수업 시간에 구 선생이 정한 규칙을 어겨서 실랑이가 벌어졌나 싶었다. 그런데 구 선생이 담배 좀 피우고 온다는 말을 해서 원 선생은 뭔가 심상치 않은 일이라 느꼈다. 평소 구 선생은 같은 교사에게도 담배 피우고 온다는 말을 하지 않는다. 오히려 혼자 조용히 나가서 몰래 피우고 오는 스타일이다. 그랬던 그가 아무렇지 않게 담배 피우고 온다는 말을 한다는 건, 어지간히 골머리 썩는 일이 생겼다는 뜻이기도 했다.

정확하게 맞춘 원 선생을 보며 구 선생은 쓴 웃음을 지었다.

"물리 선생님이라 과학적으로 알아맞히기라도 했어?"

구 선생은 피우던 담배의 불을 확실하게 끄고서 쓰레기통에 버렸다.

평소 본인 흡연에 대해서는 조심스럽던 구 선생이 오늘만큼 담배를 피우던 적이 있던가. 수업 시간에 학생들이 소란을 피울 때도 담배 없이 그냥 넘어갔던 그가. 그것도 학생들이 볼지도 모르는 학교 뒷문에서 말이다.

담배를 계속 피운다고 뭔가 해결되지 않는다.

그는 누군가와 의논이라도 하면 좋겠다는 생각을 했다. 바로 지금 옆에 있는 원 선생을 두고 하는 말이다.

"4반의 노민혁이라고 들어 봤어?"

원 선생은 이유를 알겠다는 듯이 고개를 끄덕였다.

"아, 그 녀석이라면 잘 알지. 아주 골 때리는 녀석이잖아. 흡연 단속에 걸린 적은 없지만, 분명 흡연하고 있다고 생각해."

"원 선생도 그렇게 생각하지?"

"그렇지, 전부터 옷에서 나는 냄새 맡고 눈치 깠어. 그 녀석이 물증을 아주 교묘하게 잘 숨겨서 문제지."

구 선생은 오늘 화장실에서 흡연 현장을 조사한 내용을 원 선생에게 얘기했다. 제일 골머리를 썩이고 있는 담배와 라이터가 발견되지 않은 문제까지. 당사자들을 다시 불러다 추궁

할 수도 있지만, 노민혁은 헛소리만 할 테고 나머지 셋은 절대 입을 열지 않을 것이다. 폭력 전과가 있는 민혁이를 곤란하게 만들면 살아남을지 장담할 수 없다는 걸 그들 역시 알고 있기에 더욱 쉽지 않다.

원 선생도 기가 막힌다는 평가다.

"이거야 원, 무슨 베니싱이야? 참 웃기는 일이네. 노민혁이가 유명한 건 알고 있었지만, 그 정도로 머리 굴릴 줄은 몰랐는데?"

"그렇지? 이렇다 보니까 나를 의심하게 되더라. 내가 가기 전에 이미 담배를 다 피웠던 것인지, 또 흡연 현장이 거기가 아닌 건지."

구 선생의 의심은 이런 결과까지 도달하고 있었다.

두 번째 칸에서 나온 담뱃재가 다른 학생이 피우다 흘린 것이고, 그 이후에 다른 곳에서 담배를 피우던 민혁이가 화장실에 갔다.

정말 인정하기 싫은 결과다.

원 선생은 뭔가 도움을 줄 수 있지 않을까 생각했다. 혹시나 구 선생이 놓친 부분이 있지 않았을까? 지금까지 들은 사건 개요를 토대로 나름 재검토에 들어갔다. 담뱃갑이 계속 강조되고 있는데 굳이 거기에만 집착할 필요가 있을까? 한 개비씩 낱개 단위로 가지고 들어갔을 가능성도 검토해봐야 했다. 라이터 역시 그렇다. 좀 더 치밀하게 구식인 성냥 같은 거로 불을 붙였을 수도 있는 것이다. 중요한 쟁점인 변기 물 내리는 소리 문제는 인정하기 어렵겠지만 구 선생이 급히 현장을 덮치다 보니 미처 듣지 못했던 것이고.

이러면 나름 복잡하던 사건이 쉽게 보이지 않으려나?

나름 원 선생이 머리 써서 재검토한 걸 듣고 구 선생은 채점에 들어갔다.

결론은 빵점.

원 선생이 재검토한 부분은 전부 틀렸다.

그가 따져들 틈도 없이 구 선생은 오답 풀이에 들어갔다.

"먼저 첫 번째, 한 개비씩 낱개 단위로 반입한 경우. 담뱃갑처럼 어느 정도 크기를 차지하는 물체는 솔직히 눈에 띄기 쉬워. 그렇기 때문에 내용물만 빼놓는 게 이론적으로는 숨기기 더 쉽지. 낱개 단위의 반입 자체가 말도 안 되는 일은 아니야. 내가 그렇게 숨긴 걸 잡아 봐서 알아. 다만 숨기기는 쉬워도 안정성을 보장받지 못한다는 또 다른 문제가 발생하지."

구 선생은 자신의 담뱃갑 안에서 한 개비를 꺼냈다.

이제 딱 마지막으로 남은 것이다.

그걸 비틀어서 부러뜨렸다.

아깝다는 생각이 들긴 했지만, 직접적인 설명을 위해서라면 이 정도쯤은 감수해야 한다고 여겼다. 그리고 오늘 피운 담배양을 생각하면 건강을 생각해서 마지막 남은 것이라도 버렸어야 했다.

"이렇게 담배 한 개비는 생각보다 부러지기 쉬워. 아무리 조심스럽게 구석 틈에 끼워 놓는다고 해도 꺼낼 때 부러지면 숨겨놓은 의미가 없지. 주머니에 있어도 마찬가지야. 한창 거칠게 뛰어노는 나이인데 주머니 안에서 멀쩡할 리가 있겠어? 뭐, 흡연하는 학생이 활동적이지 않은 경우가 있다면 이런 일은 없을 수도 있겠지. 하지만 대체로 그런 경우는 드물어. 또, 짚고 넘어가야 할 점은 하루 평균 흡연량이지. 요 몇 년 사이 통계자료를 보면 청소년 흡연자의 평균 흡연 횟수는 10~13번. 담배 한 갑이 총 20개비니까 이틀 정도면 다 떨어진다고 볼 수도 있지만 어디까지나 통계니까 변수가 많을 거야. 우리 학교처럼 단속이 심하면 안정적으로 적게 가지고 다닌다든지. 물주 같은 역할이 아닌 이상 다른 흡연자들에게 나눠주기 싫어서 몇 개 없다는 듯이 다닐 수도 있고. 그래서 1갑이라도 20개비 전부가 아니라 절반인 10개비 이하로 가지고 다닐 가능성이 높지. 무엇보다 내가 담뱃갑이 있었다고 확신하는 건 두 번째 가정인 성냥 문제와 세 번째인 변기 물 내리는 소리 문제까지 이어지기 때문이야.

자, 그럼 두 번째, 라이터 대신 성냥을 쓴 경우. 이건 크게 생각할 필요도 없는 문제야. 라이터와 달리 성냥이 어떤지 과학 선생이니까 더 잘 알겠지? 마찰열로 막대기에 불을 붙이는 원리이기 때문에 성냥갑이 없다면 불을 붙이기 힘들지. 아무 데서나 불을 붙일 수 있는 딱성냥 같은 걸 준비했어도 결국에는 타는 냄새가 나기 마련이야. 게다가 성냥은 탈 때 특유의 냄새가 나기 때문에 담배 냄새와 구별하기 쉬워. 그렇기에 만약 성냥으로 담뱃불을 붙였다면 내가 모를 리가 없지. 이렇게 되면 세 번째인 변기 물 내리는 소리를 못 들었을 수도 있다는 부분은 더 설명할 필요가 없겠지?"

이제 총정리를 하자면 이런 결과가 나온다.

담배를 낱개 단위로 가지고 있었다면 라이터를 숨길 곳이 없다.

변기에 흘려보낸다 해도 막히는 문제가 발생해서 금방 들통난다. 그래서 라이터를 숨기는 것과 동시에 담배가 부러지지 않게 안정성 있는 담뱃갑이 반드시 있었을 것이다. 결론적으로 앞의 두 가정과 변기 물 내리는 소리를 못 들었을 수도 있다는 가정도 성립되지 않는다.

원 선생은 너털웃음을 짓고 말았다. 이렇게 되니 자신이 이번 사건을 너무 안일하게 봤다는 생각이 들어 머쓱한 것이다. 다른 가정을 생각해 볼 수 없어서 그런 것도 있다. 화장실 안에서 사라진 담배 문제를 어떤 관점으로 봐야할까. 자신의 과목인 물리 과학으로 해결할 수도 없는 노릇이고.

뭐, 그렇다고 수학 과목인 구 선생이 수학적으로 문제를 해결하고 있다는 뜻은 아니다. 흡연 적발 경험으로 쌓인 내 공이 그의 직감과 관찰력을 현재의 위치까지 만든 것이다. 그에 비하면 원 선생 본인은 너무 관대하다 보니 실전 능력이 부족해진 것이나 다름없다.

고민해볼수록 복잡해지기만 하다.

차라리 더 단순하게 생각해보자.

목격자는 어떨까?

… 너무 바보 같은 생각이다.

현장은 밀폐된 화장실. 게다가 한창 수업 시간인 때다. 그 시간에 나와 있을 만한 학생 몇몇이 있긴 있을 것이다. 예를 들면 수업 시간인데도 안 들어가고 돌아다니던 녀석이라던가, 방송반, 특별 활동 담당 선생이 불러서 나왔을 수도 있고. 하지만 담배 피우는 현장을 굳이 들여다보는 학생이 있을 리 없다. 오히려 자신에게 해가 될까 봐 피하는 게 정상이다. 아마 봤어도 모른 척하겠지. 그나마 목격자로 볼만한 인물은 공범들뿐이다. 아니, 애초에 공범인데 목격자라는 표현을 붙이는 것부터가 인지 부조화다.

다른 거, 누구나 한 번에 떠오를 만한 단순하고 기초적인 거.

"범인은 현장에 다시 돌아온다…."

"응? 뭐라고, 원 선생?"

"노민혁이가 그 화장실에 다시 가지 않을까? 가지고 나간 게 아니라면 분명 찾으러 올 거 아니야. 잘 숨겨놓은 거라도 두고 가면 아무래도 불안하지 않겠어? 예를 들면 그 공범 3인방이 몰래 가져갈지도 모르고."

"어이, 내가 못 찾는 걸 다른 학생들이 찾기라도 하겠어? 게다가 그 녀석 성깔 보면 분명 노발대발하며 가만두지 않을 걸?"

그래도 구 선생이 보기에 나름 그럴싸한 의견이긴 했다.

왜 굳이 그 화장실인가.

어떻게 보면 깊이 생각할 필요 없는 부분이다.

그냥 가까워서 이용하기 편하니까.

오른쪽 끝에 있는 2학년 4반에서 굳이 멀리 있는 복도 왼쪽 끝의 화장실이나 바로 아래층까지 갈 필요가 전혀 없다. 수업 시간이었다는 것까지 감안하면 최대한 빠른 일 처리를 위해 가까운 장소가 더 편하다.

구 선생이 궁금한 점은 이거다.

그 화장실에 숨긴 것이 이번 한 번만이냐,

아니면 전학 온 시점부터 계속하고 있는 것이냐.

범인은 현장에 다시 돌아온다.

그게 한번 만일까, 계속일까.

7교시가 끝난 뒤에 있는 청소 시간이 거의 끝나간다. 뒷정리하는 학생이 보이는가 하면 청소는 끝내고 돌아다니는 건지 의심스러운 학생도 보인다. 어차피 하는 사람만 하고 안 할 녀석은 끝까지 하지 않을 것이 뻔하다. 그래서 몇몇이 빠진다고 굳이 혼낼 선생님은 없다. 담당 구역 인원 전원이 빠지거나 다른 학생에게 떠넘기는 경우는 말이 다르지만.

'교실은 어차피 종례하러 가야 해서 그때 확인하면 된다. 가는 길에 화장실만 둘러보면 된다.'

구 선생의 반이 청소를 맡은 화장실은 3층 우측 끝에 있다. 오늘 단속에 실패한 현장 바로 아래층이다. 화장실은 어느 정도 깨끗해 보였지만 바닥에 물이 흥건했다. 대걸레로 충분히 닦지 않았거나 대충 대야에 물을 받아서 뿌리고 말았거나 둘 중 하나로 보였다. 성급하게 결론을 내리지 않고 조금 더 자세히 둘러본다.

벽과 세면대 거울에 물이 심하게 튀어 있는 정도는 아니다. 변기는 아래쪽만 물이 묻어 있고 뚜껑과 뚜껑 안쪽, 수조 뚜껑 위는 깔끔하다. 쓰레기통에 물이 고여 있지 않다. 천장에서도 물방울이 떨어지지 않는다.

대걸레 쪽이 확실하다.

뭐, 이건 어쩔 수 없는 일이다.

교실에서 쓸고 닦고 하는 것과 대걸레로 물청소를 하는 것의 난이도부터 차이가 크다. 교실은 대충하든 적당히 하든 간에 크게 표시가 나지 않기 때문에 간단하다. 반면 화장실은 대충하면 티가 금방 나는 데다 뒷정리가 꽤 까다롭다. 물기가 남지 않게 잘 닦으려 해도 요령이 없는 남학생들끼리 잘할 리가 거의 없다. 청소도구인 대걸레는 언제 사다 놓은 건지 알 수 없는 구닥다리라 이래저래 문제를 일으킨다. 여기에 청소 시간은 한정되어 있어 빨리 끝내야 한다. 뒷정리가 잘 안 될 수밖에 없다. 딱히 혼낼 일은 아니다. 본인도 집 청소 하나 제대로 못 하는 마당에 이런 거로 학생을 혼낼 입장은 못 된다.

교실로 돌아가려던 구 선생은 문득 떠올랐다.

오늘 사건이 일어났던 그 화장실과 다른 화장실의 차이점은 무엇인가. 아니, 애초에 차이점이 존재하기는 한가. 학교 화장실이라고 해봐야 다 똑같다. 요즘에 새로 건축된 학교 건물이라면 나름 화사한 분위기겠지만 이 학교는 개교한 지 40년이나 됐다. 나름 여기저기 손을 봤다고는 하지만 여전히 낡은 공중화장실 같은 칙칙함을 지울 수가 없다. 이런 케케묵은 디자인의 인테리어에서 개성 따위는 존재하지 않는다. 굳이 이런 구조적 문제가 아니더라도 학교 건물인데 화장실을 굳이 다르게 만들 이유가 없다.

구조적 차이는 전혀 없다.

그렇다면…….

층수. 밖에 없다.

위치의 차이 정도인데 크게 의미가 있나 모르겠다. 그저 노민혁 입장에서 교실과 가깝다는 이점 말고는 떠오르는 것이 없다. 건물 꼭대기 층이 가지는 이점? 이게 담배를 숨기는 것과 무슨 상관이 있다는 말인가.

바로 위층 화장실을 생각하며 천장을 바라보고 있던 구 선생의 눈에 꺼져 있는 환풍기가 들어왔다. 가장 안쪽에 있는 소변기 바로 위에 있는 건 이 화장실도 마찬가지다. 모델 역시 동일하다. 끈으로 된 스위치로 작동하는 형식. 안전망 없이 뚫려 있어 날개에 닿는 건 물론이고 잘만 하면 바깥에 손을 내밀 수도 있겠다.

바깥에 손을 내밀 수도 있겠다?

구 선생은 조심스럽게 환풍기 안쪽으로 손을 넣어봤

다. 아무 문제 없이 통과해 바깥까지 손이 나간다. 이 정도면 손에 작은 물체를 쥐고 가능할 법하다. 끈으로 된 스위치라는 부분도 다시 생각해 보면 충분히 눈속임이 가능해 보였다. 예를 들면 구 선생이 화장실 앞에 다가오고 문을 열기 직전에 서둘러 켜도 방금 켰다는 티가 나지 않을 수 있다는 것이다. 그냥 스위치면 어느 정도 소리가 들리겠지만 끈 스위치는 가까이 가지 않는 이상 잘 안 들릴 가능성이 있으니까.

'하지만…….'

환풍기가 있는 방향은 학교 우측면이다. 정확히는 화장실 창문을 보고 밖으로 담배를 던졌을 것으로 생각하고 구 선생이 학교 뒤쪽으로 갈 때 지나간 경로다. 거기에 담뱃갑을 떨어뜨렸다면 구 선생이 못 봤을 리가 없다.

굳이 구 선생이 아니더라도 학교 건물의 측면은 은근 눈에 띄기 쉬운 자리다.

좌측면의 경우는 주차장과 붙어 있는 탁 트인 자리다. 여기서 무엇을 한다는 것은 큰 무대 위에 올라가서 공개적으로 자수를 하는 것이나 다름없다.

우측면의 경우는 학교 담장과 거리가 얼마 안 되는 탓에 살짝 좁은 길이라고 할 수 있다. 보기에 따라 숨어서 무엇을 하기 좋을 만하다. 그러나 교문에서 학교 건물로 이어지는 일직선 길에서 바로 보이는 곳이다. 가을철에 굴러다니는 낙엽이나 조금의 쓰레기가 있어도 금방 눈에 띈다. 그 누구에게도 눈에 잘 띄지 않을 외진 곳이라고 한다면 학교 뒤편밖에 없다.

구조적인 문제도 있다. 이 학교 건물은 한 층의 창문 자리 위로 빙 둘러싸는 형태로 쭉 붙어 있는 콘크리트 차양이 있다. 차양의 길이가 발을 디딜 수 있을 정도로 제법 넓은 편이라 종종 창문 밖으로 발을 내딛는 장난을 치는 학생들이 있을 정도다. 이게 이번 사건과 무슨 관련이 있냐면 환풍구 방향으로 물체를 떨어뜨릴 경우에 발생할 문제 때문이다.

창문 같은 경우는 면적이 커서 물체를 밖으로 멀리 던지는 게 충분히 가능하다. 어렵게 설명할 것도 없이 가볍게 팔만 내밀어서 던지면 그만이다. 반면 환풍구는 손이 통과된다 한들 창문에 비하면 면적이 작다. 팔까지 집어넣기는 어렵기에 무언가를 던져야 한다면 손목의 힘만 가지고 해야 한다. 담장 너머로 멀리 던지기는커녕 힘 조절을 잘못하면 차양 위에 떨어져서 도로 줍지 못하는 최악의 상황까지 발생할 수 있다. 그냥 일직선으로 떨어뜨리는 거야 더 자세히 설명할 필요도 없고.

환풍구에 대해 결론을 내리자면 이렇다. 하지만 구 선생은 이 환풍기를 놓쳐서는 안 될 것 같다고 생각한다.

이미 다른 가능성은 전부 기각된 상태다.

마지막으로 남은 것이 환풍기다.

여기마저 지나친다면 도대체 무엇을 해야 한다는 말인가.

언젠가 적발될 때까지 노민혁의 뒤를 쫓아다니며 덜미를 잡힐 때까지 단속해야 하나? 대체 어느 세월에 잡힐 줄 알고? 졸업할 때까지 그 녀석의 비웃음에 시달리기만 할 것이다. 그렇게 되면 구 선생의 완전한 패배다.

한 가지 더 염려되는 부분도 있다.

원 선생이 말했듯이 범인은 현장에 다시 돌아오긴 할 것이다. 아무리 자신만만한 노민혁이라 해도 한 번 의심받은 장소에 계속 두는 건 안정성이 없다고 판단할 가능성이 있다. 그동안 상대해 봤던 잔머리와 노민혁의 경우를 똑같이 생각해서는 안 된다. 한 번 추궁받은 이상 가까운 시일 내에 숨기는 위치를 바꿀지도 모른다. 당장 내일일 수도 있다. 그렇게 되면 노민혁의 혐의를 영원히 놓치게 되는 것이나 다름없다. 반드시 오늘 안에 끝을 봐야 했다.

……잠깐,

"그러고 보니 지금 몇 시지?"

구 선생은 서둘러 손목시계를 확인했다.

3시 30분과 35분 사이에 분침이 멈춰 있었다.

큰일이다.

조금이라도 종례를 늦게 하면 난리 칠 녀석들이 벌써 생각난다.

예전 같으면 자율이라고는 하지만 전혀 자율적이지 않은 야간 자율학습 때문에 늦던 말든 신경 쓸 필요는 없었다. 어차피 종례를 하고 나서도 계속 교실에 있어야 했으니까. 하지만 이제는 진짜 자율적인 시스템으로 바뀌었다. 예전처럼 하는 학생이 여전히 있긴 하지만 그냥 집에 가는 학생도 많아졌다. 그게 아니더라도 방과 후 동아리 활동을 하는 경우도 있고. 선생님이 조금이라도 종례를 늦게 하면 그만큼 손해를 본다고 여길만하다.

지금이라도 더 늦기 전에 서둘러야 한다.

구 선생이 담임인 1학년 3반 교실 가까이 가자 벌써 시끌시끌하다. 평소 같으면 조용히 시키는 것이 먼저

다. 그러나 상황이 상황이다 보니 쓸데없는 절차는 생략한다. 빠른 정리가 우선이다.

"선생님이 일이 좀 있어서 오늘 종례는 생략한다. 끝!"

말이 끝나기 무섭게 몇몇 학생들을 제외하고 대부분의 학생들이 쏜살같이 뛰쳐나간다.

자, 이제 무엇을 해야 하지?

화장실 내부에서 환풍기 틈으로 물체를 내보낼 수 있다는 건 확인했다.

그럼 화장실 바깥.

외부에서 보면 어떨까.

환풍기 너머인 학교 건물 우측면은 꽤 그늘진 장소다. 햇빛은 학교 정면을 기준으로 서쪽에서 비추고 있다. 어느 정도 볕이 닿는 학교 정면과 뒤편에 비하면 그늘의 방향만 바뀌는 정도로 빛 한 점 닿지 않는 곳이라 할 수 있다. 그래서 여름철에는 시원하고 한겨울에는 엄청 추운 곳으로 유명하다. 지금은 슬슬 추워질 시기니 꽤 쌀쌀할 것이다.

구 선생은 4층 화장실의 환풍기 자리를 올려다봤다. 까마득하게 높게 보인다. 안 그래도 어두운 곳인데 해질 무렵이라 그런지 살짝 더 어둡다. 미세하게 흘러나

오는 화장실 불빛이 없었다면 환풍기 위치조차 구분하기 어려웠을지도 모른다.

이번에는 바닥을 훑어본다.

1층까지 내려오기 전에 3층 화장실 환풍기를 통해 자신의 담뱃갑을 던져놓고 왔다. 혹시나 콘크리트 차양 위에 떨어지지 않게 최대한 손목 힘을 써서 세게 던지는 것도 잊지 않았다(어차피 빈 갑이라 아까울 것도 없지만 말이다).

일종의 실험이다.

사건 현장의 위치나 환경만 가지고 추리로 끝내기에는 아쉬움이 크다. 직접 재현을 해서 눈으로 확인을 하고 싶었다. 조금의 오차나 생각지도 못한 예상 밖의 상황이 발생하지는 않을지. 아니면 이 실험을 통해 뭔가 단서를 찾지 않을까 하고.

바닥에서 담뱃갑을 찾기는 어렵지 않았다. 콘크리트 차양과 얼마 떨어지지 않는 위치에 있었다.

구 선생은 3층에서 담뱃갑을 떨어뜨린 후, 학교 건물 우측면까지 오는 과정을 떠올려 본다. 그렇게 오래 걸리는 편은 아니다. 사건 현장인 4층에서 떨어뜨렸다 해도 비슷할 것이다.

그렇다면 이런 가정도 해볼 수 있지 않을까?

구 선생이 4층 화장실을 수색하고 있을 때 노민혁은 재빠르게 1층으로 내려가 학교 건물 우측면으로 갔다. 떨어져 있는 담뱃갑을 줍고 서둘러 교실로 돌아갔다. 조금 늦게 들어왔다고 과목 선생님에게 혼난다 해도 능청을 떨며 넘어가면 그만.

제법 그럴싸하다.

라이터가 같이 들어가 있긴 해도 담뱃갑 정도의 물체가 높은 곳에서 떨어져 봐야 그렇게 큰 소리는 나지 않는다. 1층 교무실이 계단과 가깝긴 하지만 들릴 가능성은 없다. 기껏 들릴 만한 것은 누군가 계단을 올라가거나 내려가는 소리 정도다. 안정성 역시 보장된다. 담배 자체가 약하긴 해도 무게 자체는 가볍기 때문에 높은 곳에서 떨어뜨린다고 부러질 정도는 아니다. 라이터 역시 마찬가지다.

이렇게 되니 환풍기가 켜져 있던 다른 이유가 보였다. 표면상으로는 담배 냄새를 없애려는 행동이다. 그런데 사실은 다른 걸 숨기려 한 의도였다면? 환풍기 너머로 던졌다는 경로를 말이다. 평소 구 선생이 흡연 단속을 할 때 냄새로 판단한다는 점을 노리고 다른 방향으로 유도한 것이다. 그렇게 되면 환풍기가 방금 켜져 있든 말든 크게 중요한 문제가 아니게 된다.

이걸로 된 건가.

……아니다.

여기도 문제점이 있다.

목격자의 존재.

4층에서 담뱃갑을 던진 뒤에 1층까지 내려가는데 그 누구와도 마주치지 않았다? 아무리 수업 시간이라 해도 복도에 돌아다니는 사람이 전혀 없는 건 아니다. 중간에 다른 선생님이 불러서 나오게 된 학생이라든가. 심부름 때문에 나온 학생이라든가. 화장실 때문에 나온 학생이라든가. 업무 때문에 왔다, 갔다 하는 선생님이라든가. 또, 선도부 선생님 같은 경우도 있고.

물론 아무도 마주치지 않고, 아무도 못 봤다고 이상할 것은 없다. 돌아다니는 사람이 거의 없는 시간에 무조건 누군가와 마주쳐야 한다는 법은 없으니까. 구 선생이 학교 뒤편을 확인하러 갔을 때 딱 그랬다.

문제는 그렇게 되면 그저 정황 증거밖에 되지 않는다.

확실한 물증도 없어서 물증 타령하는 노민혁에게 씨알도 안 먹힐 것이다.

하…….

구 선생은 무의식적으로 담뱃갑을 열었다. 안에는

아까 원 선생의 재검토 오류를 설명하면서 부러뜨린 담배가 그대로 있다.

예상치 못한 방법을 쓰면서.

동시에 전혀 손해를 보지 않는 방법.

거의 다 온 거 같은데 뭔가 부족하다.

"거기서 뭐 하십니까?"

구 선생이 돌아본 곳에는 조금 오래된 티가 나는 트레이닝복을 입은 중년의 선생님이 있었다. 체육선생이자 선도부장인 이봉규 선생이다.

"아까 4교시쯤에도 이쪽으로 가는 걸 봤었는데 여기에 뭐라도 있는 겁니까?"

4교시면 구 선생이 4층 화장실을 습격했을 때다. 마침 목격자를 어디서부터 찾아봐야 하나 고민하던 차에 잘된 일이다.

"혹시 그때 저 말고 누가 이쪽으로 가는 건 못 봤습니까? 학생이라던가."

"글쎄요. 구 선생 말고는 본 사람이 없는데."

구 선생은 오늘 내내 골머리를 썩이는 문제를 이 선생에게 더 자세히 설명했다. 아무래도 그 시간에 실외에 있던 이 선생에게 더 자세히 물어보는 것이 더 효율적이라고 생각했다. 그저 막연하게 4층에서부터 1층 우측계단, 그리고 우측현관에서 누군가를 본 목격자를 찾는다는 건 범위가 너무 넓다. 게다가 내부에서 목격자를 찾는 건 딱히 의미 없다. 어차피 1층 현관으로 나오는 순간 운동장에 있는 이들에게 목격될 가능성이 높다. 그러나 이 선생의 대답은 크게 다르지 않았다.

"오늘 4교시에 축구를 했었거든요. 녀석들이 공을 얼마나 멀리 차던지, 골대 너머로 날아가서 여러모로 애를 많이 먹었어요. 근데 공이 어디로 많이 날아갔는지 알아요? 우측 현관이 보이는 교문 바로 앞의 길 쪽이에요. 구 선생이 말한 쪽을 자주 볼 수밖에 없어요. 혹시나 공이 이상하게 튕겨서 교문 밖으로 나가면 큰일이니까요."

정리하자면 이렇다.

이 선생은 물론이고 4교시 때 체육 수업을 하던 학생 대부분이 우측 현관 쪽을 자주 볼 수밖에 없었다. 그럼에도 우측 현관에서 목격된 건 구 선생뿐이다. 노민혁은 애초에 1층까지 내려온 적이 없다.

증명 실패.

한숨을 내쉬는 구 선생의 어깨를 이 선생이 두들긴다.

"구 선생이 고생 많아. 하필 전학 온 녀석이 만만치

않은 고단수네."

"지금 놀리는 거 아니지요?"

"놀리기는! 나 같아도 열 받고도 남아. 근데 어쩌겠어. 요즘 선생들이 할 수 있는 게 있어야지."

이 선생은 구 선생이 환풍기를 올려다보는 지점에 와서 같이 올려다봤다.

"저 차양 안쪽에 제대로 떨어지면 이렇게 올려다봐도 뭐가 있는지 안 보이겠네."

"그렇겠지요. 눈에 띄게 큼지막한 물건 아니면 교문 쪽에서 멀리 봐도 뭐가 있는지 없는지 구분도 안 될걸요."

"여기는 볕이 안 들다 보니까 되게 습한 모양이네. 저 봐, 거미가 매달려 있고 말이야."

구 선생은 이 선생이 말한 곳을 올려다봤다. 2층 높이에 있는 차양 구석진 곳에 진짜 거미줄이 보였다. 쌀쌀해지는 날씨인데도 거미는 아직 버틸 수 있다는 듯이 조금씩, 조금씩 움직였다.

······아!

노민혁의 생활기록부.

4층 화장실 조사 결과.

환풍기.

담뱃갑 낙하 실험.

콘크리트 차양.

부족한 것이 뭔지 알았다.

구 선생은 서둘러 교무실로 가서 장 선생을 찾았다.

"혹시 노민혁 학생은 아직 학교에 있나요?"

"벌써 집에 가고 없어요."

하긴 구 선생이 생각해 봐도 그 녀석이 야자를 할 리가 없어 보였다.

"그래요? 그럼 내일 아침 등교 시간에 끝내야겠네."

노민혁은 지각 단속을 피해서 8시 30분을 넘어서 교문을 들어오는 길이다. 9시가 다 되면 단속하는 선생님이 교실로 들어가기 때문에 별 탈 없이 조용히 들어갈 수 있었다. 어차피 지각 체크 되는 건 마찬가지긴 해도, 면전에서 확인 사살당하는 것만큼 기분 더러운 일은 없다.

민혁이는 기분이 굉장히 좋지 않았다.

오늘은 이상하게도 버스가 10분이나 늦게 왔다. 버스기사 잘못인지, 버스회사 잘못인지는 몰라도 개빡치는 일이었다.

억울했다. 존나, 존나, 존나, 억울했다.

평소처럼 나왔는데도 결국에는 지각하게 되니까. 내 탓이 아닌데도 내가 잘못했다고 혼나게 되니까. 이런 사정을 선생들은 전혀 이해 안 해주니까.

그는 늦게 온 버스에 올라타자마자 버스기사에게 욕지거리가 터져 나올 것 같았지만 참고 참았다.

좁은 동네에서 소란을 피우면 금방 아는 사람들에게 알려진다.

학교에서 하는 것처럼 숨길 수도 없다.

결국에는 아버지한테까지 연락이 갈 것이다.

그렇게 되면 저번 학교에서 전학 처리됐을 때처럼 개새끼, 병신새끼 소리를 듣게 된다.

'밖에서는 망나니짓하고 다니는 거냐? 동네에 아빠 아는 사람 많아서 네가 무슨 병신 같은 짓을 해도 금방 소문나는 거 알아, 몰라? 성적 좋으면 뭐 해, 네가 씨발 새끼인데!'

민혁이는 불만이 많았다.

예전에는 성적 잘 나오면 좋다더니 폭력 한 번 걸렸다고 이제는 뭘 해도 쓰레기 새끼 취급한다. 안 걸리면 그만이라는 게 그의 생각이다. 재수 없게 걸리더라도 자기는 어떻게든 빠져나갈 수 있다고도 자신한다. 왜냐하면 자기가 최고며, 선생이든 뭐든 자신을 제지

할 권리가 없다고 여기기 때문이다. 내 인생, 내가 막 살겠다는데 웬 참견이람.

기분을 잡치니까 갑자기 담배를 확 피우고 싶어졌다.

그러나 당장 가지고 있는 담배가 없다.

이럴 줄 알았으면 어제 학교 나올 때 한 개비라도 가지고 나올걸. 자꾸 짜증 나는 일만 계속 생긴다.

1층 우측 현관으로 들어오던 민혁이 멈춰 섰다.

바로 앞에 구 선생이 서 있었기 때문이다.

"이제 들어오니?"

미소 한가득한 표정을 하고 있는 구 선생의 모습에 안 그래도 기분 잡치고 있던 민혁이는 짜증이 마구 났다.

"뭐요. 늦었으면 늦은 거지. 선생님이야말로 아침조례 시간인데 교실에 안 가나요?"

"오늘은 생략이다. 1교시 끝난 뒤에 한다고 했다. 오늘 지각단속이라 말이지. 이 녀석아, 내가 담배 단속만 철저하게 하는 게 아니다. 그나저나 네 담임도 아닌데 아침조례니, 뭐니 별걸 다 신경 써주는 구나. 자, 그러면 지각처리!"

버스 시간,

지각,

기분 잡쳤는데 담배 없고,

여기에 지각 확인사살까지.

재수 옴이 제대로 붙었다고 생각했다.

1교시만은 참고 있으려 했는데 아무래도 안 될 듯하다. 교실 들어가기 전에 얼른 담배 한 개만 피워야 했다. 그는 너무 짜증이 나서 견딜 수가 없었다.

민혁이는 계단을 따라 4층까지 올라가 화장실로 들어갔다. 화장실 문이 닫히려 하는 찰나에 발 하나가 쑥 들어왔다. 발 위쪽으로 보이는 건 캐주얼 정장 바지였다. 바로 1층 현관에서 마주친 구 선생이다.

아놔, 귀찮게 자꾸 왜 따라와.

"뭐요? 어제처럼 담배가지고 또 지랄하려고 그러는 거죠?"

구 선생은 무시하고 지나가려는 민혁의 가방을 붙잡고 세웠다. 본인은 잘생겼다고 여기는 망둥이 상의 얼굴이 일그러졌다. 구 선생이 보기에도 이렇게 못생긴 얼굴은 난생처음이었다. 이게 어딜 봐서 배우감인 얼굴이라고 본인 입으로 떵떵거리며 다니는지.

"아무 일 없이 태평하게 있으니까, 선생님을 바보로

알지? 네가 화장실에서 담배를 어떻게 숨겼는지 알아
냈다. 어차피 담임과도 얘기를 해두었으니, 늦게 들어
가도 상관없다."

민혁이는 괜한 억지라고 따지려다 그만뒀다. 일단은
무슨 말을 하려는지 찬찬히 들어볼 생각이다. 나름 그
럴싸한 헛다리라도 짚으면 비웃어줄 작정이다.

구 선생은 화장실 안쪽으로 천천히 걸어가며 말했
다.

"이제 시작해보자. 너는 어제 분명 이 화장실에서 그
3명과 함께 담배를 피웠다. 그것도 담뱃갑 통째 들고
말이지. 그 안에 라이터도 같이. 그럼, 너는 어디에 숨
겼을 거냐고 따지겠지? 나는 여기서 상식적인 생각만
해서, 네가 개발해낸 엄청난 잔머리를 예상도 못 했지.
네 패거리들이 서 있던 자리에서 담뱃갑을 숨길만 한
곳이 아예 없던 것이 아니었어. 바로, 환풍기! 그것도
최신식이 아닌 구식이라 앞이 막혀있지 않아. 그래서
바깥쪽으로 손을 내밀 수 있지. 작은 물체 정도는 밑
으로 떨어뜨리기 가능해. 환풍기 스위치는 끈으로 작
동되는 거라 떨어뜨리고 나서 켜도 크게 티가 나지 않
고"

민혁이는 살짝 긴장했다가 안도했다. 그럼 그렇지.

씩 웃음이 나왔지만 구 선생의 말은 계속됐다.

"그런데 이 방법을 쓰면 어쨌든 1층으로 내려가 주워야 해. 조금이라도 늦으면 누군가에게 발견될 테니까. 4층에서 1층까지 내려갔다 오는 건 금방이라 딱히 어렵지는 않아. 문제는 목격자가 발생한다는 점이지. 그 시각, 밖은 체육 시간이라 축구를 하고 있었어. 우측 현관이 보이는 방향으로 공이 자주 날아가는 바람에 시선이 그쪽으로 집중되는 일이 많았다고 이규봉 선생님이 증언해줬지. 이런 상황이면 아무리 조심을 하더라도 누군가는 목격할 테지만 이규봉 선생님은 나 말고는 아무도 못 봤다고 했어. 그럼 환풍기 너머로 떨어뜨렸다는 건 아니야. 하지만 이건 떨어뜨렸다는 점만 잘못된 거지 환풍기 너머를 이용했다는 부분은 틀리지 않아. 그럼 떨어뜨리는 것 말고 또 무슨 방법이 있을까."

구 선생은 환풍기 너머로 손을 넣었다.

그의 손에는 어느새 담뱃갑이 있었다.

웃음이 나오던 민혁이는 어느새 인상을 쓰고 있다.

"이 환풍기는 한가운데 달려있는 날개 뒤에 있는 모터를 동서남북 방향으로 얇은 기둥이 지탱하는 구조야. 기둥이 배치된 형태를 자세히 보아하니 십자 형태는 아니고 바람개비 형태에 가깝군. 아무튼 안쪽에서 모터를 지탱하는 기둥 중에서 아래쪽에 해당하는 곳에 낚시바늘이 달린 낚싯줄을 묶고. 그런 다음 담뱃갑에 낚시바늘을 꿰어서 건너편에 던져 매달아 놓은 거지. 화장실 안에서는 환풍기를 켜서 그 너머를 신경 쓰지 못하게 했다는 부분은 금방 눈치챘지. 하지만 밖에서도 잘 안 보일 줄은 상상도 못 한 부분이야. 밖에서 환풍기가 보이는 부분인 학교 우측면은 볕이 잘 들지 않는 곳이라 해가 떠 있어도 어둡지. 여기에 콘크리트 차양으로 인해 발생하는 사각. 위치상 담뱃갑이 매달리면 차양 안쪽에 위치하기 때문에 아무리 밑에서 올려다봐도 보이지 않아. 교문 쪽에서 멀리 바라봐도 작은 담뱃갑인지 단순 쓰레기인지 구분할 수가 없지. 그야말로 완벽하지. 그리고 담배만 따로 반입해서 매달아 놓은 담뱃갑에 채워 놓으면 그만이지. 물론 라이터까지 들어가야 하니까 가득 차게 넣지는 않고.”

구 선생이 낚싯줄에 매달린 담뱃갑을 열었다.

예상대로 꽉 차 있지 않게 들어 있는 담배와 라이터가 같이 들어 있다.

“존나 증거 있어요? 내가 그랬다는 증거요.”

노민혁은 나름 침착하려 했지만 이미 목소리는 잔뜩

성질이 난 상태다.

증거.

사실 크게 어려운 속임수는 아니다.

재료 역시 구하기 쉽다.

굳이 노민혁이 아니더라도 누구나 할 수 있다. 가령, 그때 노민혁과 같이 있던 3인방이라도 충분히 가능할 법하다. 잘못하면 다 잡아놓고 이상한 데서 꼬투리 잡혀서 일을 그르칠 수도 있다.

증거라…….

물론 있다.

"이 낚싯줄."

구 선생은 줄을 살짝 튕겼다.

"어느 가게에서 취급하는 제품인지 알아보면 어떨까? 그러고 보니까 네 아버지가 낚시용품점을 한다고 했던가? 그럼 연락해서 물어보면 되겠네. 말로 설명하기 어려우니까 사진까지 찍어서 보내고. 혹시 자세히 살펴보고 싶다고 하시면 선생님이 직접 방문하는 것도 좋겠네."

솔직히 노민혁의 아버지네 가게까지 갈 필요는 없긴 하다. 이 지역에 있는 낚시용품점을 찾아보면 몇 군데가 있긴 하다. 매장마다 방문해서 문제의 낚싯줄과 동일한 제품을 판매하는지 확인한다. 만약 판매를 한다면 최근에 어떤 학생이 낚싯줄을 사간 적이 없는지 물어본다. 한 명밖에 없다면 그건 노민혁이라고 볼 수밖에 없다. 혹시나 다른 학생이 몇 명 있더라도 어떤 교복을 입고 있었는지 구분하면 된다. 교복을 입지 않았다면 사진을 보여주고 맞는지 물어보면 그만이다. CCTV가 있다면 더 확실시되는 거고.

그저 구 선생은 이런 생각을 해본 것이다.

범행에 쓸 재료를 가까이서 구할 수 있는데 굳이 다른 곳에 가서 흔적을 남길까? 아버지에게 걸리면 엄청 혼날까 봐 일부러 다른 가게에 갈 수도 있긴 하다. 그렇지만 애초에 담배 문제가 적발되면 부모님에게 연락이 가는 마당에 그런 걸 신경 쓰기나 할지 의문이다. 몰래 가져가서 들키지 않으면 그만이라 생각하고도 남을 것이다.

구 선생이 어제 퇴근하기 전에 장 선생에게 받아둔 노민혁 아버지의 연락처를 핸드폰에서 찾아 연락을 하려고 했을 때였다.

"에이 씨팔! 진짜! 그래요, 제가 숨겼어요. 담배랑 라이터도 다 내꺼 고요. 됐어요? 됐냐고요! 씨발! 그러니까 아버지한테는 연락하지 마요!"

"흠……전학 온 지 얼마 안 돼서 이 학교 규칙을 제대로 모르는 모양인데 잘 들어. 학생이 심각한 문제를 일으키면 부모님에게 무조건 연락이 가는 게 원칙이야. 그 심각한 문제 안에는 담배가 포함되어 있고."

"에라이 씨!"

"자, 자, 일단 반성문부터 써야 하니까 교무실에 먼저 가 있어. 중간에 내빼면 알지?"

씩씩거리는 노민혁은 화장실 문을 거칠게 발로 걷어차며 밖으로 나갔다.

구 선생도 화장실에서 나가다가 멈칫한다.

잊어버리고 있었다.

같이 있던 3인방.

노민혁의 혐의가 입증됐으니 그들도 공범이나 다름없다. 그저께가 2번째였으니 이제 3번째 적발인 셈이다.

전학이다.

'하……또 이렇게 되네.'

그동안 이런 식으로 전학 간 녀석들이 대체 몇 명이었나. 매번 너희들이랑 싸우는 건 싫으니까 걸리지 말라고 주의를 줘도 결국 여기까지 오는 경우가 심심치 않게 있다.

조금만 참으면 되는데. 올해하고 내년만 지나면 뭘 하든 간섭받지 않을 나이인데.

원칙대로 하는 구 선생이지만 이런 순간이 올 때마다 심란해진다.

어떤 선생님이 학생을 전학 보내고 싶겠는가.

그것도 담배 때문에.

이번만은 노민혁 하나로 넘어갈까. 문득 이런 생각이 스치고 지나가지만 그래도 이건 아니라고 마음을 다잡는다. 그런 짓을 해서 예외의 경우를 만들면 좋은 건 학생들 뿐이다. 한 번의 예외는 두 번, 세 번으로 늘어나다 그냥 보고도 넘어가 달라는 요구로 발전할 가능성이 충분하다. 그렇게 되면 결과적으로 구 선생만 손해를 보는 것이다. 흡연 단속 역시 그냥 이름뿐인 허울이 되고 만다.

안타깝지만,

원칙은 원칙대로.

그 어떤 예외도 없이.

작가의 말

학창 시절하면 기억나는 것이 별로 없습니다. 딱히 좋지도 나쁘지도 않은 아무런 감흥 없이 지나가는 나날의 연속이었습니다. 그저 아침에 일찍 일어나야 하고, 학교 가서 하루 종일 앉아 있고, 끝나면 학원 갔다가 집에 오고. 이게 도대체 언제 끝날까 기다리는 것이 삶의 전부였다고 해도 될 정도입니다. 마음대로 할 수 있는 것이 몇 없는 와중에 그나마 책이라도 있어서 조금이라도 의미 있게 보낼 만했습니다.

학교에서 일어날 사건 하면 떠오르는 것이 많긴 합니다. 가벼운 일상 미스터리. 조금 진지하게 들어가면 살인사건으로 이어져 사회문제가 부각되는 진지한 미스터리. 저 같은 경우는 일상적인 사건이면서 진지한 사건 같은 느낌의 미스터리를 생각해 보다가 떠오른 것이 담배 문제였습니다.

지금도 그렇지만 제가 학교 다닐 적에도 청소년 흡연은 꽤 심각한 문제긴 했습니다. 중학교 때는 어쩌다가 적발되는 심각한 일탈 정도였다가, 고등학교 올라가서는 그냥 일상적인 일이나 마찬가지였습니다. 특히 고등학교 때는 별의별 담배 관련 사건을 정말 많이 봤습니다. 선생님과 일부 학생들 간의 보이지 않는 전쟁이나 다름없었습니다. 저 같은 경우는 어릴 때부터 기관지가 좋은 편이 아니라서 담배를 멀리한 편이라 언제나 목격자였습니다. 어쨌든 그 전쟁터 한가운데 언제나 나타나는 어떤 선생님이 있었습니다.

수학과 윤리 과목을 담당하는 선생님으로 기억합니다. 참고로 그 선생님과는 3년 내내 담임선생님이었던 적이 한 번도 없었습니다. 그렇게 잘 아는 분은 아닙니다. 그저 담배 관련 사건·사고 현장에 늘 있던 분이고 엄청 집요하신 거로 유명해서 기억하는 정도입니다. 그 당시에는 재미없는 일상의 한 부분이라 특별한 인상은 없었습니다. 그러다 담배 문제를 소재로 한 일상미스터리를 구상하다가 다시 떠올리게 됐습니다. 그 선생님이라면 그냥 단속으로 적발하는 수준이 아니라 숨겨둔 담배를 찾아내는 탐정 수준이지 않을까 하고.

그저 막연한 아이디어로 시작된 소설로 생각하고 있었습니다. 그런데 지금 생각해 보면 담배 관련 일상 미스터리가 없었던 것은 아니었네요. 요네자와 호노부의 <고전부 시리즈> 1권인 <빙과>에서 나왔으니까요. 어쩌면 이걸 읽고 나서 무의식적으로 영향을 받았을지도 모르겠습니다.

5

ㄷㅇ의 비밀

정명섭

휴대폰 화면을 들여다본 국어 선생님의 고개가 옆으로 기울어졌다. 수업하러 들어와서 벨이 울리기를 기다리며 의자에 앉아있는데 수진이가 불쑥 휴대폰 화면을 들이댄 것이다. 작년부터 학교의 교육방침이 바뀌면서 학생들에게서 휴대폰을 수거하지 않고 있었다. 그렇다고 해도 대놓고 휴대폰을 보여주는 일은 드물었기 때문에 국어 선생님은 적잖게 당황했다. 자기가 교대를 졸업하고 아직 이십 대라서 우습게 보는 건 아닌가 하는 걱정까지 들었다. 하지만 수진이의 표정은 진지했다. 국어 선생님은 화면을 들여다봤다. 친구와 얘기를 나눈 카톡이었는데 제일 마지막은 초성으로 되어 있었다.

"ㄷㅇ?"

"이게 무슨 뜻이에요?"

"초성만이라서 잘 모르겠는데 이걸 왜 나한테 묻는 거니?"

"국어 선생님이시잖아요. 이건 한글이고."

수진이의 대답을 들은 국어 선생님은 저도 모르게 피식 웃고 말았다.

"그렇다고 초성만으로 글자를 다 맞출 수는 없어."

"정말이요?"

국어 선생님은 대놓고 실망하는 모습을 드러낸 수진이를 보면서 궁금증이 생겼다.

"근데 이거 누가 보낸 거니?"

"지은이요."

"지은이면…."

국어 선생님이 머뭇거리자 수진이가 말했다.

"네, 지은이가 마지막으로 남긴 카톡이에요."

"지은이면 지난주부터 학교에 안 나오지 않았니?"

국어 선생님의 물음에 수진이는 고개를 끄덕거렸다.

"네, 연락이 끊기기 전에 마지막으로 보낸 카톡이에요."

"왜 보냈는지는 모르고?"

"전화했는데 통화가 안 됐어요. 진짜 뭔지 모르세요?"

"오타나 줄임말 아닐까?"

국어 선생님의 말에 수진이가 답답한 표정을 지었다.

"그래서 선생님한테 여쭤보러 온 거예요."

"내가 암호 해독 전문가도 아니고, 이걸 어떻게 알아."

수진이가 실망한 표정을 짓자 국어 선생님은 살짝 긴장했다. 작년에 처음 부임한 이후 수진이에 대한 소문을 엄청 많이 들었기 때문이다. 짧은 머리에 주근깨가 있는 얼굴을 한 수진이는 보통 학생들과는 사뭇 달랐다. 머리는 좋지만, 공부에는 크게 관심이 없었고, 운동을 좋아했다. 권투 실력도 뛰어나서 여학생들을 괴롭히는 남학생 일진의 코뼈를 부러뜨렸다는 소문도 돌았다.

거기에 희한하게도 추리소설을 좋아해서 장래 희망이 탐정이었다. 성격이 거친 편이기는 했지만 괴롭힘의 대상이 되는 학생들을 도와주거나 학교에서 벌어지는 소소한 문제들을 해결하는 데 앞장섰다. 그래서 학생들은 물론 선생님들도 은근히 의지하는 경우가 많았다. 어쨌든 한 성깔 한다는 건 사실이었기 때문에 얼른 말했다.

"수업 시작하니까 있다가 얘기하자."

"이번 수업 자율 토론 시간이니까 이 얘기하면 안 돼요?"

수진이가 물러나지 않고 말하자 국어 선생님이 난감한 표정을 지었다.

"원래 주제는 그게 아니었잖아."

"지은이를 찾을 단서일지도 몰라요."

그때서야 국어 선생님은 수진이가 사라진 지은이와 둘도

없는 절친이고, 학교의 탐정 동아리를 이끌고 있다는 사실을 깨달았다. 거기다 고집이 세기로는 학교에서 손꼽히는 학생이라는 것도 떠올렸다. 한숨을 쉰 국어 선생님이 말했다.

"생각해보자. 자리에 가서 앉아."

때마침 수업 시작을 알리는 벨이 울렸다. 수진이와 학생들이 자리에 가서 앉자 한숨을 돌린 국어 선생님이 교탁에 섰다. 그리고 안경을 끌어 올리며 말했다.

"오늘 수업은 지난번에 예고한 대로 자율 토론 시간을 갖도록 하겠습니다. 오늘 주제는…."

헛기침을 크게 한 국어 선생님이 매직을 들고 화이트보드에 크게 ㄷㅇ 이라고 적었다. 학생들이 웅성거리자 국어 선생님이 수진이를 바라봤다.

"수진이의 제안을 받아들여서 이 문자를 풀어보는 시간을 갖도록 하겠습니다. 지난주부터 학교에 나오지 않는 지은이가 수진이에게 마지막으로 보낸 카톡이라고 하네요."

국어 선생님의 얘기를 들은 수진이가 두 주먹을 불끈 쥐고 '앗싸'하는 표정을 지었다. 술렁거리던 학생들이 한 명씩 입을 열기 시작했다.

"대오 아닐까요?"

"그건 너무 간단해."

수진이의 반박에 처음 얘기한 학생이 대꾸했다.

"지은이가 뭐 복잡한 걸 생각할 애는 아니잖아."

그 애기에 다른 학생들이 일제히 웃어댔다. 그 애기를 들은 수진이가 발끈해서 일어났다.

"야! 너희들은 반 친구가 일주일 동안이나 안 나오고 있는데 걱정도 안 되냐!"

수진이가 얼마나 까칠한 성격이고, 운동을 잘하는지 알고 있던 반 학생들은 모두 입을 다물었다. 분위기가 심상치 않아지자 국어 선생님이 나섰다.

"자자, 토론을 해야지 싸우면 어떡하니. 다른 의견들 없니."

약간의 침묵 후에 안경 쓴 여학생이 손을 들었다.

"혹시 다영이라는 이름의 초성 아닐까요?"

이번에는 제법 그럴듯했기 때문에 적잖은 학생들이 고개를 끄덕거렸다. 국어 선생님도 안경을 끌어 올리며 관심을 드러냈다.

"이 반에는 다영이가 없죠?"

"다희는 있어요. 이다희."

학생들 중 누군가가 말하자 말을 꺼낸 안경 쓴 여학생이 고개를 저었다.

"그건 ㄷㅎ이잖아."

학생들이 까르르 웃는 가운데 국어 선생님은 문득 궁금해졌다.

"그런데 지은이는 왜 학교에 안 나오는 거죠?"

교무회의 시간에 들어서 알고 있긴 했지만, 학생들에게서 직접 들어보고 싶었다. 서로 눈치를 보는 가운데 수진이가 일어났다.

"학교나 경찰에서는 그냥 단순 가출이라고 하지만 그럴 리가 없어요."

"왜?"

"다음 달에 오션스 보이 3집 공연이 시작되거든요."

"뭐라고?"

엉뚱한 대답에 놀란 국어 선생님을 한심한 눈으로 바라본 수진이가 대답했다.

"지은이는 오션스 보이의 광팬이에요. 공카 총대까지 한 적이 있다고요."

"공카 총대는 무슨 뜻이니?"

"공식 카페 총 대표요, 지방 공연까지 빠지지 않고 갔고, 굿즈란 굿즈는 몽땅 가지고 있다니까요."

"아! 그런 뜻이구나."

난처한 표정을 지은 국어 선생님이 계속해보라는 눈짓을 보냈다. 수진이는 반 학생들을 돌아보면서 말을 이어갔다.

"군대 갔던 멤버들이 돌아오면서 3년 만에 앨범에 나와서 전국 순회공연을 눈앞에 두고 있어. 그런데 지은이가 공연을 앞두고 가출할 리가 없잖아. 안 그래?"

수진이의 물음에 짝꿍인 여학생이 대꾸했다.

"맞아. 지은이는 중학교 때부터 알아주는 빠순이였다니까."

"빠순이라고 하지 말라니까."

수진이의 핀잔에 여학생이 얼른 미안하다고 사과했다. 그걸 계기로 지은이가 얼마나 오션스 보이를 좋아하고 따라다녔는지 얘기하는 목소리가 한동안 교실에 감돌았다. 국어 선생님은 대부분의 학생들이 고개를 끄덕거리는 걸 봤다. 그걸 보면서 자기가 얼마나 학생들을 모르고 있는지 새삼 깨달았다. 국어 선생님이 생각에 잠겨있는 사이 제일 뒷줄에 앉아있던 안경 쓴 뚱뚱한 남학생이 손을 들었다.

"그것 때문에 가출했을 수도 있잖아."

"무슨 소리야?"

수진이의 반문에 남학생이 대답했다.

"공카 총대까지 했을 정도면 부모님이랑 사이가 좋을 리 없잖아."

"그건 그렇지."

"공부는 완전 포기했을 거고, 이번에 오랜만에 앨범이 나와서 더 적극적으로 움직였을 거야. 친구들은 물론이고 학교에서 잘 모르는 학생들한테까지 앨범을 사라고 했거든."

남학생의 말에 반 학생들이 맞장구를 쳤다.

"맞아, 나한테도 앨범 사라고 했어. 그래서 싫다고 했더니 엄청 뭐라고 하더라니까."

"두 장 사주면 떡볶이 사준다고 했어. 나한테는."

"하루 종일 졸라서 정말 귀찮았어."

"미치는 줄 알았어. 진짜."

학생들의 성토가 이어지자 수진이가 눈살을 찌푸렸다.

"그건 나도 알아. 하지만 중요한 건 지금 지은이를 찾는 거야."

"그런데 지은이가 가출한 거랑 ㄷㅇ이랑 무슨 상관인데?"

아까 질문한 남학생의 물음에 수진이가 대답했다.

"마지막으로 온 카톡이 이거였어. 뭔가 이상해서 전화를 했는데 안 받다가 전원이 꺼졌다는 메시지가 들렸어."

"그때 실종된 거라고?"

"그날 저녁에 잠깐 친구 만나러 나간다고 말하고 집을 나왔다가 돌아오지 않았어."

수진이가 답답하다는 표정으로 말하자 학생들은 비로소 집중하기 시작했다. 중간 즈음에 앉아있던 여학생이 손을 들고 수진이에게 물었다.

"혹시 오션스 보이 멤버들 중 ㄷㅇ이랑 연결되는 이름 있어?"

"없어. 대니얼이라는 이름이 있긴 한데 ㄷㄴㅇ이잖아."

"가운데를 빼먹을 수 있잖아."

"걔가 얼마나 오션스 보이들을 좋아하는데 실수하겠어. 거기다 다음 달에 전국 순회 콘서트 한다고 어딜 따라갈까 고민하던 애야."

"하긴, 나한테도 앨범 사라고 엄청 조르긴 했지."

"가족들은 뭐래?"

뚱뚱한 남학생의 물음에 수진이가 어깨를 으쓱거렸다.

"며칠 전에 학교에 온 지은이 엄마를 붙잡고 물어봤는데 모르겠다는 말만 계속했어. 오히려 나한테 물어보더라. 자기 딸이 왜 가출했냐고 말이야."

두 학생의 얘기를 듣던 국어 선생님은 며칠 전 교무실을 찾아왔던 지은이 어머니를 먼발치에서 봤던 것을 떠올렸다. 마치 혼이 나간 것처럼 보이는 지은이 어머니는 교감 선생님과 교무주임 선생님의 물음에 제대로 대답하지 못했다. 딴생각을 하다가 대답을 채근할 때 겨우 단답형으로 얘기하는 데 그쳤다. 그때를 떠올린 국어 선생님이 중얼거렸다.

"뭔가 정상적이지는 않았지."

그때, 주저하던 여학생 한 명이 손을 들었다. 국어 선생님과 수진이가 바라보자 여학생이 조심스럽게 입을 열었다.

"저, 지은이네 집에 가봤어요."

"언제?"

"한 달 전쯤에요. 오션스 보이 오빠들에게 보낼 영상 찍는데 도와달라고 해서 갔었어요."

여학생의 얘기를 들은 국어 선생님이 물었다.

"뭔가 이상한 낌새는 없었니?"

잠시 생각하던 여학생이 예상 밖의 사실을 털어놨다.

"엄청 많았어요."

"뭐가 많았다는 거야?"

"앨범이요. 전부 오션스 보이 앨범들이었어요."

어처구니가 없어진 국어 선생님이 고개를 절레절레 저었다.

"얼마나 있었는데?"

"수백 장은 있었던 거 같아요. 거실에 TV 있는 곳이랑 베란다에도 쌓여있었고, 화장실 선반에도 있었어요. 자기 방에도 책상 위아래 다 쌓여있었고요."

국어 선생님은 이해가 가지 않는다는 표정으로 수진이를 바라봤다. 수진이는 손가락을 턱에 괸 채 생각에 잠겼다.

"앨범을 왜 그렇게 많이 산 거지?"

혼잣말 같은 수진이의 의문에 방금 입을 연 여학생이 말했다.

"앨범 판매 점수 올려주려고 한 거겠지."

"아니야. 요즘은 집계 방식이 달라져서 한 명이 많이 산다고 점수가 올라가지는 않아."

"왜 그런 거니?"

갑자기 끼어든 국어 선생님의 물음에 수진이가 대답했다.

"사재기 때문에 그런가 봐요. 어쨌든 그 정도로 오션스 보이에게 열성적이었던 애가 콘서트를 코앞에 두고 사라질 리 없어요."

"그럼 납치 같은 거라도 당했다는 말이야?"

"그럴 수도 있죠. 경찰이나 학교에서는 그냥 단순 가출로 보는데 저는 답답해 죽겠어요. 오션스 보이 앨범을 수백 장사놓고 콘서트만 손꼽아 기다리는 애가 그걸 코앞에 두고 가출한다고요? 말도 안 돼요."

진짜로 답답해 죽겠다는 표정을 지은 수진이에게 국어 선생님이 물었다.

"그건 상황이잖아. 그걸로 그 사람의 행동을 전부 유추할 수는 없어."

"그게 무슨 뜻이에요? 선생님?"

"우리가 모르는 원인이 있을지 모른다는 거지. 일단, 수진이 생각은 그 많은 앨범과 곧 복귀할 오션스 보이의 콘서트를 앞두고 지은이가 가출을 할 리가 없다는 거잖아."

"네."

"그건 상황이고, 그럴 수밖에 없는 진짜 이유를 찾아봐야지."

국어 선생님의 말에 수진이가 수긍하는 표정을 지었다.

"그러네요."

"사라진 이유가 너한테 보낸 ㄷㅇ랑 연관이 있을지 몰라."

"진짜 그게 뭔지 모르겠어요."

한숨을 푹 쉬는 수진이를 보던 국어 선생님이 방금 얘기를 했던 여학생을 바라봤다.

"이름이 뭐지?"

"예선입니다. 결선 아니고 예선."

자기가 한 농담에 까르르 웃던 예선이에게 국어 선생님이 물었다.

"지은이네 집은 어땠니?"

"좀 지저분했어요."

"잘 안 치웠구나."

지은이 어머니가 교감 선생님에게 남편이 없다는 얘기를 했던 걸 슬쩍 들었던 기억이 난 국어 선생님이 조심스럽게 말했다. 그러면서도 이해가 갔다. 자신도 아버지가 일찍 돌아가시고 어머니가 생계를 책임진 적이 있었기 때문이다. 동대문 시장에서 옷 장사를 하던 어머니는 자정이 까마득하게 지나서야 돌아왔고, 하루 종일 서 있느라 집에 돌아오면 옷도 못 갈아입고 주무셨다. 그래서 항상 집이 지저분할 수밖에 없었다. 친척이나 이웃이 찾아오면 청소 좀 하라고 핀잔을 주곤 했지만 어림도 없는 얘기였다. 이런저런 생각에 잠겨있는데 예선이의 얘기가 이어졌다.

"좀 이상했어요."

"뭐가?"

"앨범들이 전부 스페셜 앨범들뿐이었거든요."

"그게 왜?"

국어 선생님이 몰라서 묻는 와중에 수진이가 비명을 질렀다.

"진짜야?"

"응, 전부 다 금딱지가 붙었어."

"그거 진짜 스페셜 앨범이잖아. 개당 5만 원짜리."

"아이고, 비싸네."

국어 선생님이 저도 모르게 중얼거리자 수진이가 고개를 저었다.

"비싼 건 아니죠."

"왜?"

"스페셜 앨범 안에 있는 번호표로 추첨을 하니까요."

"뽑히면 무슨 상품을 주는데?"

국어 선생님의 물음에 수진이 대신 예선이가 대답했다.

"오션스 보이 오빠들 공연할 때 대기실을 어택할 수 있어
요."

"공격한다고?"

놀란 국어 선생님의 물음에 예선이가 까르르 웃었다.

"그게 아니라 대기실에 들어갈 수 있다는 뜻이에요."

"복권 같은 거네? 몇 명이나 들어갈 수 있는데?"

"총 열 명이요. 다섯 명씩 두 번에 나눠서 들어간다고 했
어요."

"스페셜 앨범은 얼마나 팔렸는데?"

"1만 장 한정이에요."

수진이의 얘기를 들은 국어 선생님은 입이 딱 벌어졌다.

"그러니까 적어도 백 개의 앨범을 사야 하나가 당첨될 수
있는 거네? 오백만 원을 써서 말이야."

"그런 셈이죠."

수진이의 얘기를 들은 국어 선생님은 점점 더 궁금해졌다.

"그럼 스페셜 앨범을 백 개만 사도 오백만 원이네."

"네. 근데 요즘 프리미엄이 붙어서 더 비쌀 거예요."

"얼마나?"

"대략 만 원 정도요. 콘서트가 가까워지면서 붙은 거죠."

앉아있던 남녀 학생들이 여기저기서 '우와'하는 감탄사를
내뱉었다. 반 학생들이 진정하기를 기다린 국어 선생님이 말

했다.

"지은이는 그 스페셜 앨범이 백 개 있어서 백만 원을 더 버는 거네. 지은이한테서 그 앨범 산 학생 있니?"

국어 선생님의 물음에 서로를 쳐다보던 반 학생들은 고개를 절레절레 저었다.

"그럼 지은이가 스페셜 앨범들을 몇백 장을 사서 쌓아놓기만 한 거잖아. 팬심일까?"

질문을 듣고 한동안 생각하던 수진이가 말했다.

"팔려고 했던 거 같아요. 자기가 소장하는 건 몇 장 정도면 충분하지 집안에 쌓아놓을 정도는 아니거든요. 제 생각에는 타이밍을 재고 있었던 것 같아요."

"무슨 타이밍?"

"콘서트 앞두고 가격이 더 오를 수도 있으니까요."

"거기서 더?"

국어 선생님이 설마 하는 표정으로 바라보자 수진이가 고개를 끄덕거렸다.

"그럼요. 오션스 보이들은 신비주의를 내세우고 있어서 브이로그나 유튜브도 잘 안 해요. 그런데 바로 눈앞에서 볼 수 있는 흔치 않은 기회거든요."

"그, 그렇구나."

학창 시절 책 읽기가 취미였고, 교대에 들어가서도 공부만

했던 국어 선생님은 도통 무슨 얘긴지 몰랐다. 하지만 한 가지는 확실하게 알 것 같았다.

"그럼 가출할 이유는 더더욱 없겠네."

"앨범 때문에요?"

눈치 빠른 수진의 물음에 국어 선생님은 대답했다.

"그렇지. 그 많은 돈을 들여서 산 앨범을 하나도 팔지 못했는데 그걸 두고 가출할 리는 없잖아."

"그럼 납치라도 당한 걸까요?"

수진의 얘기에 대뜸 선예가 반대 의견을 냈다.

"꼬마 애면 몰라도 다 큰 고등학생을 납치해서 어디다 쓰게?"

수진이 생각에 잠겨있는 사이, 아까 얘기를 했던 뚱뚱한 남학생이 끼어들었다.

"혹시 가출 팸에서 데려간 거 아닐까?"

"가출 팸?"

"응, 우리 학교 일진이었던 상식이도 나가서 가출 팸 만들었잖아. 거기서 부른 거 아닐까?"

뚱뚱한 남학생은 그다음으로 뭔가를 말하려고 하다가 입을 다물었다. 국어 선생은 뚱뚱한 남학생이 제법 논리적이라는 사실과 함께 동우라는 이름을 기억해냈다. 특별히 공부를 잘하거나 예체능을 잘하는 편이 아니고, 독서가 취미라는 점

정도가 떠올랐다. 동우의 말에 수진이가 한참 생각하다가 고개를 저었다.

"상식이가 데리고 있는 가출 팸은 중학생들이랑 어울려. 그리고 상식이가 얼마나 거지 같은데 걔네랑 어울려 다니겠어?"

수진이의 말에 대부분의 학생들이 고개를 끄덕거렸다. 내내 말썽을 피우던 상식이는 같은 반의 다문화 가정 출신 학생을 괴롭힌 것이 문제가 되었다. 그 학생이 자살 시도를 했던 것이다. 그 사실이 언론에 알려지면서 문제가 커지자 그때까지는 상식이가 사고를 쳐도 나 몰라라 했던 학교에서 금방 강제 전학을 시켜버렸다. 그 과정을 옆에서 지켜봤던 국어 선생님은 이래서 학교가 지옥이라는 생각을 했었다. 가출 팸에 대한 얘기가 조금 더 나왔지만 반 학생들의 반응은 대체로 거기에 낄 이유가 없다는 것이었다. 지켜보던 국어 선생님이 말했다.

"상식이네 가출 팸에는 가담하지 않은 것 같긴 하구나."

"그래도 알아보는 게 좋지 않을까요? 강제로 끌려갔을 수도 있잖아요."

"잠깐만."

반 학생들이 침묵을 지키는 사이 국어 선생님이 수진이에게 물었다.

"그 가출 팸은 어디에 있니?"

"부천 쪽에 있어요."

수진이 대신 얘기한 동우의 대답을 들은 국어 선생님은 휴대폰을 꺼내서 카톡을 열었다. 한 손으로 카톡을 날리면서 수진이를 바라봤다.

"그쪽에 아는 경찰이 있어서 지금 카톡 남겨놨어."

그리고 의문은 다시 원점으로 돌아왔다.

"그럼 그 많은 스페셜 앨범을 집에 쌓아놓고 어디 갔을까?"

수진이와 동우는 물론 반 학생들 누구도 대답하지 못했다. 그러다가 누군가 장난기 섞인 말투로 입을 열었다.

"지은이가 남긴 ㄷㅇ이 혹시 동우 아닐까요?"

예상치 못한 얘기에 학생들의 반은 웃고 반은 놀랐다. 동우는 심드렁한 표정으로 고개를 저었다.

"나랑 지은이랑은 얘기도 잘 안 하잖아. 걔는 아이돌 가수에 빠져있고, 나는 책에 빠져있고."

라임에 맞춘 동우의 얘기에 수진이가 그건 사실이라고 얘기했다. 잔잔한 웃음과 함께 침묵이 찾아왔다. 그러다가 문득 수진이가 중얼거렸다.

"근데 스페셜 앨범은 백 장만 사도 오백만 원인데 돈이 어디서 났지?"

수진이의 얘기를 들은 예선이가 끼어들었다.

"백 장이 뭐야. 최소 이백 장이었어. 까마득하게 깔려 있었다니까."

"그럼 이백 장이라고 치면 천만 원이잖아. 스페셜 앨범이라 할인이나 그런 것도 안 되는 거로 알고 있었는데 말이야."

구체적인 금액이 나오자 학생들의 반응이 달라졌다. 술렁거리는 반 학생들을 바라본 국어 선생님은 뭔가가 떠올랐다. 수진이도 같은 생각이 떠오른 표정이었다.

"돈 문제였을 수 있어요."

"나도 같은 생각이야. 지은이는 무슨 돈으로 그 많은 앨범들을 샀을까?"

둘의 얘기를 듣던 예선이가 끼어들었다.

"집안이 그렇게 여유 있어 보이지는 않았어요."

"아무리 여유 있는 부모라고 해도 자식이 아이돌 가수 앨범 사는데, 천만 원씩 쓰게 하지는 않아."

조용히 듣고 있던 동우의 말에 수진이가 맞장구를 쳤다.

"자기들도 젊었을 때 다 그랬으면서."

반 학생들이 까르르 웃는 가운데 수진이의 생각이 한 발 더 나갔다.

"가만, 저랑 반 친구들한테 앨범을 사라고 했어요. 스페셜 앨범 말이에요. 예선아! 너한테도 그랬니?"

"그럼, 하도 졸라서 앨범 순위 올리려고 그러는 줄 알았어."

"아니야. 스페셜 앨범은 판매집계에 잡히지 않아."

"그럼 왜 그렇게 열을 올린 거지?"

예선이가 고개를 갸우뚱하면서 중얼거리는 와중에 국어 선생님과 수진이, 그리고 동우가 동시에 외쳤다.

"돈!"

수진이가 정신없이 말했다.

"오션스 보이의 앨범을 사재기한 다음에 우리들한테 팔아서 돈을 벌려고 했던 거야."

"오만 원에 사서 웃돈을 얹어서?"

예선이의 물음에 수진이가 고개를 끄덕거렸다.

"맞아. 그래서 우리들한테 앨범을 사라고 그렇게 얘기하고 다녔던 거고."

"그런데 앨범을 팔지도 못했잖아. 공연은 다음 달이라 얼마 남지도 않았어."

"그러게. 팔기에는 지금이 가장 좋은 시기인데 말이야."

그 얘기를 끝으로 한참 고민을 하던 수진이가 갑자기 뭐가 생각난 듯 벌떡 일어났다. 그리고 국어 선생님에게 물었다.

"앨범을 구매한 돈은 어디서 난 걸까요?"

"지은이네 집은 여유가 없는 거로 알고 있어."

국어 선생님은 얼마 전에 봤던 지은이 어머니를 떠올리면서 덧붙였다.

"그리고 설사 돈이 있다고 해도 예선이 얘기처럼 앨범 사는 데 쓰라고 하지는 않을 거고 말이야."

오가는 얘기를 듣던 동우가 끼어들었다.

"그럼 두 가지밖에 없어요. 훔쳤거나 빌렸거나."

동우의 얘기를 들은 수진이가 쏘아봤다.

"걔가 왜 돈을 훔쳐!"

"불가능한 것을 전부 제외하고 남은 것은 아무리 말이 되지 않더라도 진실일 수밖에 없으니까."

동우의 얘기를 들은 국어 선생님이 대뜸 대답했다.

"셜록 홈즈가 한 말이지?"

그러자 수진이가 대답했다.

"『네 사람의 서명』에서 한 얘기에요."

"그래, 하지만 작품은 『주홍색 연구』가 최고였어."

국어 선생님의 말에 수진이가 살짝 발끈했다.

"그건 첫 작품 버프고요. 실제로는 『바스커빌 가의 개』가 최고예요."

"『바스커빌 가의 개』는 장편이니까 그렇고, 셜록 홈즈 작품은 단편들이 최고야."

"아니죠. 장편은 네 개밖에 없고 나머지가 다 단편이잖아요."

둘의 입씨름이 이어지는 와중에 동우가 끼어들었다.

"하지만 추리소설의 대표작은 뭐니 뭐니 해도 『그리고 아무도 없었다』나 『오리엔트 특급 살인』 아닐까요?"

분위기를 와장창 깨는 동우의 얘기에 고개를 절레절레 흔든 수진이가 국어 선생님께 말했다.

"이러다 수업 끝날 때까지 작품 얘기만 하고 말겠네요."

"알겠어 알겠어. 아까 어디까지 했죠?"

"지은이가 스페셜 앨범을 잔뜩 사놓고 웃돈을 얹어서 팔려고 했던 것 같다는 것까지요."

"그렇지. 문제는 그 앨범을 살 돈을 어디서 구했느냐가 되겠네."

국어 선생님의 말에 예선이가 말했다.

"아무리 그래도 돈을 훔칠 아이는 아니에요."

"그렇다고 꼬박꼬박 돈을 모을 성격도 아니지."

동우의 대답에 예선이와 수진이가 고개를 끄덕거렸다. 반 학생들도 다들 같은 생각이라는 눈빛을 보냈다. 그리고 몇 번 얘기가 오가는 사이에 수업이 끝났음을 알리는 벨이 울렸다. 아이들은 신나는 표정으로 들썩거렸다. 그 상황 속에서 수진이와 예선이, 그리고 동우는 꼼짝도 않고 있었다. 그 모습을 보고 있던 국어 선생님이 말했다.

"이번 시간이 오늘 마지막 수업이지?"

"네."

동우의 대답에 국어 선생님은 창밖을 바라봤다.

"종례 끝나고 교문 옆에 있는 등나무 벤치 쪽으로 와라."

"뭐 하시게요?"

호기심 넘치는 수진이의 물음에 국어 선생님이 대답했다.

"마저 추리를 해 봐야지."

수업이 끝난 고등학교의 풍경은 비슷했다. 한시라도 빨리 교문을 탈출하고 싶은 학생들은 전력 질주로 달렸고, 나가 봤자 학원 뺑뺑이를 돌아야 하는 학생들은 마치 도살장에 끌려가는 소처럼 느릿하게 걸어갔다. 이도 저도 아닌 학생들은 최근 인조잔디가 깔린 축구장이나 그 옆 농구장에서 열심히 공을 치거나 튕겼다. 몇몇 여학생들은 벤치 근처에 모여서 커버 댄스를 연습하거나 좋아하는 아이돌 가수의 영상을 핸드폰으로 들여다봤다.

다들 가야 할 곳을 가거나 하고 싶은 걸 하는 와중에 국어 선생님은 등나무 벤치에 앉아서 휴대폰을 만지작거렸다. 잠시 후, 가방을 멘 수진이와 예선이가 모습을 드러냈다. 그리고 뒤따라 어두운 표정의 동우까지 도착했다. 약속이나 한 듯 국어 선생님 주변에 앉았다. 수진이가 국어 선생님을 바라봤다.

"오면서 예선이랑 얘기를 해봤는데요. 아무래도 지은이가 돈을 빌린 거 같아요."

"그런 것 같지? 그런데 돈을 어디서 빌렸을까? 미성년자라서 은행에서는 못 빌렸을 거야."

"사채 같은 거 쓰지 않았을까요?"

"그쪽도 담보가 있든지 아니면 직업이 확실해야 빌려줄 거야. 고등학생한테 빌려준다는 얘기는 들어 본 적이 없어."

딱 잘라 말한 국어 선생님의 대답에 수진이가 답답하다는 표정을 지었다. 그때 휴대폰을 들여다보던 동우가 뭔가를 찾았다는 표정을 지었다.

"쌤."

"왜?"

"이거 보세요."

동우가 찾아낸 것은 인터넷 언론사의 기사였다. 스크롤을 내려가면서 기사를 읽은 국어 선생님은 수진이에게 보여줬다.

"댈입 업자 얘기네."

"그게 뭔데?"

옆에 앉은 예선이의 물음에 수진이가 짜증 나는 표정으로 대꾸했다.

"아이돌 그룹 앨범이나 굿즈 대신 사주고 이자 왕창 뜯어 가는 놈들."

"아! 근데 왜 댈입 업자라고 불러?"

"대리구입이라고 하는데 SNS에서 줄여서 댈입이라고 부르나봐."

국어 선생님이 심각한 말투로 얘기했다.

"이런 게 있는 줄은 꿈에도 몰랐어. 굿즈나 앨범을 사는데 필요한 돈을 입금해주고 지각비라는 명목으로 이자를 엄청 받아 가나 봐."

국어 선생님의 얘기를 들은 동우가 안경을 끌어 올리며 말했다.

"아! 저 중학교 다닐 때 그 건으로 난리가 난 적 있어요."

"어떻게?"

"그게, 중학교 2학년 때인데요. 옆 반 여학생 몇 명이 한정판 굿즈를 산다고 돈을 빌렸다가 이자가 눈덩이처럼 불어났거든요. 그래서 업자들이 학교에 찾아오고 난리도 아니었어요."

"이자가 얼마나 불어났는데?"

"시간당 이천 원이라고 했어요."

"아이고, 칼만 안 들었지 강도나 다름없네."

혀를 찬 국어 선생님에게 동우가 대답했다.

"그래서 제가 법정 이자는 연 이십 %라고 했더니 길길이 날뛰더라고요. 그래서 경찰에 신고한다고 하니까 그냥 간 적이 있어요."

동우의 얘기를 들은 수진이가 놀란 눈으로 바라봤다.

"진짜?"

"나중에 물어보니까 부모님들이 물어줬다고 하더라고."

"지은이도 댈입 업자한테 돈을 빌려서 스페셜 앨범들을 산 거겠네."

"그거밖에는 방법이 없지 않겠어?"

동우의 반문에 수진이가 갑자기 벌떡 일어났다. 옆에 앉아 있던 예선이가 깜짝 놀라고 말았다.

"아이 씨, 놀랐잖아."

"ㄷㅇ이 무슨 뜻인지 알았어."

"뭔데?"

"댈입 업자에서 앞에 있는 댈입."

예선이는 어리둥절해 했지만 동우는 바로 알아들었다.

"그걸 초성만 써서 ㄷㅇ이라고 한 거구나."

동우의 말에 수진이가 맞장구를 쳤다.

"맞아. 그걸 나한테 보내고 잠적한 게 틀림없어."

수진이의 얘기를 듣던 국어 선생님이 끼어들었다.

"아니면 끌려갔을 수도 있고."

"댈입 업자한테? 왜?"

"오션스 보이 콘서트 연기됐어."

"예? 진짜요?"

이번에는 예선이가 소리를 치는 바람에 수진이가 깜짝 놀라고 말았다. 국어 선생님이 자신의 휴대폰을 보여주며 말했다.

"대니얼이라는 멤버가 사고를 친 거 같더라. 앨범 발매랑 콘서트 다 무기한 연기되었어."

"무슨 사고를 쳤는데 무기한 연기된 거죠? 3년 만이라서 다들 엄청 기다렸는데."

"다들 쉬쉬하는 거 보니까 좀 큰 거 같아. 소속사에서 방금 발표하긴 했는데 소문은 이미 오래전부터 돌고 있었대."

"콘서트를 못 열면 스페셜 앨범은 아무짝에도 쓸모가 없어요."

"왜?"

"구성이 거지 같거든요. 그래도 사는 이유는 오빠들 만나기 위해서인데 그걸 못하는 거잖아요."

예선이의 얘기를 들은 수진이가 끼어들었다.

"그러면 스페셜 앨범의 가격은 엄청 떨어지겠네?"

"떨어지다마다. 그냥 앨범은 반값도 안 해. 같이 끼워준 굿즈도 별로고."

수진이는 예선의 대답을 듣고는 머리를 감싸 쥐었다.

"그러니까 지은이는 댈입 업자한테 돈을 빌려서 오션스 보이의 스페셜 앨범을 왕창 산 거네. 그래서 나중에 콘서트가 열리기 직전에 비싼 값에 팔려고 말이야. 그런데 멤버 중 한 명이 스캔들이 나면서 콘서트가 연기되고 말았어. 지은이는 공카 총대까지 했으니까 그런 정보에 빠삭했겠지."

수진이의 얘기를 들은 동우가 한숨을 쉬었다.

"거기다 이자도 엄청 높게 부쳤을 거야. 한두 푼도 아니고 몇백만 원이나 천만 원을 넘는 수준이잖아."

"종적을 감춰버린 것도 이해가 가네. 그것도 모르고."

동우처럼 한숨을 쉰 수진이에게 국어 선생님이 말했다.

"그냥 자취를 감춘 건지 강제로 끌려간 건지 모르잖아."

"누가 끌고 가요?"

"댈입 업자. 그 사람 입장에서는 큰돈을 손해 본 거니까 붙잡아 갔을 수도 있지."

"요즘 같은 세상에 어떻게 돈을 받게요? 인신매매도 못 하잖아요."

"각서 같은 걸 쓰라고 할 수 있지. 나중에 돈을 받을 생각으로 말이야."

국어 선생님의 얘기를 들은 수진이가 얼굴을 찌푸렸다.

"지은이가 잘못 한 게 있긴 하지만 끔찍하네요. 일단 알아봐야겠어요."

수진이의 얘기에 예선이가 물었다.

"뭘 알아봐?"

"일단 지은이가 왜 스페셜 앨범을 왕창 사들였는지랑 지금 어디 있는지."

"경찰도 못 찾았잖아."

예선이의 말에 수진이가 반박했다.

"안 찾은 거지. 단순 가출로 보고. 걔네 엄마 말로는 휴대폰도 안 가져갔대."

"놓고 나간 거래?"

수진이가 대답 대신 고개를 끄덕거리자 동우가 말했다.

"그럼 그 휴대폰에 있는 댈입 업자를 찾아봐야겠어."

"그 사람이 납치했을까?"

수진이의 물음에 잠시 생각하던 동우가 고개를 저었다.

"확실하진 않지만, 단서가 있겠지. 그 사람이 손해를 가장 많이 봤으니까."

동우의 얘기를 들은 수진이가 예선이를 바라봤다.

"지은이네 집 가봤다고 했지?"

"응, 근데 엄청 멀어."

"진짜?"

"지하철 타고 30분 넘게 가야 해. 내려서 마을버스 타고 또 20분."

그때 국어 선생님이 주머니에서 스마트 차 키를 꺼냈다.

"내 차 타고 가자."

걱정스러운 표정으로 있던 지은이 어머니는 불쑥 밀어닥친 국어 선생님과 학생들을 보고는 깜짝 놀랐다. 하지만 설명을 듣고는 지은이 방에서 휴대폰을 가져다주었다.

"비번을 걸어놨는데 못 풀어서 그냥 충전만 시켜두고 있네요."

지은이의 휴대폰을 넘겨받은 예선이가 바로 풀었다.

"대니얼 생일 눌러봤어."

비번이 풀린 핸드폰을 수진이가 살펴봤다. 카톡 메시지를 확인하다가 한 군데서 멈췄다.

"여기 ㄷㅇ이라는 단어가 나와요."

"누구랑 카톡 한 건데?"

국어 선생님의 물음에 수진이가 핸드폰을 보여주면서 말했다.

"복덕방 윤 사장이라고만 나와 있네요."

"이 사람이 댈입 업자인 거 같아. 일단 경찰에 신고하자."

국어 선생님의 얘기에 수진이가 고개를 저었다.

"이 정도 가지고는 턱도 없어요. 직접 찾아가서 확인해봐야죠."

"어떻게 찾게?"

국어 선생님의 물음에 수진이가 지은이의 핸드폰으로 댈입
업자에게 카톡을 보냈다.

"지은이가 쓴 돈을 갚을 준비 했다고 카톡을 보냈어요."

"그리고?"

대답을 하려는데 띵하는 소리와 함께 답이 도착했다. 수진
이가 국어 선생님에게 방금 온 카톡 내용을 보여줬다.

"누구냐고 물어보네요."

"뭐라고 하게?"

"지은이 친구라고 하게요."

수진이의 말에 동우가 끼어들었다.

"그러면 안 믿을 거야."

그러면서 조금 떨어진 소파에 앉아있는 지은이 어머니를
힐끔 봤다.

"엄마라고 해. 전세금을 담보로 대출을 받아서 마련했다고
해봐."

"오, 그럴듯한데."

가볍게 휘파람을 분 수진이가 동우의 얘기대로 카톡을 보
냈다. 그러자 잠시 후, 답변이 왔다.

"입금하라는데?"

"안 된다고, 딸이 지금 가출해서 거기 있는 거 안다고 해. 돈을 직접 가져다주고 딸을 찾아오고 싶다고 답해."

"그렇지. 지금 같이 있지 않다고 해도 돈을 받으려면 행방을 알려주긴 할 거야. 강하게 나가볼까?"

수진이가 다시 카톡을 보내고 잠시 후에 지은이가 어디 있는지 모른다는 답변이 왔다. 그러자 수진이는 경찰에 실종 신고를 할 거라면서 그럼 돈을 주지 않을 거라는 카톡을 보냈다. 잠시 후에 갑자기 전화가 왔다. 놀란 동우의 눈이 커진 사이, 수진이가 잽싸게 휴대폰을 가지고 지은이 어머니에게 갔다. 그리고 짧게 자초지종을 얘기하고 휴대폰을 건넸다.

심호흡을 한 지은이 어머니가 휴대폰을 받았다. 그리고 상대방에게 돈을 준비했는데 딸을 돌려보내지 않으면 안 줄 거라고 버텼다. 간간이 욕설을 섞으며 얘기를 하던 상대방이 뭐라고 짧게 말하고는 전화를 끊었다. 한숨을 쉰 지은이 어머니에게 수진이가 물었다.

"뭐래요?"

"두 시간 후에 돈 가지고 오래."

"어디로요?"

"송정 부동산이라고 주소 보내준다고 했어."

지은이 어머니의 얘기를 들은 수진이가 주먹을 불끈 쥐었다. 예선이와 동우도 서로 붙잡고 방방 뛰었다. 그 와중에 지은이 어머니가 걱정스럽게 말했다.

"근데 돈이 없는데 어떡하지?"

"걱정 마세요."

불쑥 얘기한 국어 선생님이 휴대폰을 들고 돌아섰다. 그리고 어디론가 전화를 걸었다.

"선배. 접니다. 아까 낮에 알아봐 달라고 한 여학생 행방을 찾은 거 같아요. 댈입 업자랑 엮인 거 같습니다. 감금 아니면 협박 상태인 거 같습니다. 아, 알겠습니다."

국어 선생님이 통화를 하는 사이, 지은이 어머니가 눈물을 흘렸다.

"말렸어야 했는데, 아이고."

"앨범 사는 거요?"

베란다에 잔뜩 쌓인 앨범 박스를 힐끔 본 수진이의 물음에 지은이 어머니가 고개를 끄덕거렸다.

"그래, 한 달 전인가 나한테 돈을 잔뜩 벌어서 엄마 고생 안 시키겠다고 말하면서 갑자기 저걸 들여놓지 뭐니. 그래서 돈이 어디서 났느냐고 했더니 걱정하지 말라고만 했어. 그때 말렸어야 했는데 말이야."

그때서야 수진이와 아이들은 지은이가 왜 오션스 보이의 스페셜 앨범을 잔뜩 샀는지를 알아차렸다. 통화를 마친 국어 선생님이 돌아섰다.

"내가 아는 선배가 경찰서 여청계에 근무해. 출동한다고 하더라."

"교대 나오셨는데 어떻게 경찰에 선배가 있어요?"

수진이의 물음에 국어 선생님이 씩 웃으면서 말했다.

"대학 연합 미스터리 클럽에서 만났어."

"아! 우리도 현장에 가 봐요."

수진이의 말에 예선이와 동우도 같이 가자고 이구동성으로 말했다. 그러자 국어 선생님이 아까처럼 바지 주머니에서 스마트 차 키를 꺼내서 흔들었다.

"가자."

환호성을 지른 두 아이들이 신발을 신는 가운데 수진이가 지은이 어머니에게 말했다.

"지은이 꼭 데려올게요."

"고맙다. 그런데 선생님이랑 학생들은 어떻게 모인 거니?"

그러자 신발을 구겨 신은 수진이가 신나는 표정으로 말했다.

"추리 동아리에요."

"그렇구나. 이름이 뭔데?"

갑작스러운 물음에 잠시 주저하던 수진이가 대답했다.

"방과 후 탐정단이요."

작가의 말

댈입 이라는 단어를 들어보신 적 있습니까? 대리 구입의
줄임말로 여기서 더 줄여서 ㄷㅇ이라고 하는 경우도 많습니
다. 학생들이 좋아하는 아이들 그룹의 앨범이나 굿즈, 아니면
게임의 유료 아이템을 사기 위해 돈을 빌리는 것입니다. 문
제는 지각비라고 불리는 이자율이 너무 높다는 겁니다. 결국
이자가 눈덩이처럼 불어나서 고통을 받는 경우가 많습니다.
원래 미성년자는 돈을 빌릴 수 없다는 것을 악용한 어른들의
범죄행위입니다. 저도 처음에 기사를 통해서 접하게 되었고,
학교로 강연을 가서 물어봤더니 의외로 많은 아이들이 댈입
을 해 본 경험이 있다고 했습니다.

이런 얘기를 들으면 대부분의 어른들은 혀를 찹니다. 하라
는 공부는 하지 않고 돈이나 쓴다고 말이죠. 하지만 저는 알

고 있습니다. 그렇게 혀를 차는 어른들도 학창 시절 어떻게든 돈을 모아서 좋아하는 가수 오빠와 탤런트 형님의 카세트 테이프와 브로마이드를 필사적으로 모았다는 사실을 말이죠.

아이들의 행동에 눈살을 찌푸리고 혀를 차는 대신 왜 그런 행동을 하는지를 이해하는 것이 어른의 진정한 자세라고 생각합니다. 그러기 위해서는 현실을 파악하고, 왜 그런 문제가 발생했는지를 차근차근 풀어가야 할 겁니다.

ㄷㅇ의 비밀은 아마 댈입 문제를 최초로 다룬 청소년 단편 소설일 겁니다. 청소년들 사이에서는 이미 비밀도 아니고, 뉴스에도 여러 차례 나왔지만, 청소년들이 읽어야 하는 소설에서는 이제야 다루게 됩니다. 비록 늦었지만 이것을 시작으로 청소년들의 고민을 함께 고민해보는 이야기들이 좀 더 많이 나왔으면 좋겠습니다.

학교가 공정하다는 착각

윤자영

이제 2학년 마지막 시험이다. 물리학 시험 시간, 노민우의 시험지는 복잡한 수식으로 가득했다. 거침없이 문제를 푼 결과다. 노민우는 이미 물리학 선생님의 시험 스타일을 파악했다. 수능 모의고사에서 최고 난이도 문제를 숫자와 형식만 바꾸어 출제했다. 두 문제가 아리송했지만, 다른 학생들은 물리학을 수학만큼 어려워하기 때문에 1등급은 문제없을 것이다.

"시험 종료 5분 남았습니다."

교실 앞에서 김미지 선생님이 시험 종료가 임박했음을 알렸다. 노민우는 고민했다.

'김미지 선생님은 얼마나 까다로울까?'

김미지 선생님은 3학년 담당 선생님이다. 처음 시험 감독으로 만나는 선생님인 만큼 안전하게 가기로 했다.

노민우는 손을 들었다.

"쌤, 지금 화장실 갈 수 있나요?"

"이제 곧 끝나는데 참을 수 없어?"

"네, 참을게요."

사실 민우는 화장실에 가고 싶지 않았다. 그럼에도 이런 행동을 한 이유는 두 칸 앞자리의 김주호에게 보내는 신호다. 그렇다. 지금 노민우는 김주호와 커닝을 하고 있다. 노민우 2학년 1반 5번, 김주호는 같은 반 3번이다. 하지만 노민우의 OMR 카드에는 김주호의 3번이 마킹되어 있었다. 김주호는 5번을 마킹했으므로 둘의 정답지를 아예 바꾸는 커닝이다.

이 커닝의 성공 여부는 답안지를 걷어 걷어갈 때가 문제다. 일반적으로 컴퓨터용 싸인 펜으로 마킹한 것은 번호까지는 확인이 어렵다. 하지만 OMR 카드에는 한글로 이름을 쓰는 칸이 있다. 꼼꼼하게 보지 않고 대충 넘어가는 편인 선생님은 여기에 한글 이름이 쓰여 있지 않아도 별문제 삼지 않고 걷어가서 커닝은 쉽게 성공한다.

하지만 이름을 쓰지 않았다고 굳이 나와서 쓰라고 하는 선생님이 있다. 그것도 이름을 안 쓴 사람이 한 줄에 두 명이라면? 그리고 그게 반복된다면? 교실의 같은 반 아이들이 커닝을 의심할 수 있다.

그래서 김주호와 신호를 정했다. 까다롭지 않은 선생님은 한글 이름을 쓰지 않고 제출하고, 지금처럼 애매한 선생님인 경우에는 노민우는 한글 이름을 쓰지 않고, 김주호만 쓴다. 그리고 작전개시.

딩동댕~.

시험 종료종이 울렸다. 김주호가 잘해야 할 텐데….

맨 뒤의 6번 학생이 OMR 카드를 걷기 시작했다. 김주호는 자신의 카드를 들어 주는 척하며 6번의 손을 쳤다. 걷어가던 OMR 카드들이 바닥에 떨어졌다. 섞여버린 카드들. 이제 답안지 바꾸기가 이루어진 것이다.

"앗, 미안!"

앞에서 날카로운 눈빛의 김미지 선생님이 말했다.

"일단 빨리 걷어오세요."

6번은 떨어진 카드들을 대충 모아 교탁으로 가져갔고, 선생님은 번호대로 맞췄다.

"3번 누구야? 한글 이름 안 적었잖아?"

노민우가 작성한 답안지다. 김주호는 손을 들고 나가서 자신의 이름을 써넣어 완전범죄를 완성했다.

"드디어 시험 끝이다. PC방 가자!"

한 아이가 소리쳤고, 공부에 관심이 없는 대부분의 학생들이 같이 환호했다. 김주호도 뭐가 좋은지 환호성을 질러대더니 노민우에게 왔다.

"민우야, 너도 오늘은 놀아야지?"

"관심 없어."

"칫! 물리 시험은 어때?"

자신의 시험 성적이 어떨 거냐는 물음이다.

"글쎄, 어렵긴 하던데…."

노민우는 대답하면서 숫자 일을 의미하듯 검지를 세워 안경 가운데를 올렸다. 1등급은 문제없다는 신호였다. 김주호의 표정이 밝아지면서 노민우의 어깨에 손을 올렸다.

"암튼 수고했다."

노민우가 자신의 우수한 성적을 김주호와 바꾸는 이유는 무엇일까? 학교폭력? 아니다. 바로 돈 때문이다. 노민우는 돈을 받고 성적을 파는 거였다.

2

토요일 아침, 눈을 떴다. 집안은 고요했다. 좁은 방에서 나오자 식탁에 밥상이 차려져 있었다. 할머니는 쉬는 날인 토요일에도 새벽부터 일을 나간다. 송정 신도시, 대기업 브랜드인 아파트 단지 내에서 청소하기 때문이다. 할머니는 홀로 민우를 키우기 위해 힘든 몸을 이끌고 주말에도 쉬지 못하는 것이다. 입맛이 없었지만, 할머니가 차려준 정성을 생각해 입 속으로 음식을 욱여넣었다.

오늘은 약속이 있다. 샤워하고, 대충 옷을 걸치고 가방을 챙겨 밖으로 나갔다. 아파트 입구로 나가자 찬 바람이 얼굴을 때렸다. 한겨울 삭막한 날씨가 민우의 마음처럼 차가웠다. 노민우가 사는 임대 아파트를 나오자 저 멀리 높게 솟아오른 송정 신도시 아파트가 눈에 들어왔다. 지하철을 타고 가도 되지만 답답한 마음을 벗어버릴 겸 찬 바람을 쐬면서 걸었다. 높은 아파트들이 점차 다가왔다.

약속 장소인 대형 쇼핑몰 안의 유명 프랜차이즈 카페로 들어갔다. 약속 장소는 1층. 1층과 2층은 같은 카페였지만 가격은 1층이 두 배가 비쌌다. 그만큼 시끄럽지 않고 조용히 애기할 수 있는 공간이었다.

노민우는 돈이 아까워 구석 자리에 가서 앉아 있자, 약속 시각 15분이 지나서 그 여자가 나타났다.

몇 마리의 동물을 희생했을지 모를 모피에 얼굴의 반을 가린 선글라스, 사각형의 가방에는 알 수 없는 복잡한 무늬가 새겨져 있었다. 명품으로 휘감았는지 모르겠지만, 세련되어 보이지는 않았다. 여자는 김주호의 어머니 홍지아다.

"음료라도 마시고 있지."

노민우가 대답이 없자 여자는 선글라스와 모피를 벗어 가방과 같이 의자에 올렸다.

"너도 뭐, 마실래? 아니 하나 시켜라. 이런 곳에서는 자릿값을 내야 하는 거야."

"딸기 요거트요."

홍지아는 가서 주문하더니 원형의 진동벨을 가져왔다. 잠시 후 진동벨이 부르르 떨자 홍지아가 노민우에게 건넸다.

"네가 가져오렴."

민우는 진동벨을 주고 음료 두 잔이 놓인 쟁반을 가져와 테이블에 놓았다. 홍지아는 이름도 외우기 어려운 커피를 들어 한 모금 마셨다.

"가방 지퍼 열어라."

노민우는 가방의 지퍼를 열고 안쪽이 보이게 벌렸다. 홍지아는 자신의 가방에서 작은 쇼핑백을 꺼내 노민우의 가방에 넣었다. 노민우는 얼른 지퍼를 닫아 옆의 빈 의자에 올렸다.

"5만 원 권으로 준비했다."

홍지아가 건넨 쇼핑백에는 2천만 원의 현금이 들어있을 것이다. 그것은 홍지아의 아들 김주호에게 좋은 성적을 안긴 대가였다.

답안지 바꾸기로 김주호는 물리학, 화학, 생명과학, 지구과학, 수학, 확률과 통계까지 6과목에서 모두 1등급을 받았다.

"왜 귀찮게 현금으로 가져오라고 하니? 그나저나 비밀이 새어나갈 리는 없겠지?"

"주호나 입단속 시키세요. 그리고 계좌 거래는 증거가 된다고요."

홍지아의 입술이 일그러졌다.

"흥! 이거 걸리면 퇴학이야. 알고 있지?"

"성적은 잘 산출되었어요. 이제 3학년에 올라가니 아무도 모를 겁니다."

이제 이런 더러운 짓거리도 끝이다. 노민우는 수학과 과학에 재능이 있었다. 재능이라기보다 수학 공식과 물리 공식이 머릿속에서 잘 조화를 이루었다. 하지만 국어, 영어 성적은 나오지 않았다. 그래도 수도권 안의 대학에는 갈 수 있을 것이다.

문제는 돈이다. 대학에 붙는다 해도 등록금이 없다. 할머니가 일해서 버는 돈은 생활비를 감당하기도 힘들다. 게다가 가끔 아버지의 빚을 받으러 오는 사람들도 있었다.

부모님에 대한 좋은 기억은 없다. 아버지는 사업을 했다고 하지만 지금 생각하면 사채를 쓰면서 놀고먹었을 것이다. 어머니는 화병으로, 아버지는 술병으로 초등학교 때 돌아가셨다.

노민우는 그저 대학에 가고 싶었다. 그러려면 돈이 필요했다. 2학년 때 커닝으로 받은 돈이 3천만 원, 이제 대학에 갈 수 있을 것이다.

홍지아는 커피잔을 들어 마시더니 몸을 테이블 앞으로 내밀었다.

"3학년 때도 잘 부탁한다."

"네? 무슨 소리예요?"

"새삼스럽게 왜 그래?"

"3학년에 올라간다고요. 이제 주호랑은 다른 반이 될 거라고요. 다른 반이라면 커닝은 불가능해요."

홍지아의 입술이 삐죽 올라갔다.

"같은 반이라면 가능하다는 거고?"

아직 반 편성이 되지도 않았다. 학교에서 이공계는 4개 반이니 같은 반이 될 확률은 25%다. 그것을 모르지는 않을 텐데….

"주호랑 저랑 같은 반이 될 확률은 사분의 일이라고요."

홍지아는 몸을 더 테이블에 밀착했다. 그리고 작게 속삭였다.

"그러니까 네 말뜻은 같은 반이 된다면 계속 성적 교환이 가능하다는 거지?"

성적 교환? 성적과 돈을 교환한다는 의미인가? 아니면 둘의 성적을 교환한다는 말인가? 그게 중요한 것이 아니다. 이 아줌마 얼굴을 학교에서 가끔 봤다. 운영위원이라고 했던가? 운영위원의 힘이 같은 반이 되도록 할 수 있다는 것인가?

그렇다면 커닝을 한 자신이 할 말은 아니지만, 학교는 공정한 곳이 아니다.

"생각해 볼게요."

"생각은 무슨. 대입에 3학년 성적이 가장 많이 들어가잖니? 반드시 해야 해."

"일단 같은 반이 되어야겠죠."

"3학년 때는 기하와 미적분 2과목과 과학 선택과목 3과목이야. 물리, 화학은 필수고 생명과학을 선택했지? 전부 다섯 과목. 겨울 방학 때 공부 열심히 해둬라."

이 말을 마치고 홍지아는 얼굴의 반을 가리는 선글라스를 다시 착용했다. 짙은 선글라스 속에 보이지도 않는 눈이 반짝이는 것 같았다. 같은 반을 확신하고 있다. 돈으로 아들의 성적을 샀다. 분명히 같은 반도 만들 수 있을 것이다.

3

새 학기가 시작되었다. 노민우는 메시지로 받았던 3학년 3

반 교실로 들어갔다. 3학년이 되자 교실 분위기는 급변했다. 교실에 긴장감이 흘렀다. 첫날부터 문제집을 펴고 공부하는 학생이 다수였다. 이제 대학과 미래라는 단어가 학생들의 머릿속에서 점차 세력을 키운 것이다. 노민우도 중간쯤 빈자리에 가방을 올리고 앉았다.

'이제 대학을 위해 마지막을 힘써볼까?'

그렇게 노민우는 미래를 생각하고 있었다. 그때 누군가 어깨에 손을 올렸다.

"3학년 때도 같은 반이네?"

느지막이 등교한 김주호였다. 다른 학생들의 눈빛에서 보이는 기백이 느껴지지 않았다. 불투명한 막이 한 겹 싸여 생선 눈처럼 보였다. 뭐가 좋은지 실실 웃고 있었다.

"잘해보자."

김주호는 어깨에 올린 손에 힘을 주더니, 빈자리에 가서 털썩 앉았다. 25%의 확률이 맞은 것일까? 보이지 않는 손에 의해 일어난 일일까? 또다시 작년과 같은 일을 반복해야 할까? 복잡한 생각들이 머릿속에서 뒤엉켰다.

그때 담임 선생님이 앞문으로 들어왔다. 서울대학교 출신의 물리 교사다. 스펙과는 다르게 괴짜라는 소문이 돌았다. 선생님은 곱슬머리를 긁으며 말했다.

"30명 모두 왔군. 고3이라고 뭐 다른 게 있더냐? 그냥 여태 해 온대로 잘 버텨라. 1교시는 청소 시간이다. 대충 자기 주변을 각자 청소하도록 하자. 이상!"

그때 한 여학생이 손을 들었다.

"쌤, 자리는 어떻게 해요?"

"자리?"

담임 선생님은 머리를 다시 긁적였다.

"귀찮다. 그냥 이대로 앉자."

여학생은 담임 선생님의 말을 받아들일 수 없는지 목소리를 높였다.

"쌤, 그런 게 어디 있어요? 다시 정해야죠."

"자리가 뭐 그리 대단하다고."

"고3인데 공부해야죠."

여학생의 자리는 복도 쪽 뒷자리였다. 공부하기에는 좋지 않은 자리였다. 몇몇 같은 생각을 하는 학생들이 자리를 바꾸자고 말했다. 담임 선생님은 귀찮다는 듯 말했다.

"그럼 번호순으로 앉아라."

"그렇게 하면 1번은 매일 같은 자리잖아요."

담임 선생님은 인상을 찌푸렸다.

"그럼 뽑기로 할까?"

"운에 맡기고 싶지 않아요."

"그럼 내일 일찍 등교하는 대로 앉아라. 그럼 됐지?"

담임 선생님은 뭔가 귀찮아하는 말투로 말했지만, 아이들은 그게 공정하다고 생각했는지 고개를 끄덕였다.

"그럼 1교시 청소 시작해라. 2교시가 담임 시간이니 그때 다시 오겠다."

담임 선생님이 교실 밖으로 나갔지만, 아이들은 움직이지 않았다. 몇몇 학생만 빗자루로 자신의 자리를 쓸 뿐이었다.

"민우야, 밖에서 잠깐 보자."

김주호였다. 노민우는 일어나 복도로 따라갔다. 김주호는 운동장 스탠드의 구석으로 갔다. 사람들이 없는 곳으로 가는 것으로 보아 시험 이야기를 하려나 보다.

"엄마가 다음 주쯤 한번 보자는데?"

"이제 볼일 없을 거야."

"뭔 소리야? 그만두겠다고?"

"나도 대학에 가야지. 바뀐 네 성적이 몇 등급인 줄 알아?"

김주호는 머뭇거리며 대답하지 못했다. 정말 모르는 것 같았다. 이놈은 자신의 성적에는 관심이 전혀 없는 것이다.

"가장 잘 본 것이 물리로 6등급이야. 6등급도 하위 40%라고."

물리학이 워낙 난이도가 높다 보니 대충 찍어 운으로 6등급이 된 것이다.

"그럼 넌 정시로 가면 되잖아?"

이놈 때문에 그나마 괜찮았던 수학, 과학 성적도 다 깎아 먹었다. 정시도 생각해 봤지만, 모의고사 성적이 국어는 겨우 4등급이요 영어는 5등급을 받았다. 이상하게도 국어, 영어는 아무리 공부해도 성적이 오르지 않았다.

"그걸 말이라고 해? 그리고 돈 받고 성적을 바꾸는 것은 엄청난 범죄야. 뉴스에 나올 일이라고."

"이미 물은 엎질러졌다고! 그리고 기부로 대학에 입학하는 사람도 있는데 뭐가 문제야?"

"이젠 끝이야. 시험은 공정해야지. 다른 아이들에게 할 짓이 못 돼."

"미친! 공정 좋아하고 있네. 모두 어떡하면 등급을 올릴까 독사눈을 하고 있다고!"

"그럼 너도 공부해!"

노민우는 교실로 향했다. 다시 교실로 들어오자 담임 선생님이 들어와 있었다. 선생님은 창문 밖을 보며 뒷짐을 지고 있었다. 아이들은 상관하지 않겠다는 듯 문제집을 열심히 풀고 있었다. 주호 말대로 모두 독사눈이 되어 문제와 싸우고 있었다. 노민우도 수학, 과학 과목에서 1등급을 받으려면 만만치 않겠다고 생각했다.

2교시 시작종이 울리자 꼼짝 않고 있던 선생님이 교탁 앞으로 왔다.

"뭘 그렇게들 열심히 공부하냐? 좋은 대학에 가려고? 흐흐. 좋은 대학에 가는 것이 나쁜 놈이 되는 지름길이지. 아직 너희들은 학생이라 모를 테지만 이 세상은 불공정으로 가득하단다."

공부와 담을 쌓은 기철이가 손을 들었다.

"선생님은 서울대를 나왔으니 가장 나쁜 놈이네요."

와하하.

아이들의 웃음소리가 들렸지만, 선생님은 대수롭지 않게 말했다.

"이놈아 난 나쁜 놈이 되지 않으려고 이런 얘기도 하는 거야."

"이해할 수 없는 말씀이네요."

"좋아. 내 너희들을 위하여 경고해주지. 대학이 너희를 이분법적으로 나눈 것이다. 대학에 간 학생은 못 간 학생들을 깔본다. 공부하지 않았으니 대학에 못 갔다고 스스로도 그렇게 생각하고 있고."

"그건 맞는 말이잖아요."

"더 내려갈 성적이 없는 기철이 네가 할 말은 아닌 것 같다."

와하하.

교실은 한 번 더 웃음바다가 되었다. 선생님은 손을 들어

266

아이들을 진정시켰다.

"기철이에게는 미안하다. 하지만 우리 머릿속에는 벌써 그런 못된 생각들로 가득하단다. 대학에 가면 승자, 못 가면 패자. 승자는 패자를 경멸하는 사회구조지."

몇몇 아이들은 선생님의 말씀을 이해하지 못해 고개를 갸웃거리고, 일부는 고개를 숙이고 문제집을 풀기 시작했다.

"첫날부터 왜 그런 소리를 하는 거죠. 우리는 대학에 가고 싶다고요. 시험 봐서 공정하게 대학에 가는 게 뭐가 문젠지 모르겠어요."

수진이가 손을 들고 말했다. 목소리에는 원망이 묻어있었다.

"그런 생각이 자신을 좀먹는 것이야. 수능시험이 공정하다고 생각되지만, 수학과 과학 최고 난이도 문제는 선생님도 제시간에 풀기 어렵단다. 1등급을 만들기 위해서 무리한 문제가 나오고 학원에서 기계적인 방법을 터득한 학생들만 1등급을 받게 되지. 그들은 스스로 자신을 승자로 생각하며 뭐든지 해도 된다고 생각해. 그렇게 좋은 대학을 나와서 부를 이룩한 사람은 돈으로 장기를 매매하여 생명을 연장하는 것도 당연하다고 생각한단다. 점점 괴물이 되는 것이지."

선생님의 이야기는 점점 철학적으로 변했지만, 노민우는 뭔가 이해할 것 같기도 했다. 김주호와 그의 어머니. 송정 신도시의 마천루에 살면서 모든 사람들을 내려다보며 살고 있다. 돈으로 아들의 성적을 사고, 아들은 그게 정당하다고 생각하는 것이다. 노민우는 손을 들었다.

"선생님, 수능은 그렇다고 쳐도 학교 시험은요? 아무튼 시험공부를 열심히 하면 성적이 오르잖아요. 노력하는 사회, 그게 공정한 사회 아닌가요?"

"내가 우려하는 것은 시험이 공정하다고 생각하는 뒤에 승자와 패자가 나뉘는 것을 걱정하는 거란다. 승자는 독식하고, 패자는 자기혐오에 빠지는 사회. 승자는 무슨 수를 써서라도 승자가 되려고 한다. 학교 시험이 공정하다고? 뉴스에서는 자녀의 성적을 위해 시험지를 빼돌리는 교사가 나오고 돈을 받고 시험지를 판 교사도 있지. 혹시 아니? 학생들끼리도 돈으로 커닝을 할지 말이야."

노민우는 자신의 이야기를 하는 것 같아 가슴속이 아려왔다. 김주호는 어떨까? 자신의 이야기에 어떤 표정을 지을지 궁금해서 고개를 돌렸다가 경악했다. 김주호는 책상에 엎드려 자고 있었다. 저놈은 부를 재생산할 수 없을 것이다.

4

3학년이 된 지 일주일쯤 되었을까? 밤 9시까지 자습하고 교문을 나서는데 길가에 세워진 자동차의 운전석이 열리고 한 여자가 나왔다.

"노민우 학생 얘기 좀 할까?"

김주호의 어머니인 홍지아였다.

"전 할 이야기 없습니다."

노민우는 홍지아를 지나쳐 갔다. 이제 무시해야 한다.

"네, 할머니 이름이 신길자지?"

발걸음이 저절로 멈췄다.

"맞구나? 너희 할머니가 우리 아파트 단지에서 일하고 있더라고."

노민우는 할머니가 정확히 어디서 일하는지는 모른다. 송정 신도시의 한 아파트 단지에서 일하는 것만 알았는데 하필 그게 김주호의 가족이 사는 아파트였다. 할머니의 이름을 정확히 아는 것으로 보아 맞을 것이다.

"어떻게 알았어요?"

"내가 그 아파트 입주자 대표야."

학교에서는 운영위원, 아파트에서는 입주자 대표. 담임 선생님의 말대로 가진 자는 모든 것을 가져야만 속이 시원한가 보다. 이제 할머니를 자른다고 협박하겠지? 아니면 괜한 트집을 잡아 할머니를 괴롭힐까?

노민우는 주먹을 부르르 떨었다. 할머니는 민우를 키운 부모님이나 다름없었다.

"우리 할머니를 어떡할 거죠?"

"무슨 소리니? 일단 차에 타. 보는 눈이 많네."

길에는 학생들을 기다리는 차들이 많이 서 있었고, 자습을 마치고 귀가하는 학생들도 많았다. 할 수 없이 조수석 문을 열고 탔다. 화려한 불빛의 전광판과 은은한 LED 등이 우주선에 들어온 듯한 느낌을 주었다. 이것이 고급차란 말인가? 거의 태블릿만 한 내비게이션이 승용차를 위에서 비춘 듯한 3D 영상을 만들어냈다.

홍지아는 서서히 차를 출발시켰다. 자동차의 소음은 전혀 들리지 않았고, 좌석은 안마의자처럼 편안하게 몸을 감쌌다. 자신도 어른이 되면 이런 차의 주인이 될 수 있을까?

정신없이 차를 구경하는데 홍지아가 말했다.

"같은 반에 두 번호 차이니 2학년 때처럼 문제없겠지?"

"같은 방법을 계속 쓴다면 분명히 들킬 거예요."

"그럼 다른 방법을 찾아봐. 카드 바꾸는 것도 모두 네 머리에서 나온 거잖니?"

"그런 말이 아니잖아요. 이제 할 수 없다는 말이에요."

홍지아는 대답 없이 운전하더니 한적한 도로에 비상등을 켜고 차를 댔다.

"넌 반드시 하게 될 거야. 기 싸움하지 말고 그냥 하지?"

"뭘 어떻게 할 건데요?"

"너에 대해 뒷조사를 좀 했다. 할머니와 둘이 살더군. 넌 효자지?"

역시 할머니를 들고나올 줄 알았다. 하지만 아파트가 거기만 있는 것은 아닐 것이다. 이 생각조차 알아챘는지 홍지아의 빨간 입술이 거침없이 움직였다.

"송정 신도시 내의 모든 아파트 입주자 대표의 모임이 있단다. 그리고 청소 업무는 용역 업체에서 관리하는데 청소 용역 업체는 이 입주자 대표 모임을 아주 무서워한단다. 소문이 나면 끝이거든."

이 악마 같은 여자. 선생님 말이 틀린 것이 하나도 없었다. 승자인 부자들은 패자인 가난한 자들을 무시하고 자신들의 이익을 위해 피고름을 빨아먹는 것이다. 분노가 치밀었지만 어쩔 수 없었다.

"아, 알겠어요."

"진즉에 그렇게 나와야지."

"하지만 시간을 주세요. 일주일이요."

"그러다 발뺌하는 것은 아니겠지?"

"조건을 바꾸려는 거예요."

"애 좀 봐. 너 일부러 튕긴 거니?"

이 아줌마의 저렴한 생각에 노민우는 치가 떨렸다.

"집에는 데려다주세요."

5

물리학Ⅱ 수업 시간. 3학년에 올라오니 수학과 과학 과목의 수준이 더 높아졌다. 다행히 노민우의 머리는 그것을 이해할 수 있었다. 담임 선생님은 칠판에 복잡한 수식을 쓰며 말했다.

"그러니까 물체가 출발점을 떠나서 다시 지면에 도달하는 데 걸리는 시간은 최고점에 도달하는 시간의 2배이다. 따라서 물체의 수평 도달 거리는 중력가속도 분에 초기 속도의 제곱 곱하기 사인 2쎄타가 된다."

주위를 둘러보니 거의 모든 학생들이 포기한 것 같았다. 물리학 1등급은 문제가 없을 것 같이 보였다. 이상한 철학의 소유자인 담임 선생님도 엎드려 자거나 다른 과목을 공부해도 크게 문제 삼지 않았다. 담임 선생님은 시계를 보았다. 시간이 10분 정도 남았는데 마치려는 것 같았다.

"포물선 운동에서 뭐 질문 없나? 그럼 다른 공부를 하도록 해라."

노민우는 담임 선생님의 이상한 철학을 더 듣고 싶었다.

"쌤, 우리나라는 선생님께서 걱정하신 승자와 패자로 이미 나누어진 것 같은데 패자는 어떻게 살아야 합니까? 승자가 될 수 없는 건가요?"

담임 선생님은 의외의 질문이라고 생각했는지 안경 속 눈이 반짝하고 빛났다.

"그러니까 앞으로 대한민국을 위해, 후손을 위해 차별 없는 건강한 사회를 만들어야 한다."

"선생님이 생각해도 그렇게 될 가능성이 있나요?"

담임 선생님은 허를 찔린 듯 멈칫했다. 뭐라 대답해야 할지 몰라 입술을 달싹거렸다.

"선생님, 이상적인 이야기 말고요. 솔직히 말씀해 주세요."

그때 수업을 마치는 종이 울렸다.

"다른 놈들은 관심도 없는 것 같으니 오늘 수업 마치고 상담 어떠냐?"

"좋습니다."

수업 마치고 담임 선생님과 진로상담실로 갔다. 선생님은 민우의 성적을 몇 개 뽑아왔다.

"거기 앉아라. 커피 마시니? 학생이라 안 마시나?"

요즘 고등학생은 카페인이 많이 필요하다. 늦은 밤까지 공부하고 아침에 일어나려면 강력한 카페인이 필요했다.

"선생님, 요즘 고등학생들은 카페인이 필요하답니다."

"니코틴이 아니고?"

저건 선생님의 농담이겠지? 대답이 없자 선생님은 커피 믹스를 탄 종이컵 두 개를 테이블에 올렸다.

"노민우 네 성적을 봤다. 국어, 영어 성적은 중간을 유지하고 수학, 과학 성적은 최상위를 유지하다가 2학년 2학기에 망쳤던데?"

그건 김주호와 성적표를 바꿨기 때문에 그렇지만 뭐라 대답할 수 없었다.

"뭐, 방황이라고 해두죠."

"아이들은 물리학을 아주 싫어하지. 세상의 이치를 아는 재밌는 과목인데 말이야. 넌 지금까지 배운 역학에 대해 잘 이해하는 것 같던데?"

노민우는 어깨를 으쓱 올렸다.

"그럭저럭요."

"민우는 어디 사니?"

쓸데없는 질문, 이런 것을 말하기 위해 온 것이 아니다. 노민우는 자신의 질문을 더 확고히 하고 싶었다.

"학교 앞 주공아파트에 살아요. 임대 아파트죠. 할머니와 둘이 사는데 할머니는 송정 신도시에서 청소해요."

담임 선생님은 민망한지 헛기침을 했다.

"넌 패자가 아니야. 난 그렇게 보고 있다."

"선생님이 그렇게 보신다고 해도 소용없어요. 대한민국 사회에서는 청소 용역자를 버러지만도 못하게 생각한다고요. 대학에 붙어도 돈이 없어 못 가는 저는 할머니처럼 살아야겠죠."

"넌 물리학을 이해하잖니. 세상의 이치를 아는 것만큼 기쁜 일이 어딨니?"

노민우는 고개를 좌우로 흔들었다.

"자, 선생님, 현재의 대한민국은 공정하지 못해요. 인정하시나요?"

"더 정확히 말하자면 공정하다고 착각하고 있단다."

"학교도 마찬가지고요."

"부인할 수는 없구나."

"그럼 저는 세상의 이치를 아는 기쁨으로 살고 싶지 않아요. 대학도 가고, 최고의 회사에 취직해 높은 연봉도 받고 싶어요. 그리고 안마의자에 앉아 있는 것처럼 편안하고 휘황찬란한 외제차도 몰고 싶고, 송정 신도시 마천루 같은 고층 아파트에도 살고 싶다고요."

갑자기 억울함이 가슴속에서 올라와 눈물이 되어 쏟아졌다. 담임 선생님은 티슈 두 장을 건네고는 말없이 지켜보았다.

"승자는 패자들의 고혈을 빨아먹어요. 이건 동의하세요?"

"그건 인정하마."

"패자가 가만히 있어서는 안 되는 거예요. 무슨 수를 써서라도 승자의 것을 빼앗아야 하는 거라고요."

"그러면 같은 짐승이 되는 거야."

"짐승이 뭐 어때서요? 선생님의 학창 시절은 어땠나요? 서울대 물리교육과를 갔으니 수많은 학생들을 짓밟았을 것 아니에요? 선생님이 말씀하신 공정하다고 착각하는 학교에서는 짐승이 되어야 한다고요."

노민우는 계속 커닝하기로 마음먹었다. 이왕이면 승자들의 돈을 왕창 뜯어내기로 마음먹은 것이다. 가만히 있으면 패자가 된다. 저 승자들의 위로 올라설 것이다.

6

노민우는 주말 낮에 홍지아를 만났다. 저번에 만났던 그 프랜차이즈 카페였다. 약속 시간보다 20분 지나서 홍지아는 나타났다. 항상 늦는 것은 자신보다 약자를 만난다는 생각 때문일 것이다. 따뜻한 봄 날씨에 맞는 화사한 옷을 입었지만, 여전히 얼굴의 반을 가리는 선글라스를 낀 홍지아가 다가왔다.

"일단 마실 것 시켜야지? 저번처럼 요거트?"

"아니요. 아줌마와 같은 커피로 주세요."

오늘은 시험 커닝의 대가를 협상하는 날이다. 어른과 아이가 아닌 동등한 입장에서 하자는 의미였지만 홍지아는 별 의미를 두지 않는 것 같았다. 지난번과 마찬가지로 진동벨이 울리자 노민우가 커피를 가지고 왔다.

노민우는 뜨거운 커피잔을 들어 단번에 반 이상을 들이켰다. 목구멍에서 뜨거움과 쌉쓸함이 전해졌지만, 표정을 변화시키지 않으려 테이블 아래의 주먹을 불끈 쥐었다.

"저런, 안 뜨겁니?"

"단도직입적으로 말하겠습니다. 돈을 두 배로 올려주세요."

홍지아의 동공이 커졌다. 동공 확장은 교감신경의 작용으로 놀랐다는 이야기다. 지난번 2학년 2학기 때는 중간고사 천만 원, 기말고사 천만 원, 1등급 성공보수 천만 원 해서 총 3천만 원이었다. 노민우도 모두 받을 생각은 없다. 일단 세게 부른 후 깎으려는 마음이었다.

"얘가, 돈독이 빠짝 올랐네? 3천만 원이면 결코 적은 돈이 아니야. 너 알바를 생각해봐. 시간당 만 원을 받아도 3천 시간을 일해야 벌 수 있는 큰돈이라고."

흥, 그렇게 돈이 중요하면 아들을 공부시킬 것이지, 성적을 왜 사고 그래? 물러설 수 없다. 돈 때문에 포기할 여자가 아니다.

"아줌마! 2학년 2학기에 저랑 바뀌기 전 주호 성적 아세요? 6등급이 최고예요. 제가 그 점수를 받게 되었죠. 이제 재수를 해야 해요. 그래서 1년의 시간 값까지 받아야겠어요."

노민우는 홍지아를 쏘아봤다.

어때? 할 말 없지?

"말은 잘하네. 내가 네 성적을 모를 줄 알았니? 네 국어, 영어 성적은 원래부터 형편없더구나. 수학, 과학에서 1등급을 받아도 겨우 수도권 외곽의 대학에 들어갈 성적일 뿐이야."

역시 만만치 않은 여자다.

"맞아요. 하지만 지금 성적으로는 수도권은커녕 기차 타고 지방에 내려가게 생겼다고요. 저는 제가 포기한 것에 대한 보상을 받을 권리가 있어요."

홍지아는 눈 한번 깜박하지 않고 커피잔을 들어 한 모금 마셨다. 정말 대단한 기세를 가진 여자다.

"좋아, 네 노고를 생각해서 천만 원 더 주지. 넌 그래도 4천만 원을 가져가는 거야. 만약 지금 내가 일어서서 그대로 나간다면 넌 대학도 못 가고, 돈도 못 받는 거야. 그리고 할머니의 직장을 잃을지도 모르고."

노민우의 광대뼈가 움찔했다. 할머니까지 들먹인다 이거지? 역시 보통이 아니었다. 어차피 2학년 2학기 망한 성적으로 보면 3학년 때 아무리 잘해도 대학 가기는 틀렸다. 맞는 말로만 급소를 때린다.

"정말 대단하시네요."

이 사회에서 승자가 됐다면 보통이 아닐 것이다. 하지만 노민우도 단단히 마음먹었다. 승자가 될 수 없다면 승자를 갉아먹기로 했기 때문이다.

"단! 돈을 선불로 주세요. 중간고사 보기 전 천오백, 기말고사 보기 전 천오백. 성공보수 천만 원은 1등급 맞으면 주셔도 되지만요."

원래는 시험이 끝나고 후불로 받았었지만, 이 독사 같은 여자의 마음이 어떻게 바뀔지 모른다.

"1등급은 자신 있는 거니?"

"저도 재수를 각오하는 거라고요."

"좋아. 성적이 터무니없다면 이미 받은 돈도 반납해야 할 거야."

"성적은 걱정 마시고, 주호에게 성적이 바뀌어도 공부 좀 하라고 하세요. 1등급 맞은 애가 내용을 하나도 모른다면 학교에서 의심을 살 수 있다고요."

"알았다."

그렇게 노민우와 홍지아의 계약은 성립되었다.

7

　수학, 과학의 공부는 순조롭게 진행되었다. 신은 왜 자신에게 이과적인 능력만 주었는지 안타까웠다. 인문 과목만 잘했어도 이런 커닝은 하지 않을 텐데….

　중간고사 이틀 전이다. 노민우는 김주호와 한적한 카페에서 커닝에 대해 신호를 만들고 있었다. 흐리멍덩한 눈을 한 김주호는 어서 끝내라는 듯 무의적으로 고개를 끄덕였다.

　"야, 잘 기억해놔야 해."

　"아이 씨, 이런 경우까지 생각해야 해? 내가 3번, 네가 6번이라고. 네가 답안지를 걷을 텐데 뭐가 문제야?"

　틀린 말은 아니다. 한 반의 학생 수는 평균 30명, 6명씩 다섯줄로 나눈다. 6번은 맨 뒷자리에 배치되기 때문에 OMR 답안지 교체는 식은 죽 먹기다. 하지만 모든 것이 쉽게 풀리지는 않을 것이다.

　학교는 학생들의 커닝 방지를 위해 두 가지 조치를 한다. 첫 번째는 학년 간 이동이 있다. 매일 아침 각 반의 12명이 이동하여 본 반 사이사이에 배치된다. 1학년은 2학년으로, 2

학년은 3학년으로, 3학년은 1학년으로 이동해 간다. 노민우와 김주호는 3학년 3반이기 때문에 2학년 3반 12명이 이동해 오고, 12명이 1학년 3반으로 이동해 간다.

			교 탁			
[5열]	[4열]	[3열]		[2열]	[1열]	출입문
본반13	이동반25	본반7		이동반19	본반1	
본반14	이동반26	본반8		이동반20	본반2	복
본반15	이동반27	본반9		이동반21	본반3	
본반16	이동반28	본반10		이동반22	본반4	도
본반17	이동반29	본반11		이동반23	본반5	
본반18	이동반30	본반12		이동반24	본반6	출입문

두 번째는 이동번호가 매 시험일 아침에 무작위로 정해진다. 이것이 가장 문제다. 둘의 번호가 근처라 반이 나뉠 가능성이 적겠지만, 완전히 없는 것은 아니다. 지금은 반이 나뉘었을 때, 커닝 방법을 협의하고 있었다.

"김주호, 잘 들어. 너희 어머니께서 대포폰을 두 개 준비할 거야. 우리는 1학년 3반 교실 근처 화장실과 우리 반 화장실 세면대 아래쪽에 스마트폰을 붙여 숨길 거야. 난 15분 전에 화장실에 가서 답을 메시지로 보내둘게. 넌 10분 전에 화장실에 가서 답을 확인하면 돼."

"그러니까 스마트폰을 떼서 똥 싸는 척 칸에 들어가서 답을 적어 와야겠네. 시간도 촉박하고 정말 귀찮은 방법이야."

커닝 방법이 마음에 들지 않는지 김주호의 얼굴이 구겨졌다.

"뭐, 다른 좋은 방법 있어?"

"내가 스마트 워치를 숨기고 있으면?"

스마트 워치를 가지고 있다가 문자를 받으면 굳이 화장실로 가지 않아도 된다. 그렇지만 스마트 기기는 가지고만 있어도 부정행위다. 그리고 발신 기록이 남아 걸리면 빼도 박도 못한다.

"스마트 워치는 옆쪽의 2학년 학생한테 들킬 수도 있어. 쪽지는 글씨를 작게 쓰면 잘 보이지도 않고, 유사시 삼켜서 증거를 없앨 수도 있다고."

김주호는 종이를 삼키는 상상을 하는지 침을 꼴깍하고 삼켰다.

"이제 됐냐?"

"만약 같은 교실에서 줄이 갈린다면?"

"뭐야? 여태까지 그런 적은 한 번도 없었잖아."

"만약에 16번에서 27번까지 이동한다고 생각해보자. 여태까지는 남은 28번, 29번, 30번은 맨 마지막 뒷자리에 배치되었어. 하지만 맨 앞쪽에 배치하고, 그 뒤에 1번이 앉는다면 줄이 갈리게 된다."

"모든 가능성을 생각해서 나쁠 것은 없지. 그럼 그때는 어떡해?"

"마찬가지로 화장실로 가야지. 내가 커닝 페이퍼를 스마트폰 케이스에 넣어둘 테니 내가 돌아오면 네가 나가서 가져오는 거야."

"그런 일이 없길 바라야겠군."

[5열]	[4열]	[3열]	교탁 [2열]	[1열]	출입문 |	
본반10	이동반22	본반4	이동반16	본반28		복
본반11	이동반23	본반5	이동반17	본반29		
본반12	이동반24	본반6	이동반18	본반30		도
본반13	이동반25	본반7	이동반19	본반1		
본반14	이동반26	본반8	이동반20	본반2		
본반15	이동반27	본반9	이동반21	본반3	출입문 |	

드디어 중간고사가 시작됐다. 둘째 날까지는 이동 반에 큰 문제가 없었다. 노민우가 맨 뒷자리여서 쉽게 OMR 카드 바꾸기가 성공했다. 물론 굳이 중간에 OMR 카드를 확인하면서 도장 찍는 선생님이 있었지만, 수정테이프 사용이 가능했기에 번호를 수정할 수 있었다.

하지만 시험 마지막 날에 우려하던 일이 터졌다. 둘은 같은 반에 배치되었지만 29번, 30번까지 앞쪽으로 앉게 되어, 둘의 줄이 달라지는 사달이 났다. 더 문제는 마지막 날에 미적분과 화학2 두 과목이나 있는 것이다. 할 수 없다. 작전대로 하는 수밖에….

1교시 미적분 시간, 노민우는 서둘러 문제를 풀었다. 미적분은 다른 학생들도 열심히 하기 때문에 신중해야 했다. 문제를 모두 풀고 시계를 보니 15분 전이었다. 원래 같으면 검토를 했어야 하는데 지금은 시간이 없다. 시험지 귀퉁이에 깨알같이 답을 적고는 손으로 찢어 작게 접으니 엄지손톱만 해졌다. 주머니에 넣은 후 손을 들었다.

"선생님, 화장실 좀 다녀오겠습니다."

복도로 나가자 복도 감독 선생님이 계셨다. 다행히 귀차니즘이 온몸에 박혀 있는 경제 선생님이다. 복도 감독 선생님은 금속 탐지기로 대충 검사하더니 물었다.

"큰 거? 작은 거?"

"큰 거요."

"서둘러라."

경제 선생님은 의자에 다시 앉고는 턱으로 화장실을 가리켰다. 노민우는 화장실로 가서 아무도 없음을 확인하고 세면대 밑에서 벨크로를 이용하여 붙인 스마트폰을 떼어냈다. 그러고는 엄지손톱만 한 페이퍼를 뒤 케이스를 열고 넣은 후 다시 원래 자리에 붙였다.

교실로 돌아와 앉자 잠시 후 김주호가 손을 들었다. 잘하겠지. 노민우는 미적분 과목의 검토에 들어갔다. 종 치기 직전까지 검토했지만, 특별히 잘못 푼 것은 없는 것 같았다.

답안지를 걷어가고, 선생님이 카드 확인 후 나가자 김주호가 다가왔다. 어깨에 손을 올리더니 말했다.

"같이 화장실 좀 가자."

김주호를 따라 나가자 복도 창문에 팔을 걸치고 있었다. 노민우도 옆으로 가서 팔을 걸치자 김주호가 물었다.

"잘 봤냐?"

김주호 표정이 나쁘지 않은 것으로 보아 작전은 먹힌 것 같았다.

"그런 것 같아."

김주호는 페이퍼를 꺼냈다.

"이거 1이야, 7이야?"

노민우가 놀라 주변을 둘러보자 이동해 온 2학년 학생이 뒷문에서 둘을 보고 있었다. 그는 일반 학생들이 끼지 않을 법한 동그란 금테안경을 끼고 있었다.

"병신아, 빨리 넣어."

노민우는 화장실로 갔다. 김주호도 시선을 느꼈는지 따라 들어왔다. 김주호는 노민우의 옆쪽 변기에 서서 오줌을 쌌다. 노민우는 작게 속삭였다.

"1은 밑에 줄이 있잖아."

"그럴 줄 알았어."

화장실에 다른 아이들이 있었지만, 다들 자신의 답을 맞추느라 정신이 없었다.

"그거 변기에 처리해라."

"오키. 다음이 마지막이네? 시험 잘 봐라."

김주호는 자신의 시험을 이야기하는 것이다. 옷을 추스르고 손을 닦고 밖으로 나오자 동그란 금테안경이 서 있었다. 안경 속 찢어진 눈이 노민우를 바라보았다. 고학년과 눈을 마주치면 보통 눈을 내리깔기 마련인데 이놈은 피하지 않았다. 자신의 죄를 보는 것 같아 노민우가 눈길을 피하고 교실로 들어갔다.

이제 마지막 한 과목 남았다. 종이 치고 선생님이 들어오셨다. 수학보다 과학 과목이 무난했다. 시간이 덜 필요했기 때문이다. 노민우은 얼른 문제를 풀고는 검토도 마쳤지만, 아직 15분 전이었다. 노민우는 손을 들었다. 이전 시간에도 나갔으니 약간의 연기를 해야 할 필요를 느꼈다.

"쌤! 뭘 잘못 먹었는지 아침부터 속이 좋지 않네요."

감독 선생님은 복도 감독에게 인계했고, 복도 감독 선생님은 금속탐지기 확인 후 화장실 앞까지 따라왔지만, 안쪽까지 들어오지는 않았다. 빠른 손놀림으로 스마트폰을 꺼내 화장실 칸으로 들어갔다. 페이퍼를 넣고는 한 1분간 심호흡을 하며 기다렸다. 다시 스마트폰을 세면대 밑에 붙이고는 교실로 들어왔다.

잠시 후 김주호가 화장실에 다녀왔고, 별다른 할 일이 없는 노민우는 자는 척 팔을 두른 후 엎드려 복도 쪽 뒷자리의 김주호를 보았다. 김주호는 쪽지를 잘 가져왔는지 감독 선생님의 눈치를 보며 답을 기록하고 있었다.

그렇게 안심할 찰나, 노민우의 눈에 아까의 금테안경이 보였다. 금테안경은 노민우와 김주호 사이 줄의 맨 뒷자리였다. 금테안경은 김주호를 바라보고 있었다. 김주호도 뒤쪽까지 신경 쓸 여유가 없었을 것이다. 금테안경의 자리에서는 페이퍼가 분명히 보일 것이다.

금테안경의 고개가 돌아 노민우 쪽으로 왔다. 눈이 마주치자 금테안경은 미소를 지었다. 노민우는 심장이 떨리기 시작해 고개를 돌렸다. 미소를 짓는다고? 분명히 둘이 커닝한다는 것을 눈치챘을 것이다. 모르쇠로 일관해야 한다. 증거는 없다.

드디어 시험 마치는 종이 울렸다. 답안지를 걷고 선생님이 나가자 노민우는 교실을 쏜살같이 빠져나갔다. 증거품인 스마트폰을 회수하기 위해서였다. 손을 세면대 아래 넣고 스마트폰을 회수해 주머니에 넣었다. 세면대 거울을 보자 불안한 자신의 모습이 보였다.

'됐어. 스마트폰도 회수했으니 모든 증거는 없어.'

화장실로 아이들이 들어왔다. 노민우는 세수를 하고는 밖으로 나갔다.

컥!

금테안경이 서 있었다. 다리에 힘이 풀릴 것 같았다. 금테안경의 매서운 눈이 노민우의 주머니로 향했다. 꽉 끼는 교복 바지 때문에 네모난 모양이 선명하게 드러났다. 일단 피하자.

노민우는 교실로 돌아왔고, 금테안경은 보이지 않았다. 하긴 심증만으로 커닝을 신고할 수 없겠지. 그다음 주에도 금테안경은 특별한 조치를 하지 않았다. 노민우는 금테안경의 뒷조사를 위해 2학년 3반으로 갔다. 점심시간이었지만 소설을 보는지 책을 보고 있었다. 그의 이름은 신민환, 성적은 최상위권은 아니었지만 나쁘지는 않았다. 누가 쳐다보고 있다는 것을 느꼈는지 금테안경이 책에서 시선을 떼고, 노민우에게로 돌렸다. 노민우는 그 눈빛을 받아낼 수 없어 몸을 돌렸다.

8

중간고사 커닝은 걸리지 않았지만, 이상한 곳에서 문제가 발생했다. 바로 담임 선생님 과목인 물리학2였다.

오늘도 물리학 시간에는 어려운 수식이 칠판에 가득했다.

"전기장의 세기는 전하량에 비례하고, 거리의 제곱에 반비례한다. 여기에 쿨롱 상수를 넣으면 각 지점의 전기장 세기를 구할 수 있지."

선생님은 칠판에 문제를 쓰더니 아이들을 둘러봤다. 그리고는 엎드려 있는 김주호를 깨웠다.

"김주호! 이 정도는 듣지 않아도 된단 말이냐?"

김주호는 이번 중간고사 물리학2 과목에서 86점을 받았다. 이번 시험 물리학2의 난이도가 매우 높아서 이 점수가 1등이었다. 문제는 2등이 69점이라서 86점은 굉장한 점수가 된 것이다.

"김주호! 이 문제의 답은 뭐야?"

김주호는 얼마나 깊게 잤는지 눈알이 빨갰다. 김주호는 표면적으로 1등이지만, 그 점수는 노민우 것이다. 대답할 수 있을 리 없다.

"김주호, 정신 차려라? 압도적 1등이 이것도 못 풀지는 않겠지?"

노민우가 걱정하던 문제다. 성적이 좋으면 수업 태도도 좋아야 하는데 김주호는 커닝만 믿고 수업에서는 손을 놓은 것이다. 김주호는 눈을 비비면서 정신을 차리고는 대답했다.

"아직 공부하지 않았어요."

뻔뻔한 놈 같으니, 어쩜 저리 쉽게 대답하는지 모르겠다.

"압도적 1등이 모르면 어떡해?"

"나중에 공부할게요."

무뚝뚝한 선생님의 표정이 일그러졌다.

"그럼 아인슈타인의 등가원리는 뭐냐?"

"몰라요."

"중간고사 주관식에서 나온 문제잖아? 너는 맞췄고."

"저는 원래 금방 까먹어요."

저런 말도 안 되는 말을 잘도 지껄인다. 선생님의 가늘어진 눈이 김주호를 바라보다가 노민우에게 향했다.

"민우, 넌 알지?"

"뭐, 뭐를요?"

선생님은 칠판을 가리켰다. 최초의 문제를 묻는 것이다.

"이거 전기장의 세기 말이야."

다행히 담임 선생님은 김주호에게서 신경을 쓰고 싶지 않은가 보다. 노민우는 얼른 칠판을 보았다. 공식에 넣고 계산하기만 하면 되는 간단한 문제다.

"크기는 1.8×10^4이요."

그리고 전기장은 벡터값이므로 방향까지 고려해야 한다. 두 전하의 각도가 120도를 이루니 방향은….

"방향은 +X축입니다."

"그래, 잘 알고 있구나. 혹시 아인슈타인 등가원리도 알고 있니?"

"물체가 가속할 때, 중력과 관성력을 구별하지 못하는 것입니다."

무심코 대답한 노민우는 자신의 실수를 깨달았다. 자신은 중간고사에서 22점을 받은 것이다. 선생님의 두꺼운 안경알 속에 두 눈이 반짝였다. 서울대 물리교육과를 나온 천재적 두뇌로 두 학생의 점수와 대답과의 상관관계를 금방 알아챌 수도 있을 것이다.

"시험은 못 봤는데 잘 아는구나."

노민우는 머릿속에는 '틀린 문제들을 공부했어요.'라는 대답이 떠올랐지만, 말하지 못했다. 저 뻔뻔한 김주호처럼 되기를 몸에서 거부했을지도 모르겠다.

그때 수업 마치는 종이 울렸다. 선생님은 교과서와 수업 자료를 주섬주섬 싸더니 노민우를 보고 말했다.

"노민우 학생, 오늘 방과 후에 선생님하고 이야기 좀 하자."

쿵!

심장이 자신의 위치에서 1cm는 내려앉은 것 같았다. 노민우는 지난번 선생님과 상담에서 이성을 잃고, 승자의 것을 빼앗겠다고 소리쳤다. 선생님은 분명히 확신하는 것이다. 하지만 증거는 없다. 이미 지난 시험을 두려워할 필요는 없는 것이다.

선생님과 상담실로 들어갔다. 선생님 손에는 중간고사 물리학2의 답안지 봉투가 들려있었다. 의심이 확신으로 바뀌는 순간이다. 선생님은 둘의 커닝을 의심하는 것이다. 답안지를 앞에 놓은 선생님이 말했다.

"요즘은 미국에서도 대학을 중요하게 생각한단다. 그중 하버드, 예일 대학처럼 최고의 대학을 아이비리그라고 하지. 여기에 들어가려고 어마어마한 일들이 벌어진단다. 공부해서 들어가는 것은 앞문, 부자들이 거액의 기부로 들어가는 것을 뒷문이라고 한다. 모두 합법적이지. 하지만 요즘에는 옆문이 생겼어. 뒷문은 천문학적인 돈이 필요하니까 이 정도까지 없는 부자들이 입시 브로커들에게 돈을 주고 SAT 문제를 빼내거나, 운동을 하지도 않은 아이를 운동선수로 만들어 대학에 입학시켰단다. 이것은 모두 불법이야."

담임 선생님은 커닝을 했다는 전제하에 말하고 있다. 그런데 왜 김주호에게 말하지 않고 자신에게 말하는 것일까?

"왜 그런 말씀을 제게 하시는 거죠?"

"넌 머리가 좋아."

담임 선생님은 물리학2 답안지 봉투에서 김주호와 노민우의 답안지를 꺼내 노민우 앞으로 내밀었다. 뭘 보라는 거지? 노민우의 눈에 오류가 들어왔다. 노민우와 김주호의 번호에 수정테이프로 번호를 고친 흔적이 있다.

노민우 답안지는 3번을 지우고 6번으로, 김주호 답안지는

6번을 지우고 3번을 마킹했다. 물리학2 감독 선생님이 학번 마킹을 확인하고 도장을 찍어서 어쩔 수 없었는데 그것이 증거로 남은 것이다. 담임 선생님은 답안지를 모아 다시 봉투에 넣었다.

"승자들은 언제나 옆문을 만들려고 하겠지. 하지만 그건 범죄다. 지금 당장은 넘어갈 수도 있겠지만, 어른이 돼서도 그렇게 살아야 할지도 몰라. 결국 파멸에 이르게 될 거야."

담임 선생님은 지금 커닝을 멈추라고 말하는 것이다.

"쌤은 어떤가요? 정직하고, 옳게만 살고 있나요?"

"그렇게 살려고 노력하고 있다."

"거짓말! 김주호와 제가 어떻게 같은 반이 되었죠? 그 어머님이 학교 운영위원이던데 힘쓰셨나요?"

담임 선생님은 아니라고 쉬이 대답하지 못했다.

"김주호가 왕따당한다고 했어. 너만 주호를 받아준다고 반드시 같은 반이 되게 해달라고했단다. 자세하게 알아보지도 않고, 반 편성을 한 것은 선생님들의 잘못이겠지."

역시 그 독사 같은 여자는 아들의 옆문을 만들기 위해 무슨 수를 써서라도 같은 반으로 만들었을 것이다.

"쌤, 저는 학교의 실체를 알아버린 것 같아요. 모두가 학교는 공정하다고 착각을 하고 있다는 쌤의 말씀 말이에요."

노민우는 자리를 박차고 일어났다.

"학교를 이렇게 만든 것은 김주호 엄마 같은 사람이라고요!"

담임 선생님도 대답할 수 없는지 입을 굳게 다물었다.

"쌤이 바꾸세요. 그들을 응징하란 말이에요. 저랑 같이 말이에요."

9

드디어 여름이 오고, 3학년 1학기 기말고사가 내일로 다가왔다. 대입에는 2학기 성적이 들어가지 않으니 마지막 시험이 되는 것이다. 담임 선생님과는 그 후로도 몇 번 더 상담했지만 노민우는 커닝을 포기할 수 없었다. 자신은 이미 망한 성적이므로 어차피 재수다. 재수하려면 돈이 든다. 그럴거면 큰돈을 버는 것이 이익이다.

"주호야, 잘 들어."

김주호가 웬일로 초롱초롱한 눈으로 고개를 끄덕였다. 아마 어머니인 홍지아에게 한마디 들었을 것이다. 노민우는 지난주에 홍지아를 만나서 기말고사 커닝 비용인 천오백만 원을 받으며 이번 중간고사 때 걸릴 뻔한 이야기를 했다.

"이번에는 연필과 지우개를 준비해. 감독 선생님이 도장을 찍을 때, 연필로 칠해두는 거야."

"선생님들이 속을까?"

"아마 마킹을 했냐, 안 했냐만 보고 도장을 찍으니 문제없을 거야. 그리고…."

노민우의 머릿속에 금테안경이 떠올랐다.

"만약 마지막 날처럼 같은 교실에서 줄이 갈린다면 잘 숨기고 답을 적어. 금테안경을 낀 놈이 눈치를 챈 것 같으니까."

"그 금테안경이 우리 교실로 다시 올까?"

어떻게 이런 머리로 살아가는지 의심스럽다. 노민우와 김주호가 줄이 바뀌려면 뒷 번호가 남는 특정 번호가 움직여야한다. 모든 학년의 이동번호가 같으므로 2학년 3반의 금테안경 신민환은 3학년 3반으로 오게 되는 것이다. 이것을 설명할까 하다가 귀찮아질 것 같아 관뒀다.

"그냥 조심해서 나쁠 것은 없지."

"오케이."

기말고사는 4일 동안 본다. 모든 상황에 대응하기 위해 대포폰도 두 화장실에 숨겨두고 준비했다. 1일 차는 노민우가 맨 뒷자리였다. 그럼 답안지 바꿔치기다. 2학년 이동 반 학생 중에 금테안경이 있었다. 금테안경은 시험 치는 내내 눈을 흘끗하면서 이쪽을 바라봤지만, 어쩔 수 없을 것이다. 이 방법은 완벽하니까 말이다.

그렇게 2일 차가 지나고 3일 차 때, 지난번과 마찬가지로 줄이 바뀌는 상황이 나왔다. 오늘은 2교시에 물리학2 시험이 있는 날이다. 1교시는 국어로 커닝은 없다. 2교시가 시작하자 노민우는 무서운 속도로 문제를 풀어나갔다. 지난번 2등과 점수 차이가 많이 나서 속된 말로 발로 풀어도 1등급이 될 것이다.

작전대로 시험지 귀퉁이에 답을 적었다. 김주호가 하도 보이지 않는다고 찡얼대서 글자를 크게 적었다. 손을 들고 화장실에 간다고 하고는 세면대 밑의 스마트폰을 꺼내 페이퍼를 넣고는 다시 붙였다. 교실로 들어오자 잠시 뒤 김주호가 나갔다. 그리고 이변이 일어났다.

"선생님, 저도 화장실에 갈게요."

뒤에서 목소리가 들리더니 금테안경이 밖으로 나갔다. 뭐지?

잠시 뒤 밖에서 소란스러운 소리가 들렸다. 난 모른다는 김주호의 목소리, 이건 뭐냐고 다그치는 복도 감독의 목소리가 들렸다. 커닝을 걸린 것이다.

유유히 교실로 들어오는 금테안경은 노민우와 눈이 마주치

자 미소를 지었다. 금테안경이 커닝 계획을 간파하고 따라
나가서 복도 감독 선생님에게 신고한 것이다.

잠시 뒤에 담임 선생님이 들어오셨다.

"밖은 신경 쓰지 말고, 시험에 임하도록 해라. 문제에 질문
은 있나?"

아이들의 대답이 없자 담임 선생님은 노민우에게 왔다. 그
리고는 책상 위에 반으로 접어 둔 시험지를 들었다.

"이건 내가 잠시 맡아두마."

앗, 잘린 시험지 귀퉁이가 눈에 들어왔다. 김주호가 걸린
커닝 페이퍼랑 맞춰볼 것이다. 시험을 마치는 종이 울렸다.
일단 김주호는 스마트폰 소지와 페이퍼를 가진 현행범이 되
었고, 담임 선생님은 커닝 페이퍼와 노민우 시험지 귀퉁이
잘린 것이 일치하는 것을 증거로 둘의 부정행위를 잡았다.

금테안경 신민환은 화장실로 김주호의 뒤를 따라갔고, 복
도 감독 선생님께 커닝이 의심된다고 말하고는 세면대 밑에
서 스마트폰을 떼어내는 김주호를 급습했다. 스마트폰은 가
지고만 있어도 부정행위다. 노민우, 김주호는 교무실에서 담
임 선생님과 대기했다.

소식을 들었는지 그의 어머니 홍지아가 서둘러 학교에 왔
다. 교무실에 들어오자마자 홍지아는 아들에게 가서 말했다.

"아니 무슨 일이야? 이거 네 폰 아니잖아?"

아들에게 지시하는 것이다. 물론 대포폰이니 아닌 것은 맞다.

"제 것 아니에요. 시험 때 화장실에 갔다가 세면대 아래 뭔가 있는 것 같아 떼어낸 거라고요."

북 치고 장구 치고 잘한다. 홍지아는 담임 선생님을 보고 소리쳤다.

"왜 커닝하지도 않은 아이한테 이러는 거예욧!"

담임 선생님은 노민우의 시험지 귀퉁이와 커닝 페이퍼를 맞추어 홍지아의 눈앞에 들이밀었다.

"어머니, 이렇게 증거가 빤한데 왜 이러세요!"

홍지아가 노민우를 보았다.

"그건 저 학생 것 아닙니까? 저 학생이 다른 학생과 커닝을 하려고 했었나 보네요."

이제 뒤집어씌우기다. 노민우도 욱해서 자리에서 일어났다.

"뭐예요? 이 아줌마가 말이면 다인 줄 아나. 당신이 돈 주고 커닝시켰잖아."

"뭐야? 이놈이!"

담임 선생님은 노민우의 어깨를 눌러 자리에 앉혔다.

"어머니, 지금이라도 경찰 부를까요? 이 스마트폰 지문 채취하면 두 아이의 지문만 나온다고요."

"그러든가요. 저 학생 것은 당연히 나오고, 우리 아들은 뭔가 열어봤으니 당연히 나오겠지요."

"그렇게 나오시겠다. 이거죠."

"증거도 없이 이러는 거 아니죠?"

담임 선생님이 노민우를 가리켰다.

"저 아이가 했다고 하잖아요."

"모함이에요. 모함. 넌 뭔데 주호를 모함하니?"

그렇게 담임 선생님과 홍지아의 실랑이는 한참 동안 지속됐다. 홍지아가 아무리 빠져나가려 해도 커닝을 안 한 것으로 만들 수는 없을 것이다. 그렇게 저녁 늦은 시간까지 사건 경위서를 작성하고 집으로 돌아왔다.

늦은 밤, 모르는 번호로 전화가 걸려왔다.

"나다."

홍지아였다.

"왜 걸리고 그러니?"

"지난번 시험 때부터 의심하는 아이가 있었다고 했잖아요."

"이왕 이렇게 됐으니 너 돈 받은 거 절대로 말하면 안 된다. 돈 받은 거 알면 바로 뉴스에 나고 퇴학이야."

"뭔 소리예요? 돈을 받다니요?"

노민우의 대답이 뜬금없었는지 수화기 저쪽에서는 한동안 말이 없었다.

"이렇게 말하면 되는 거죠?"

"난 또 뭐라고. 그래. 그렇게 끝까지 잡아떼."

"그럼 받은 돈이 없으니 돌려줄 돈도 없네요."

또 대답이 없었다. 생각이 많을 것이다.

"그래. 돈은 없었던 것으로 치지."

"우리 할머니도 계속 일하는 거고요?"

"네가 하는 것 봐서."

"아줌마, 아직도 상황 파악이 안 되세요? 현금으로 줬으니 증거가 없다고 우기실 거예요? 제가 모든 증거를 모아 놨을 거라는 생각은 안 드세요?"

"아, 알았다."

수화기에서 뿌드득 이를 악무는 소리가 전해졌다.

"이제 됐나요?"

"아니, 잘 들어라. 너희는 물리학 한 과목만 커닝했다고 우기는 거야. 그러면 물리학만 0점 처리되고, 선도위원회 징계는 교내봉사 정도로 막을 수 있을 거야."

사회의 승자들은 어떡하든지 위기를 모면하고 살아남을 생각을 한다. 노민우는 앞으로 정글 같은 사회에서 싸우려면 이런 점은 배워야겠다고 생각했다.

"알겠어요. 잘해보세요."

노민우는 마지막 시험을 보지 않기로 했다. 어차피 시험 봐도 의미가 없을 것 같아서였다. 웬일인지 그날 밤은 정말

깊고, 편안한 잠을 잘 수 있었다.

10

커닝 사건으로 징계를 내리기 위한 선도위원회가 열렸다. 교사 위원 3명, 학부모 위원 2명, 경찰관이 1명 있었다. 담임 선생님은 단단히 화가 났는지 서고를 뒤져 2학년 답안지까지 찾아 가져왔다. 2학년 때부터 커닝한 것에 대한 증거였다. 김주호의 수학, 과학 답안지와 노민우의 국어, 영어 답안지 필체가 같고, 노민우는 반대였다. 수학, 과학 답안지를 교체했으니 당연한 결과였다.

"이 커닝은 무려 2학년 2학기 때부터 이루어졌어요. 이건 공정한 사회, 아니 학교가 아닙니다. 이 사실을 안다면 다른 아이들이 받을 상대적 박탈감은 헤아릴 수 없이 클 겁니다. 둘을 일벌백계로 징계해야 합니다."

선도위원은 아니지만 참가한 교장의 얼굴이 붉으락푸르락했다. 과거 사건까지 들춘다면 학교 이미지가 실추될 것을 염려하는 것이다. 아니면 김주호의 어머니인 홍지아가 밑밥을 깔았을지도 모르고 말이다.

분위기를 파악했는지 당연직 위원장인 교감이 말했다.

"거, 이미 다 처리된 성적까지 들먹이면 어떡해요? 그리고 학생들은 이번만 커닝했다고 하지 않습니까?"

담임 선생님의 목소리가 커졌다.

"교장 선생님, 교감 선생님! 이렇게 증거가 있는데 그냥 넘어가자고요?"

교감 선생님이 고개를 경찰관에게 돌리며 말했다.

"그게 증거로써 효력이 있는지 모르지요. 경찰관께서는 어떻게 보십니까?"

"어려운 부분입니다. 과거에 있었던 다른 범죄를 추궁하는 것은 검찰에서 할 일이지요."

경찰관도 은근히 현재의 커닝만 벌해야 한다는 의미였다. 교감은 학부모 위원들에게 고개를 돌렸다.

"학부모 위원님들은 어떻게 생각하시는지요?"

학부모 위원 중 양복 입은 남자가 먼저 입을 열었다.

"아까 담임 선생님께서 말씀하신 상대적 박탈감에 동의합니다. 모든 아이들이 선의의 경쟁을 하고 있는데…. 이건 아니죠."

다음은 진주목걸이를 한 통통한 여자였다. 별다른 표정 없이 입술이 움직였지만, 분노가 가득 느껴지는 목소리가 나왔다.

"뉴스에 나올 만한 사건이 터진 겁니다. 저는 담임 선생님의 의견과 같아요."

"허 참. 그래도 아직 아이들인데…."

교감 선생님의 웅얼거리는 말에 진주목걸이 여자는 단호했다.

"이건 퇴학도 약해요! 형법으로 다스려야 한다고요."

강한 징계를 하라는 소리다. 자신과 반대의 생각이라 그런지 교감 선생님이 인상을 찌푸리며 말했다.

"일단 아이들의 이야기를 들어보죠. 그리고 아이들은 여기 없어도 되잖아요?"

교감 선생님이 아이들을 바라봤다.

"누가 먼저 말해볼까? 노민우 학생부터 말해봐라."

도대체 뭘 말하라는 거지?

"저는 특별히 할 말이 없어요."

"그래? 그럼 김주호 학생?"

"억울해요. 이번 기말고사 물리학2에서 딱 한 번 커닝 했어요."

담임 선생님이 버럭 소리쳤다.

"웃기지 마! 그럼 중간고사 최고점을 맞은 네가 수업 시간의 질문에는 왜 대답을 못 해?"

"제가 워낙 금방 까먹어요."

담임 선생님께서 뭐라고 말하려고 했지만, 교감 선생님이 얼른 제지했다.

"자, 됐어요. 이제 학생들은 대기실에서 기다려요. 다음은 학부모 의견을 들어봅시다."

노민우와 김주호는 한 선생님의 안내로 옆 교실로 갔고, 김주호 어머니가 회의실로 들어갔다. 김주호는 대기실로 들어오자마자 스마트폰을 꺼내 게임을 시작했다. 자신의 운명이 풍전등화인데 게임을 하다니 저놈은 반드시 파멸로 떨어져야 한다.

회의실과 대기실은 바로 옆 교실이다. 방음이 잘 안 되는지 고성이 들리기 시작했다. 홍지아와 담임 선생님 목소리였다. 담임 선생님의 공격, 홍지아의 반격 과연 누가 이길 것인가?

2시간여 만에 마라톤 회의는 끝났다. 선도위원회 회의의 중점은 과거의 커닝도 인정하느냐가 문제였다. 명백한 증거를 내세우며 나서는 담임 선생님을 진주목걸이 학부모 위원이 엄호했다. 경찰관은 남의 일에 관여하고 싶지 않은 듯 중립을 지켰고, 교사 위원들도 어서 회의가 끝나기만을 기다렸다.

담임 선생님은 언론에 제보한다고 협박했고, 교장도 거기까지는 생각하고 싶지 않은지 두 손을 들었다. 이제 명분이 필요했다.

홍지아가 여러 번 회의장에 들어갔다 나왔다. 처음에는 음모다, 한 번뿐이었다를 주장하다가 타깃을 노민우에게 돌렸다. 노민우가 아들에게 돈만 주면 성적 조작을 해준다고 했다고 주장했다. 돈의 액수는 거론되지 않았지만, 위원회도 그쪽으로 정리를 했다. 홍지아는 결국 강제 전학 징벌을 받아들였다.

"주호야 가자! 누가 이런 학교에 있고 싶다고 그래?"

"엄마, 어떻게 됐어?"

"넌 전학, 쟨 퇴학."

김주호가 스마트폰 게임을 끄고 가방을 멨다. 할 말이 생각났는지 문으로 나가려던 홍지아가 걸음을 멈추고 돌아섰다. 노민우를 가늘어진 눈으로 째려봤다. 그리고는 가까이 와서 작게 속삭였다.

"애! 너 너무 돈 밝히지 말아라. 이런 것을 인과응보라고 하는 거야."

"돈은 잘 쓰겠습니다."

"이, 이게…. 아무튼 영원히 입 다물어!"

둘이 나가자 담임 선생님이 들어왔다.

"교실은 답답하니 운동장에서 얘기 좀 하자."

노민우는 가방을 들고 담임 선생님을 따라 나갔다. 둘은 운동장 한쪽 큰 미루나무 아래 벤치에 앉았다.

"퇴학이 결정됐다. 그전에 자퇴를 권유해서 자퇴를 한다면 그렇게 하는 거고."

"선생님, 김주호 어머니는 다른 학교로 전학 가서 또 그럴까요?"

"글쎄, 이미 3학년 1학기 기말고사 모든 과목이 0점 처리됐으니 뭘 더 할 수도 없겠지만…. 한데 징계에 대해서 할머니는 아시니?"

"미리 말씀드렸어요. 학교에 오시겠다는 것을 말리느라 혼났어요."

"근데 괜찮은 거냐? 네가 하도 퇴학을 원해서 나도 노력했지만, 찝찝하단다. 원래는 그냥 단순 커닝으로 해당 과목만 0점 처리되고, 교내 봉사활동 정도면 되는 사안이었어."

사실 기말고사 전부터 담임 선생님께 부탁한 사항이었다. 할머니까지 들먹인 홍지아에게 한 방 날리고 싶었고, 보기 좋게 성공한 것이다. 담임 선생님도 그들을 응징하려는 노민우의 마음을 이해하고 도운 것이다.

"괜찮아요. 모두가 잘 됐잖아요."

"그래, 아무튼 자퇴하면, 내년에 3학년으로 복학하면 된다. 너만큼 물리학을 이해하는 학생이 없어. 공부 열심히 해봐라."

"네, 도와주셔서 감사해요."

담임 선생님과 인사하고 헤어졌다. 교문을 나서자 길에 번

쩍이는 은색 외제차가 서 있었다. 홍지아 것보다 더 고급 차인 것 같았다.

노민우는 차로 가서 뒷문을 열고 안으로 들어갔다. 앞좌석 뒤에 최신형 아이패드가 설치되어 있었고, 좌석 가운데는 미니바도 설치되어 있었다.

"민우 형, 안녕."

뒷좌석에 금테안경이 앉아 있었다. 사실 중간고사 끝나고 금테안경을 찾아갔을 때, 이놈이 이상한 제안을 했다. 돈을 받고 커닝한 것을 안 금테안경은 자신의 성적도 도와달라고 제안했다. 돈이라면 어머니가 줄 수 있다고 했다.

그때 노민우의 머릿속에서 할머니까지 들먹인 홍지아의 응징이 떠올랐다. 그렇게 새로운 계약이 이루어진 것이다.

노민우는 운전석에 있는 금테안경의 어머니께 인사했다.

"안녕하세요?"

운전석의 금테안경 어머니가 고개를 돌렸다. 선도위원회의 학부모 위원인 진주목걸이를 한 여자였다.

"그래. 내년에 우리 아들 수학, 과학 과목 1등급 확실한 거지?"

"그럼요. 우선, 제가 3학년으로 복학했을 때, 같은 반이 돼야겠지요."

"그건 일도 아니란다. 그럼 맛있는 거라도 먹으러 갈까?"

"좋지요."

고급 세단은 일체의 소음과 미동도 없이 도로를 나아갔다.

노민우는 창밖으로 멀어지는 학교를 바라봤다.

'학교가 공정하다고? 아니다. 공정하다고 착각하는 거다.'

작가의 말

학교는 과연 공정한가?

교사인 부모가 같은 학교에 다니는 자녀에게 학교 시험지를 유출하고, 학원에서는 교사에게 돈을 주고 시험문제를 빼내는 뉴스를 봅니다. 우리 세대는 학교에서 체벌도 많았고, 촌지 주는 것도 경험했기에 지금의 학교도 같은 일이 반복된다고 생각하기 쉽습니다.

저도 이번 소설에 시험과 커닝에 대해 글을 썼지만, 이런 일은 아주 드물게 일어난다는 점을 강조하고 싶습니다.

학교는 행복하고 즐거운 곳입니다. 친구들과 함께하고, 꿈을 키울 수 있는 곳이니까요. 학생들은 입시 때문에 힘들고, 좌절하지만 이런 경험을 통해 어른으로 성장하고 있습니다.

학교도 배움을 받는 학생의 입장을 우선하도록 변하고 있고요.

오늘 점심 식사 후 운동장을 걸었습니다. 춤을 추며 틱톡을 찍는 아이들, 푸른 잔디에 앉아 이야기하는 아이들, 배가 덜 찼는지 과자를 먹는 아이들도 있네요. 이 아이들은 모두 웃고 있습니다. 이 아이들의 웃음이 이어지도록 우리 어른들이 노력한다면 불공정해 보이는 학교는 행복과 성장의 장소로 변할 것입니다.

깨진 유리창

1판 1쇄 발행 2021년 12월 30일
1판 2쇄 발행 2022년 5월 20일

지은이 · 강지영 윤자영 정명섭 정해연 조동신 최동완
발행인 · 주연지

편집인 · 석창진 **편집** · 박영심
디자인 · 김서영
마케팅 · 허은정

펴낸곳 · 몽실북스 **출판등록** · 2015년 5월 20일(제2015 - 000025호)
주소 · 서울 관악구 난향7길52
전화 · 02-592-8969 **팩스** · 02-6008-8970
이메일 · mongsilbooks@naver.com
네이버 포스트 · post.naver.com/mongsilbooks_kr
인스타그램 · instagram.com/mongsilbooks

ISBN 979-11-89178-52-9 (03810)

●잘못된 책은 구입하신 서점에서 바꿔드립니다. ●책값은 뒤표지에 있습니다.

몽실북스에서는 작가님들의 원고를 기다리고 있습니다. 자신만의 이야기를 책으로 만들고 싶다 하시면 언제든지 mongsilbooks@naver.com으로 연락처와 함께 기획안을 보내주세요. 몽실몽실하게 기대하며 기다리겠습니다.